KB209517

바스커빌가의 사냥개

The Hound of the Baskervilles

세계문학전집 448

바스커빌가의 사냥개

The Hound of the Baskervilles

아서 코넌 도일

박산호 옮김

민음사

친애하는 로빈슨에게

자네가 들려준 서쪽 지방의 전설이 이 이야기의 단초가 되었어. 이 이야기를 끝까지 밀고 나갈 수 있게 도와줘서 고마워.

자네의 가장 진실한 벗,
아서 코넌 도일

일러두기

1 이 책은 Signet에서 출간된 *The Hound of the Baskervilles*(100주년 기념판, 2001)을
   저본으로 번역했다.

2 본문의 주석은 모두 옮긴이 주이다.

차례

1
셜록 홈스 씨

가끔 밤을 새울 때가 아니면 대개 아침에 늦게 일어나는 셜록 홈스가 그날은 식탁에 앉아 아침을 먹고 있었다. 나는 난로 앞에 까는 양탄자 위에 서서 어젯밤 손님이 놓고 간 지팡이를 집어 들었다. 그것은 페낭로이어라는 두툼하고 멋진 지팡이로, 손잡이 부분이 둥근 공처럼 생겼다. 손잡이 바로 밑에는 폭 2.5센티미터 정도의 넓적한 은테가 둘러져 있었다. 거기에 "1884"라는 연도와 함께 "영국 왕립 외과 의학교 회원 제임스 모티머에게 ― C. C. H.의 친구들이."라는 문구가 새겨져 있었다. 과거에 개업의가 들고 다니던 아주 예스러운 지팡이로, 위엄 있고 견실하며 듬직한 분위기를 풍기는 물건이었다.

"왓슨, 그 지팡이를 어떻게 생각하나?"

홈스는 나를 등진 채 앉아 있었고, 나는 아무 소리도 내지 않은 채 지팡이를 살펴보고 있었다.

"내가 뭘 하는지 어떻게 알았어? 뒤통수에 눈이라도 달렸나 보네?"

"지금 내 앞에 반짝반짝 윤이 나는 은도금 커피포트가 있거든. 어찌 됐건 말해 봐. 우리 손님이 놓고 간 그 지팡이를 어떻게 생각해? 안타깝게도 우리는 그 손님을 만나지 못했으니 무슨 일로 찾아왔는지도 모르잖아. 그러니 이 우연한 선물이 중요한 단서가 되어 주겠지. 그 지팡이를 찬찬히 뜯어보고 주인에 대해 떠오르는 인상을 말해 보게나."

나는 홈스의 방법을 최대한 흉내 내서 말했다.

"내 생각에 모티머 박사는 나이도 지긋하고 성공한 의사 같군. 지인들에게 이런 감사의 선물을 받은 걸 보면 존경받는 인물일 거고."

"좋았어! 훌륭한데." 홈스가 외쳤다.

"그리고 시골에 사는 개업의로 왕진 갈 때는 대체로 걸어다니는 편인 것 같아."

"왜 그렇게 생각하지?"

"원래는 아주 근사했을 지팡이가 이렇게 흠집투성이가 됐잖아. 도시에서 일하는 의사라면 이 지경까지 되진 않지. 두꺼운 철로 된 덮개가 이렇게 닳은 걸로 봐서 이걸 들고 수도 없이 걸어 다녔나 보군."

"일리 있군!" 홈스가 말했다.

"그리고 'C. C. H.의 친구들'이라는 문구 말이야. 내 생각에 'H'는 'Hunt'의 약자일 것 같아. 어떤 시골 사냥 단체 회원이 모티머 선생에게 수술을 받았고 그 답례로 작은 선물을 받은 게 아닐까?"

"와, 왓슨. 정말 훌륭한 추리야." 홈스는 의자에서 일어나 담배에 불을 붙이며 말했다. "자네는 고맙게도 지금까지 나의 대수롭지 않은 활약상을 성실하게 기록해 주면서, 본인의 능력은 과소평가하는 습관이 있어. 자네 스스로는 빛나지 않을지 모르지만, 자네는 빛을 전달하는 일을 하지. 세상엔 자기 안에 천재성이 없지만, 타인의 천재성을 자극하는 놀라운 힘을 가진 사람들이 있지. 나는 다정한 벗인 자네에게 아주 큰 빛을 지고 있다네."

홈스에게서 이런 극찬을 받은 적은 한 번도 없었기 때문에, 기쁨을 참을 수 없었음을 고백하겠다. 나는 언제나 홈스의 추리에 감탄하면서 그의 추리 방법을 세상에 널리 알리려 했지만, 홈스는 그런 노력에 항상 무심해서 속상했다. 그런데 이제는 홈스가 인정할 정도로 그의 추리 방법을 익혀서 실제 사건에 적용할 수 있게 되다니 뿌듯하기까지 했다. 홈스는 내가 들고 있던 지팡이를 받아 들더니 몇 분 동안 꼼꼼히 뜯어봤다. 그러더니 흥미롭다는 표정으로 담배를 내려놓고, 지팡이를 가지고 창가로 가서 볼록 렌즈로 다시 살펴보았다.

"기초적이긴 하지만 재미있군. 이거로 한두 가지는 확실히 알겠어. 몇몇 추론을 할 수 있는 토대도 되고." 그는 평소에 즐겨 앉는 긴 의자로 가면서 말했다.

"내가 뭐 놓친 거라도 있나? 웬만큼 중요한 건 다 잡아낸 것 같은데." 나는 으스대며 말했다.

"유감스럽게도 자네가 내린 결론은 대부분 틀렸어. 조금 전에 자네가 나를 자극한다고 말했는데, 솔직히 말해서 그건 자네의 오류를 눈치채고 진실에 이르게 되는 경우가 가끔 있다는 뜻이었어. 하지만 이번에는 자네의 추리가 완전히 틀리진 않군. 이 사람은 분명 시골 개업의야. 평소에 많이 걷기도 하고."

"그럼 내 말이 맞잖아?"

"거기까지만 그렇지."

"하지만, 내 추리는 그게 다인데."

"아니, 왓슨, 그게 다가 아니야. 절대 그렇지 않아. 예를 들어 의사가 받은 선물이라면 사냥 단체보다는 병원에서 줬을 가능성이 더 커. 그렇다면 'C. C.' 뒤의 'H.'는 병원을 뜻할 테니 채링 크로스 병원이라는 단어가 아주 자연스럽게 떠오르잖아."

"그럴지도 모르겠군."

"그럴 확률이 훨씬 더 커. 이 가설을 받아들이면 어제 온 그 미지의 손님에 관한 새로운 추리를 할 수 있는 근거가 생긴 거지."

"'C. C. H.'가 채링 크로스 병원을 뜻한다고 치면 거기에서 어떤 추론을 끌어낼 수 있지?"

"뭐 떠오르는 거 없나? 자네도 내 추리 방법을 알잖아. 그걸 적용해 봐!"

"지금 생각나는 건 이 사람이 시골로 내려가기 전에 도시에서 일했다는 뻔한 결론밖에 없군."

"거기에서 좀 더 나아가 봐. 이런 식으로 생각해 보자고. 이런 선물은 보통 언제 받게 될까? 언제 친구들이 돈을 모아서 호의를 표현할까? 분명 모티머 박사가 병원을 그만두고 개인 병원을 차릴 때일 거야. 우리의 손님이 선물을 받았다는 건 우리도 알고 있잖아. 시내 병원을 그만두고 시골로 내려가 개인 병원을 차린 것도 분명하고. 그렇다면 시골로 내려갈 때 선물을 받았다는 우리의 추리가 너무 나간 건 아니지 않겠나?"

"과연 그래 보이는군."

"그리고 모티머 박사는 병원의 간부가 아니었을 거야. 그렇게 높은 지위에 오르려면 런던에서도 유명해야 하는데 그런 인재가 시골로 내려갈 리 없잖아. 그렇다면 채링 크로스 병원에서는 어떤 직책을 맡고 있었을까? 의사지만 간부는 아니라면 병원 기숙사에서 살면서 일하는 외과의나 내과의로 아마 의대 상급생과 비교해 별반 다른 처지가 아니었겠지. 지팡이에 새겨진 연도를 보면 병원을 그만둔 건 오 년 전이었어. 자, 자네가 묘사한 위엄이 넘치는 중년 개업의는 온데간데없이 사라졌군, 왓슨. 대신 서른이 채 안 됐고, 싹싹하지만 그다지 야심도 없는데 건망증은 있는 의사가 나타났어. 게다가 애지중지하는 개도 한 마리 있고. 아마 테리어보다 크고 마스티프보다 작은 개일 거야."

긴 의자에 등을 기대고 앉아 작고 동그란 담배 연기를 천장으로 내뱉는 홈스를 보며 나는 황당해서 웃을 수밖에 없었다.

"개는 확인할 길이 없지만, 적어도 그 사람의 나이와 경력에 대한 몇 가지 구체적인 사실은 확인할 수 있지." 나는 의학서

들이 꽂혀 있는 작은 책꽂이에서 의사 주소록을 꺼내 그 이름을 찾아보았다. 모티머라는 성을 가진 의사가 몇 명 있었지만, 우리 손님인 듯싶은 사람은 한 명밖에 없었다. 나는 그의 이력을 읽기 시작했다.

"제임스 모티머, 1882년, 영국 왕립 외과 의학교 회원. 데번셔 다트무어의 그림펜에 거주. 1882년부터 1884년까지 채링 크로스 병원에서 외과의로 근무. 「질병은 격세 유전인가?」라는 논문으로 비교병리학 부문에서 잭슨 상을 수상. 스웨덴 병리학회 외국 회원, 「격세 유전에 의한 기형의 예」(《란셋》, 1882년), 「인류는 진보하는가?」(《심리학 저널》, 1883년 3월) 등의 논문이 있음. 그림펜, 소슬리, 하이 배로의 의사."

"시골 사냥 단체에 대한 언급은 없었지만, 시골 의사라는 자네의 예리한 추리는 맞았군. 내 추리도 얼추 맞은 것 같은데. 건망증이 심하고 야심이 없고 싹싹하다고 본 것 말이야. 내 경험으로 보건대 저런 기념품을 받을 정도면 다른 사람들에게 인기가 있을 거고, 런던의 직장을 때려치우고 시골로 내려간 걸 보면 야심이 있어 보이지도 않네. 남의 집에서 한 시간이나 기다렸는데 명함이 아니라 지팡이를 놔두고 간 사람이라면 분명 깜박깜박하는 사람일 거고." 홈스가 짓궂은 미소를 지으며 말했다.

"개는?"

"그 개는 이 지팡이를 물고 주인을 따라다니는 버릇이 있어. 지팡이가 무거워서 한가운데를 꽉 무는 바람에 이빨 자국이 또렷하게 남아 있거든. 이빨 자국의 간격을 보아하니 그 개의 턱은 테리어라고 하기엔 너무 넓고, 마스티프라고 보기에는 너무 좁아. 그 개는 말이지, 어이쿠, 분명 털이 곱슬곱슬한 스패니얼이로군."

홈스는 자리에서 일어나 방 안을 서성이며 말하다가 창가에 멈춰 섰다. 그의 목소리가 너무 자신만만해서 놀란 내가 고개를 들었다.

"어떻게 그렇게 자신할 수 있지?"

"아주 단순한 이유야. 지금 우리 현관문 앞 계단에 그 개가 있고, 주인이 초인종을 누르고 있거든. 자네도 같이 있어 줘. 손님도 자네와 같은 의사니, 자네가 옆에 있으면 도움이 될 걸세. 자, 극적인 운명의 순간이 찾아왔군, 왓슨. 자네 인생으로 들어오는 발소리가 계단을 올라오고 있네. 그게 길조일까, 흉조일까? 제임스 모티머 의학 박사는 범죄 전문가인 셜록 홈스에게 무엇을 묻고 싶을까?"

전형적인 시골 의사를 상상했던 나는 손님을 보고 놀랐다. 그는 키가 훤칠하게 크고 날씬한 남자였다. 날카로운 회색 눈 사이에 새의 부리처럼 높이 솟은 매부리코가 있었고, 살짝 몰려 있는 두 눈이 금테 안경 너머에서 반짝반짝 빛났다. 의사다운 양복을 입었지만, 프록코트는 거무칙칙했고 바지는 해져 단정해 보이진 않았다. 아직 젊지만 긴 등은 벌써 구부정했고, 고개를 앞으로 쑥 내민 채 걸었는데 인상은 선량해 보였다. 그는 방에 들어왔다가 홈스가 들고 있는 지팡이를 보고는 탄성을 지르며 달려왔다.

"아, 정말 다행이에요! 이걸 여기에 놔두고 갔는지 아니면 선박 회사에 뒀는지 기억이 잘 안 났거든요. 이건 절대 잃어버리면 안 되는데."

"선물로 받은 것 같던데요."

홈스가 말했다.

"맞아요."

"채링 크로스 병원에서 받으신 거죠?"

"아니요, 결혼 선물로 친구들이 보내 줬어요."

"이런, 이런, 그게 아니었군." 홈스가 고개를 저으며 말했다.

놀란 모티머 박사가 안경 너머의 눈을 깜박였다.

"뭐가 아니란 말씀이시죠?"

"선생의 말씀을 듣고 우리의 추리가 틀렸다는 걸 알았단 겁니다. 그러니까 결혼 선물이란 말이죠?"

"네, 결혼하고 그 병원을 그만뒀습니다. 진찰의가 되겠다던 꿈도 그때 날아갔죠. 가정을 꾸려야 했으니까요."

"오, 우리가 완전히 헛다리를 짚은 건 아닌가 봅니다. 그건 그렇고 모티머 박사님……." 홈스가 말했다.

"그냥 모티머 씨라고 불러 주세요. 저는 그저 영국 왕립 외과 의학교 회원에 지나지 않으니까요."

"보아하니 아주 정밀한 사고를 하시는 분 같은데요."

"취미 삼아 과학을 배우고 있습니다. 거대한 미지의 바닷가에서 조개껍데기를 줍고 있는 형국이죠. 저와 말씀을 나누시는 분이 셜록 홈스 선생님이신 거 맞죠?"

"네, 이쪽은 제 친구 왓슨 박사입니다."

"만나서 반갑습니다. 홈스 선생님과 관련해서 박사님의 성

함도 많이 들었습니다. 그리고 홈스 선생님, 선생님의 외모가 아주 흥미로운데요. 이렇게 두상이 길고 눈두덩이 또렷하신 분일 줄은 몰랐어요. 죄송하지만 머리 위 관상 봉합 부분을 만져 봐도 괜찮겠습니까? 홈스 선생님의 두개골 모형은 어느 인류학 박물관이든 감사한 마음으로 전시할 겁니다. 원본을 전시할 수 있을 때까지는요. 선생님을 불쾌하게 해 드리려는 건 아닌데, 솔직히 말씀드리면 선생님의 두개골이 몹시 탐나는군요."

셜록 홈스는 이 기이한 방문객에게 의자를 권했다.

"나도 그렇지만, 모티머 선생도 자신의 연구 분야에 대단한 열정을 품고 있으시군요. 검지를 보니 손으로 말아 피우는 담배를 피우시는 것 같고. 사양하지 말고 피우세요."

손님은 종이와 담배를 꺼내 놀랄 만큼 능숙하게 담배를 말았다. 그의 길고 가느다랗게 떨리는 손가락이 곤충의 더듬이처럼 기민하게 움직였다. 홈스는 아무 말도 하지 않았지만, 예리한 시선을 보니 이 이상한 손님에게 흥미를 느끼는 듯했다.

"그건 그렇고 내 두개골을 연구하려고 어제에 이어 오늘도 여기를 찾아오시진 않았겠죠?" 홈스가 마침내 물었다.

"아뇨, 선생님. 그건 아닙니다. 선생님의 두상을 관찰할 기회가 생겨서 무척 기쁘긴 하지만요. 저는 실천가보다는 이론가에 가까운 사람인데도 이렇게 선생님을 찾아뵌 것은 아주 심각하고 기묘한 문제가 생겼기 때문입니다. 그래서 유럽에서 두 번째로 훌륭한 전문가인 선생님에게……."

"오호! 그렇다면 그 첫 번째 전문가라는 명예를 차지한 분은 누구인가요?" 홈스가 까칠하게 물었다.

"가장 정확하고 과학적인 지성의 소유자라면 프랑스의 인류학자 베르티용일 듯합니다."

"그렇다면 베르티용 씨를 찾아가시지?"

"정확하고 과학적인 지성의 소유자가 그렇다는 것이죠. 하지만 현실적인 문제를 해결할 때는 홈스 선생님이 독보적이십니다. 혹시 제가 본의 아니게 실수를 한 건 아닌지……."

"뭐, 조금은 그렇지요. 이제 본론으로 들어가는 게 좋겠습니다, 모티머 박사님. 어떤 문제 때문에 제 도움이 필요하신지 솔직하게 말씀해 주세요." 홈스가 말했다.

2
바스커빌가의 저주

"제 주머니에 문서가 하나 있습니다."

제임스 모티머 박사가 말했다.

"그건 여기 들어오실 때부터 알고 있었습니다."

홈스가 대꾸했다.

"고문서입니다."

"위조품이 아니라면 18세기 초에 만들어졌군요."

"어떻게 아십니까?"

"박사님이 말씀하시는 내내 그 문서가 3, 4센티미터 정도 주머니 위로 나와 있었거든요. 문서의 작성 연대를 십 년 전후의 오차 범위 내에서 판정하지 못하면 실력 있는 전문가라고 할 수 없죠. 그 주제로 제가 짧은 논문을 발표한 적이 있습니다. 제 짐작으로는 1730년대 서류 같군요."

"정확한 연도는 1742년입니다."

모티머가 양복 가슴 수머니에서 고문서를 꺼냈다.

"이 고문서는 바스커빌 가문의 것으로 찰스 바스커빌 경이 제게 맡기셨습니다. 석 달 전 바스커빌 경이 갑자기 비극적으로 돌아가시는 바람에 데번셔는 난리도 그런 난리가 없었습니다. 저는 바스커빌 경의 주치의이자 친구였습니다. 경은 심지가 굳고, 두뇌 회전이 빠른 데다, 세상 물정에 밝은 분이셨고, 저처럼 허황한 것은 믿지 않으셨습니다. 하지만 이 고문서는 아주 심각하게 받아들이셨어요. 결국 자신을 집어삼킬 무시무시한 결말에 대비하신 것처럼 말입니다."

홈스는 그 고문서를 받아서 무릎 위에 놓고 펼쳤다.

"이것 좀 봐 봐, 왓슨. 길고 짧은 'S'를 번갈아 사용했군. 이것도 연도를 구분하는 몇 가지 단서 중 하나일세."

나는 홈스의 어깨 너머로 누런 종이와 거기 적힌 빛바랜 글자들을 들여다보았다. 제일 위에 "바스커빌 저택"이라는 제목이 있었고, 그 밑에 "1742"라고 크게 갈겨쓴 숫자가 보였다.

"일종의 진술서로 보이는군요."

"네, 바스커빌가에 전해 오는 어떤 전설을 쓴 글입니다."

"하지만 선생님이 제게 상의하고 싶은 건 좀 더 최근에 일어난 현실적인 문제 아닙니까?"

홈스가 말했다.

"아주 최근 일이죠. 앞으로 이십사 시간 안에 결정을 내려야 하는 대단히 현실적이고 긴박한 문제입니다. 하지만 이 문서는 길지 않은 데다 이번 문제와 관련돼 있으니 괜찮으시면 제가 읽어 드리겠습니다."

홈스는 의자에 등을 기대고, 양 손가락 끝을 맞댄 후에, 눈을 감았다. 그런 그에게서 체념한 분위기가 풍겼다. 모티머 박사는 고문서를 불빛에 비추어 보며 높고 갈라지는 목소리로 오래전부터 내려오는 기괴한 이야기를 읽었다.

'바스커빌가의 사냥개'의 유래에 대해서는 수많은 설이 있지만, 휴고 바스커빌의 직계 자손인 나는 아버지에게서 직접 그 이야기를 들었다. 아버지 역시 아버지의 아버지에게서 그 이야기를 들었다. 나는 그 이야기를 여기에 기록하며, 그 일이 여기 적은 그대로 일어났다고 굳게 믿고 있다.

나의 자손들은 정의가 죄를 벌하는 한편으로 관대하게 용서할 수도 있으며, 그 어떤 저주라도 기도와 회개로 풀 수 있다는 점을 믿기 바란다. 이 이야기를 교훈으로 삼아 과거의 산물을 두려워하지 말되 앞으로는 신중하게 처신하기를. 우리 가문에 통탄할 고통을 안긴 정욕의 고삐가 다시 풀려 후손이 파멸하는 일이 없기를.

거대한 반란[1])이 일어났을 때,(이 사건에 대해서는 역사가 클래런던 백작이 쓴 『영국의 반란과 내란의 역사』를 읽어 보도록 하여라.) 이 바스커빌 장원은 휴고라는 사람의 소유였다. 그가 성정이 난폭하고, 신성 모독적이며, 무신론자였다는 사실은 부

---

1) 청교도 혁명이기도 하나 이 시대에는 청교도 혁명이라고 부르지 않았으므로 '거대한 반란'으로 표기했다.

인할 수 없구나. 그래서 성인들마저 이곳에서는 맥을 못 추는 것을 이곳 수민들은 알기에 그런 휴고를 그냥 보아 넘겼을 것이다. 휴고의 방탕하고 잔인한 성격은 서쪽 지방에서도 유명했다. 그런 휴고가 바스커빌 저택 근처에 살던 한 자작농의 딸을 사랑하게(그런 사악한 욕정에 그렇게 찬란한 이름을 붙여도 된다면 말이다.) 되었다. 하지만 정숙하기로 평판이 드높고 조심스러운 성격이었던 그 아가씨는 휴고의 악명이 두려워 항상 그를 피해 다녔다. 그러다가 어느 해 9월 29일, 성 미카엘 대천사 축일에 휴고는 아가씨의 아버지와 남자 형제들이 집을 비웠다는 사실을 알고 늘 빈둥거리기만 하는 못된 친구 대여섯 명을 데리고 몰래 그녀의 집에 가서 그녀를 납치했다. 그들은 그녀를 저택의 2층 방에 가두고, 매일 밤 하던 것처럼 술판을 벌였다. 그 가엾은 아가씨는 아래층에서 들려오는 노랫소리, 고함, 무시무시한 욕설에 주의를 기울였을 것이다. 술에 취한 휴고 바스커빌이 내뱉은 말은, 그 말을 따라 하기만 해도 지옥에 떨어지지 않을까 할 정도로 끔찍했으니까. 결국 두려움을 견디지 못한 아가씨는 세상에서 가장 용감하거나 행동력이 뛰어난 사내도 겁을 먹었을 일을 해냈다. 그녀는 무성하게 자라서 남쪽 벽을 빽빽하게 뒤덮은 덩굴을 타고 저택의 밑으로 내려왔다. 그리고 황야를 가로질러 바스커빌 저택에서 12킬로미터나 떨어진 아버지 집으로 향했다.

얼마 후 휴고가 친구들을 놔두고 음식과 음료, 그리고 아마도 더 끔찍한 목적을 품고 아가씨를 가둬 놓은 위층으로 올라갔다. 그랬다가 새가 날아가 버린 텅 빈 새장만 발견했다. 휴고는 악마에 영혼이 사로잡힌 사람처럼 층계를 뛰어 내려와 흥청망청 술판이 벌어진 식탁 위에 올라서서 술병과 나무 접시들을 발로 걷어찼다. 그리고 친구들 앞에서 "그 여자를 잡아 올 수만 있다면 오늘 밤부터 내 몸과 영혼을 악마에게 바치겠다!"라고 외쳤다. 술에 취한 무리는 경악해서 그 자리에 선 채 광분한 그를 바라봤다. 그때 그보다 더 사악한 자, 혹은 가장 심하게 취한 자가 개들을 풀어 그 여자를 쫓자고 소리쳤다.

집 밖으로 달려 나간 휴고는, 마부들에게 말에 안장을 얹고 우리에서 개들을 끌고 나와 아가씨의 손수건을 냄새 맡게 하라고 명령했다. 그는 개들을 일렬로 서서 달리게 하고 자신도 고함을 지르며 달빛이 비치는 황야를 향해 달렸다. 순식간에 일어난 이 일련의 사건에 놀란 휴고의 친구들은 입을 떡 벌린 채서 있었다. 그러다 이내 정신을 차리고 황야에서 어떤 일이 일어나게 될지 깨닫고 대소동이 일어났다. 어떤 자는 권총을, 어떤 자는 말을, 어떤 자는 술을 대령하라 소리를 질러 댔다. 마침내 광기가 사라지고 어느 정도 정신을 차린 열세 명의 사내는 말에 올라 추격을 시작했다. 머리 위를 비추는 달빛을 받으며 그들은 도망친 아가씨가 지나갔을 만한 길을 따라 나란히 바람처럼 달려갔다.

2, 3킬로미터쯤 달려간 그들은 밤의 황야에서 양치기를 만나 여자를 추적하는 한 사람을 보지 못했는지 큰 소리로 물었다. 전설에 따르면, 그 양치기는 겁에 질린 나머지 한동안 말도 하지 못했다가 마침내 입을 열어서 개들에게 쫓기는 가엾은 아가씨를 보았다고 했다. 그리고 "그보다 더 끔찍했던 것은 검은

말을 타고 달리는 휴고 바스커빌 경의 뒤를 꿈에서도 마주치고 싶지 않은 시옥의 개가 소리도 없이 쫓아갔다는 겁니다."라고 말했다. 그래서 술에 취한 무리는 양치기에게 욕을 퍼붓고는 계속 앞으로 달렸다. 하지만 곧 그들의 간담이 서늘해지는 일이 일어났다 황야를 질주하는 말발굽 소리가 울려 퍼지더니 텅 빈 안장을 등에 얹은 검은 말이 입에 하얀 거품을 문 채 고삐만 나부끼며 그들 곁을 지나간 것이다. 무시무시한 공포에 사로잡힌 취한들은 말의 간격을 좁혀 서로를 의지하며 황야를 향해 계속 달렸다. 혼자였다면 다들 미련 없이 돌아섰을 것이다. 그런 식으로 한데 모여 천천히 달리다가 마침내 사냥개 무리를 만났다. 하지만 용맹스럽고 혈통이 좋기로 유명한 놈들이 계곡의 웅덩이 위쪽에 한데 모여서 낑낑거리고 있었다. 어떤 녀석들은 슬금슬금 도망치고 있었고, 어떤 녀석들은 목덜미의 털을 곤두세운 채 그들 앞에 있는 좁은 계곡을 노려보고 있었다.

다들 짐작할 수 있겠지만 이제 술이 좀 깬 추격자들은 멈춰 섰다. 대부분 더는 앞으로 나갈 생각이 없었지만, 개중에 가장 대담했거나 아니면 아직 술이 덜 깬 세 사람만이 계곡의 웅덩이 쪽으로 말을 타고 갔다. 웅덩이 바닥에는 거대한 바위 두 개가 있었다. 지금도 볼 수 있는 그 바위들은 고대에 어떤 사람들이 거기 놔둔 것이다. 달빛이 환하게 비추는 그 웅덩이 한가운데 그 불쌍한 아가씨가 쓰러져 있었다. 두려움과 피로를 이기지 못해 숨을 거뒀지. 하지만 그 무모한 세 주정뱅이가 머리카락이 곤두설 만큼 공포를 느낀 이유는 아가씨의 시신이나 그 근처에 쓰러져 있던 휴고 바스커빌 때문이 아니었다. 그들을 공포에 떨게 한 것은 휴고의 몸에 올라타 그의 목덜미를 물어뜯고 있는 거대한 검은 짐승이었다. 모습은 사냥개처럼 생겼으나 지상에 존재하는 그 어떤 사냥개보다 더 거대했다. 취한 사내들이 쳐다보는 와중에도 휴고의 목덜미를 계속 물어뜯던 그 악마 같은 개가 이글거리는 눈과 피가 뚝뚝 떨어지는 턱을 그들에게 돌리자 그들은 새된 비명을 지르며 죽어라 황야를 가로질러 달아났다. 전설에 따르면, 그들 중 하나는 그날 밤 숨을 거뒀고, 둘은 목숨을 건졌으나 영영 제정신을 찾지 못했다고 한다.

후손들이여, 이것이 바로 후에 우리 가문을 그토록 혹독하게 괴롭히는 저주가 된 사냥개의 유래다. 내가 여기에 이 이야기를 적어 남기는 까닭은, 사건의 진상을 정확히 밝혀 두면 막연한 암시나 추측보다 두려움이 줄어들리라 생각했기 때문이다. 우리 가문에서 갑작스럽고도 잔혹하게 의문의 죽음을 맞은 사람이 많다는 사실은 부인할 수 없다. 하지만 죄 없는 자에 대한 벌은 3, 4대를 넘지 않는다는 신의 섭리에 의지할 수 있을 것이다. 그러니 그런 선의에 기대어 살아가되 부디 악령이 활개를 치는 어두운 밤에는 황야를 지나지 않도록 조심, 또 조심하거라.

너희의 여동생인 엘리자베스에게는 이건 언급하지 말기를 당부하며, 휴고 바스커빌의 후손인 로저와 존에게 이 기록을 남긴다.

이 기묘한 이야기의 낭독을 마쳤을 때 모티머는 안경을 이마 위로 밀어 올리고 홈스의 얼굴을 가만히 바라봤다. 홈스는 하품하더니 담배꽁초를 난로 안으로 던지며 물었다.

"흠."

"흥미롭지 않나요?"

"이야기를 수집하는 사람에게나 그렇겠죠."

"이제 좀 더 최근 정보를 드릴게요. 이건 올해 5월 14일 자 《데번셔 크로니클》입니다. 이보다 며칠 앞서 일어난 찰스 바스커빌 경의 죽음에서 찾아낸 몇 가지 사실이 여기 실렸습니다." 모티머가 주머니 속에서 접힌 신문을 꺼냈다.

홈스는 강한 관심을 보이면서 몸을 조금 앞으로 내밀었다. 우리의 손님은 안경을 고쳐 쓰더니 읽기 시작했다.

다음 선거에서 데번셔 중부의 자유당 후보로 선출될 가능성이 컸던 찰스 바스커빌 경의 갑작스러운 죽음으로 인해 그 지역에 어둠이 드리워졌다. 찰스 경이 바스커빌 저택에서 살았던 시간은 길지 않지만, 성격이 온화하고 관대해 지인들의 애정과 존경을 한 몸에 받았다. 벼락부자들의 전성시대인 요즘, 데번셔의 유서 깊은 가문의 후예가 자수성가해서 몰락한 가문을 다시 일으켜 세우기 위해 이곳으로 돌아온 것은 아주 신선한 소식이었다. 찰스 경이 남아프리카에 투자해 막대한 부를 얻은 사실은 유명하다. 운이 다할 때까지 사업에 매달린 이들과 달리 현명하게도 물러날 때를 알았던 경은 사업에서 거둔 이익을 현금화해서 영국으로 돌아왔다. 그가 바스커빌 저택에 산 지는 이 년밖에 안 됐으며, 그의 죽음 때문에 중단된 재건 계획의 규모가 얼마나 컸는지는 다들 알고 있다. 자식이 없었던 찰스 경은 생전에 재산 일부를 지역에 환원하겠다는 뜻을 밝혀 왔기 때문에 그의 갑작스러운 죽음을 애통해하는 이들이 아주 많다. 지금까지 찰스 경이 우리 지역의 자선 사업에 막대한 자금을 기부했다는 사실은 본지에서도 자주 보도했다.

찰스 경의 사망 정황에 대한 조사 덕분에 사인이 정확히 밝혀졌다고는 할 수 없지만, 적어도 이 지방의 미신 때문에 일어난 소문을 잠재우기엔 충분했다. 타살이나 초자연적인 원인으로 목숨을 잃었다고 의심할 만한 점은 전혀 없었다. 찰스 경은 아내가 일찍 세상을 떠났고, 사고방식도 다소 독특했다고 할 수 있다. 그는 거부였지만 개인 취향은 검소했다. 저택의 고용인도 배리모어 부부뿐으로 남편은 집사로, 아내는 가정부로 일했다. 이 부부와 몇몇 친구들의 증언에 따르면 찰스 경은 한동안 건강이 좋지 않았다. 특히 심장병을 앓아서 혈색이 나빴고, 호흡 곤란을 겪었으며 신경 쇠약에 의한 발작을 보일 때도 있었다고 한다. 고인의 친구이자 주치의인 제임스 모티머 박사도 이와 같은 증언을 했다.

사건의 정황은 단순하다. 찰스 바스커빌 경에게는 매일 밤 자기 전 바스커빌 저택에 있는 유명한 주목 오솔길을 산책하는 습관이 있었다. 배리모어 부부도 그렇다고 증언했다. 5월 4일, 찰스 경은 배리모어 집사에게 다음 날 런던으로 떠날 것이니 짐을 싸 놓으라고 지시했다. 그날 밤, 경은 평소처럼 담배도 피울 겸 산책하러 나갔다가 돌아오지 않았다. 집사는 자정에도 현관문이 열려 있는 것을 보고 놀라서 등에 불을 붙여 들고 주인을 찾아 나섰다. 그날은 비가 와서 땅이 젖어 주목 오솔길에 난 찰스 경의 발자국을 쉽게 따라갈 수 있었다. 오솔길 중간 지점에 황야로 나가는 문이 있었다. 거기 남은 흔적으로 봐서 찰스 경이 한동안 거기에 서 있었다는 사실을 알 수 있었다. 그런 다음 다시 앞으로 걸어간 찰스 경의 발자국이 있었고, 그 길의 끝에서 시신으로 발견됐다.

한 가지 이해할 수 없는 사실은 황야로 나가는 문을 지난 지점에서부터 경의 발걸음이 바뀌었다고 집사가 증언한 점이다. 찰스 경은 거기에서부터 발끝으로 걸어간 것처럼 보인다고 했다. 머피라는 집시 출신의 말 장수가 당시 현장에서 가까운 황야에 있었다. 당시 술이 많이 취한 상태였다고 솔직하게 털어놓은 말 장수는 그때 비명을 들었다고 단언했지만, 어느 방향에서 들렸는지는 대답하지 못했다. 찰스 경의 몸에 폭행당한 흔적은 없었다. 다만 모티머 박사는 경의 얼굴이 너무나도 심하게 뒤틀려 있어서 처음에는 친구이자 주치의인 자신도 시신이 찰스 경이 아니라고 부인할 정도였다고 증언했다. 그러나 호흡 곤란이나 심장이 탈진해서 사망하면 종종 그런 현상도 나타난다고 했다. 검시 결과, 경이 오랫동안 기질성 질환을 앓고 있었다는 사실이 밝혀져 증인들의 증언과 일치했다. 검시 배심원단도 검시 보고서를 인정했다.

찰스 경의 후계자가 바스커빌 저택에 자리를 잡고 지극히 안타까운 이유로 중단된 사업을 다시 시작하는 것이 무엇보다 중요하니, 검시 결과는 희소식인 셈이다. 상상력이란 상상력은 다

배제한 검시 결과가 마침내 이 사건과 관련해서 떠도는 비현실적인 소문에 마침표를 찍지 않았다면, 바스커빌 저택의 주인을 찾기 어려웠을 것이다. 찰스 바스커빌 경과 가장 가까운 친척은 생존해 있다면, 찰스 경의 동생의 아들인 헨리 바스커빌 씨로 알려졌다. 그가 마지막으로 소식을 전한 곳은 미국이었으며, 막대한 유산을 물려받게 됐다는 소식을 전하기 위해 현재 그를 찾는 중이다.

모티머 박사는 신문을 다시 접어 주머니에 넣었다.

"홈스 선생님, 이것이 찰스 바스커빌 경의 죽음에 대해 공개적으로 알려진 사실들입니다."

"흥미진진한 사건을 알려 주셔서 감사합니다. 당시 신문 기사를 읽긴 했지만, 바티칸 카메오 사건에 전적으로 매달려 있을 때라서요. 교황을 도와야 한다는 마음 때문에, 영국에서 일어난 흥미로운 사건에는 관심을 두지 못했습니다. 그 신문 기사에 공개된 사실은 다 들어가 있나요?"

"그렇습니다."

"그럼, 사적으로 알고 있는 사실을 말해 주시죠."

홈스는 의자에 몸을 기대더니 다시 양 손가락 끝을 맞대며 판관처럼 냉정한 표정을 지었다.

"그러자면 지금까지 누구에게도 하지 않은 이야기를 털어놔야 합니다. 제가 검시 심문 때도 입을 다물었던 이유는 과학자가 사람들이 믿는 미신을 지지하는 것처럼 보일까 봐 걱정했기 때문입니다. 그리고 신문에도 나왔듯이 바스커빌 저택을 둘러싼 섬뜩한 풍문을 부채질해서 거기에 새로 들어올 주인을 쫓아 버릴지도 모른다고 생각하기도 했고요. 그 두 가지 이유로 아는 게 있어도 말을 아끼는 편이 낫겠다고 판단했습니다. 하지만 선생님에게는 솔직하지 못할 이유가 없지요." 모티머 박사의 얼굴 위로 강렬한 감정이 드러나기 시작했다.

"바스커빌 저택 주위의 황야에 사는 주민은 거의 없어서 가까이 사는 사람들은 친하게 지냅니다. 덕분에 저도 찰스 바스커빌 경과 자주 만났습니다. 래프터 저택의 프랭클랜드 씨와 박물학자인 스테이플턴 씨를 제외하면 인근에 교양 있는 사람이 별로 없으니까요. 찰스 경은 내성적인 분이었지만 병에 걸린 후 저와 친해졌습니다. 둘 다 과학에 관심이 많아서 가깝게 지냈죠. 찰스 경은 남아프리카에서 과학적 자료를 많이 가지고 오셨습니다. 우리는 부시먼과 호텐토트족의 비교해부학 등을 논하면서 수도 없이 즐거운 밤을 보냈죠."

"지난 몇 달 동안 찰스 경의 신경이 극도로 날카로워져서 위험한 상태였다는 사실을 저는 아주 잘 알고 있었습니다. 제가 조금 전에 읽은 전설을 너무 심각하게 받아들이신 거죠. 그래서 저택 안에서는 산책하셨지만, 밤에는 어떤 일이 있어도 황야에 나가려 하시지 않았습니다. 홈스 선생님은 믿기 힘드시겠지만, 찰스 경은 자기 가문에 드리운 무서운 운명을 진심으로 믿었고, 자손에게는 재앙이 미치지 않을 것이라고 고문서에 적혀 있었지만 안심하지 못했습니다. 찰스 경은 섬뜩한 존재가 계속 자기를 따라다닌다고 생각했습니다. 밤에 왕진을 다닐 때 이상한 짐승을 보거나 사냥개가 짖는 소리를 듣지 못했는지 제게 몇 번이나 물어봤거든요. 특히 개 짖는 소리에 대해 여러 번 물어보셨는데, 그때마다 항상 무척 흥분한 목소리였습니다.

그 치명적인 사건이 일어나기 삼 주쯤 전, 마차를 타고 바스커빌 저택까지 간 그날 밤의 일이 아직도 생생하게 떠오릅니다. 찰스 경은 그때 마침 현관에 서 계셨습니다. 제가 이륜마차에서 내려서 경 앞에 섰는데, 경의 시선은 제 어깨 너머에 고정돼 있었습니다. 두려움이 극에 달한 표정이셨죠. 저는 재빨리 고개를 돌렸는데 커다란 짐승이 진입로 입구를 지나가는 것이 보였습니다. 제가 보기엔 검은 송아지 같았습니다. 찰스 경이 너무 불안하고 초조해하셨기에 제가 그 자리에 가서 주위를 살펴봤습니다. 하지만 그 짐승은 이미 사라졌고, 그 일 때문에 찰스 경의 불안이 극에 달했습니다. 그날은 찰스 경 곁에서 밤을 보냈습니다. 경은 본인이 그렇게 두려워한 이유를 제게 털어놓고, 제가 처음에 선생님에게 읽어 드린 그 고문서를 보관해 달라면서 제게 맡겼습니다. 이 일을 말씀드리는 까닭은 이것이 그 후에 일어난 비극과 밀접한 관계가 있을지도 모른다고 생각하기 때문입니다. 하지만 당시에는 저도 별일 아니라고 치부했고, 경이 쓸데없이 두려워한다고 생각했습니다.

찰스 경의 런던행은 저의 조언 때문입니다. 심장도 약한데 터무니없는 이유로 집에서 전전긍긍하면서 지내면 건강에 악영향을 미칠 테니까요. 경이 몇 달 도시에서 지내며 기분 전환을 하면 완전히 새사람이 되어 돌아오리라 생각했습니다.

우리의 친구인 스테이플턴 씨도 경의 건강을 걱정했기 때문에 제 의견에 동의했습니다. 그런데 마지막 순간에 대참사가 일어난 겁니다.

찰스 경이 돌아가신 날 밤, 처음 시신을 발견한 배리모어 집사가 마부 퍼킨스에게 말을 타고 가서 제게 이 사실을 알리라고 명했습니다. 그때 저는 늦게까지 안 자고 있어서 사건이 일어난 지 채 한 시간도 지나지 않아 바스커빌 저택에 도착했습니다. 저는 경찰 조사에서 언급된 모든 사실을 직접 살펴보고 확인했습니다. 주목 오솔길에 있는 발자국을 따라가 봤고, 찰스 경이 뭔가를 기다린 것 같은 발자국을 황야로 가는 문에서 발견했으며, 그 후에 경의 발자국이 바뀌었다는 사실도 확인했습니다. 비가 내린 자갈길에는 배리모어의 발자국 말고는 아무것도 없다는 점에도 주목했습니다. 마침내 저는 제가 도착할 때까지 아무도 건드리지 않은 시신을 주의 깊게 살펴봤습니다. 찰스 경은 두 팔을 뻗은 채 땅바닥에 엎드려 쓰러져 있었습니다. 그의 손가락은 땅바닥을 움켜쥐고 있었고, 얼굴은 너무나 격렬한 감정에 휩싸인 나머지 심하게 뒤틀려 있어서 처음에는 그가 찰스 경이 맞는다고 확인할 수조차 없었습니다. 확실히 몸에 외상을 입은 흔적은 전혀 없었습니다. 그런데 심문에서 배리모어가 한 진술 중에 오류가 하나 있었습니다. 그는 시신 주변 땅바닥에 아무런 발자국도 없었다고 증언했습니다. 하지만 저는 보았습니다. 시신에서 조금 떨어진 장소에, 찍힌 지 얼마 안 되는 선명한 자국이 있었습니다."

"발자국이었나요?"

"발자국이었습니다."

"남자 아니면 여자의 발자국?"

그 순간 모티머 박사는 기묘한 표정으로 우리를 보더니 마치 속삭이는 것처럼 아주 작은 목소리로 대답했다.

"홈스 선생님, 그건 거대한 사냥개의 발자국이었습니다!"

3
골치 아픈 문제

고백하건대 그 말을 듣는 순간 나의 온몸에 전율이 일었다. 모티머 박사도 자기 이야기에 깊게 몰입했는지 목소리가 살짝 떨렸다. 홈스는 흥분해서 몸을 앞으로 내밀었다. 강한 흥미를 느꼈을 때 그렇듯 두 눈이 건조하게 반짝이고 있었다.

"그걸 직접 봤습니까?"

"지금 선생님을 보고 있는 것처럼 확실히 봤습니다."

"그런데 아무 말도 하지 않았단 말입니까?"

"그래 봤자 무슨 소용이 있었겠습니까?"

"다른 사람들은 왜 그걸 보지 못했을까요?"

"개의 발자국은 시신에서 18미터 정도 떨어진 곳에 있었고, 아무도 그것에 신경 쓰지 않았으니까요. 저도 그 전설을 몰랐다면 그랬을 겁니다."

"황야에는 양치기 개들이 많잖아요?"

"그렇죠. 하지만 그건 양치기 개가 아니었습니다."

"발자국이 컸다고 하셨죠?"

"거대했습니다."

"하지만 그 개가 시신에 접근하진 않았단 말이죠?"

"그렇습니다."

"그날 밤, 날씨는 어땠나요?"

"매우 춥고 습했어요."

"하지만 비는 내리지 않았고요?"

"네."

"오솔길은 어떻게 생겼죠?"

"길 양쪽에 높이가 3.5미터 정도 되는 주목들이 자라서 울타리 역할을 하는데 아주 높고 빽빽해서 아무도 통과할 수 없습니다. 산책로의 폭은 약 2.4미터 정도 됩니다."

"울타리와 길 사이에 뭐가 있나요?"

"폭이 약 1.8미터 정도 되는 잔디밭이 양쪽에 있습니다."

"주목 울타리 밖으로 나갈 수 있는 문이 하나 있다고요?"

"그렇습니다. 황야로 가는 문입니다."

"다른 출입구는 없습니까?"

"네, 없습니다."

"그렇다면 저택에서 가거나 황야로 난 문을 통과해야만 주목 오솔길로 들어설 수 있다는 거죠?"

"오솔길 끝에 여름용 별장이 있습니다. 거기에도 문이 있지요."

"찰스 경이 거기까지 갔나요?"

"아니요, 경은 거기에서 45미터 정도 떨어진 곳에 쓰러져 있었습니다."

"모티머 박사님, 하나 더 묻겠습니다. 중요한 사항인데요. 박사님이 본 발자국은 잔디가 아니라 오솔길에 찍혀 있었죠?"

"잔디에는 발자국이 드러나지 않으니까요."

"그 발자국은 황야로 통하는 문으로 나 있었습니까?"

"네, 그 문으로 가는 길에 찍혀 있었습니다."

"굉장히 흥미롭군요. 그럼, 하나 더. 황야로 가는 문은 닫혀 있었나요?"

"닫혀서 자물쇠가 채워져 있었습니다."

"문의 높이는 얼마나 되죠?"

"1.2미터 정도 됩니다."

"그럼, 누구든 뛰어넘을 수 있겠군요."

"그렇습니다."

"그 문 주위에 무슨 발자국 같은 건 없었나요?"

"특별히 눈에 띄는 건 없었습니다."

"맙소사! 아무도 조사한 사람이 없었단 말입니까?"

"아니요, 제가 직접 살펴봤죠."

"그런데 아무것도 없었다고요?"

"혼란스러울 정도로 발자국이 많았거든요. 찰스 경이 그곳에서 오 분에서 십 분 정도 서성거린 모양입니다."

"그걸 박사님이 어떻게 알죠?"

"담뱃재가 평소보다 두 배로 떨어져 있었거든요."

"훌륭해요! 이분은 우리와 같은 부류라고 할 수 있겠어, 왓
슨. 하지만 발자국은?"

"작은 자갈길 여기저기에 찰스 경의 발자국이 찍혀 있었지
만 다른 발자국은 없었습니다."

셜록 홈스가 안달이 나서 손으로 자기 무릎을 쳤다.

"내가 거기 있었더라면 좋았을 텐데! 굉장히 이례적이고 흥
미로운 사건이라 과학 전문가들에게 좋은 기회가 됐을 거야.
내가 있었다면 그 자갈길에서 많은 것을 읽어 낼 수 있었을 거
야. 이제는 이미 빗물로 얼룩지고, 호기심 많은 소작농들의 나
막신에 엉망이 되어 버렸겠지만. 아, 모티머 박사님, 모티머 박
사님. 그때 나를 부르셨어야죠! 이건 전부 박사님 책임입니다."

"이 사실들을 공개하지 않은 채 홈스 선생님을 부를 수는
없었습니다. 그러고 싶지 않았던 이유는 이미 말씀드렸잖아
요? 게다가……."

"왜 말을 끝내지 못하시나요?"

"아무리 경험이 풍부하고 유능한 탐정이라고 해도 손을 쓸
수 없는 분야가 있습니다."

"초자연적인 현상 말씀입니까?"

"그렇다고 단정하는 건 아닙니다."

"하지만 그렇게 생각하고 있군요?"

"홈스 선생님, 그 비극이 일어난 뒤, 자연의 섭리로는 설명
할 수 없는 몇 가지 이야기를 들었습니다."

"예를 들면?"

"그 끔찍한 사건이 일어나기 전, 바스커빌가의 악마와 닮은

짐승의 모습을 황야에서 본 사람이 몇 명 있었습니다. 그것은 과학적으로는 도저히 납득할 수 없는 동물이었습니다. 사람들 말로는 어둠 속에서 빛을 발하는 거대한 그것은 무시무시한 유령 같았다고 합니다. 제가 그들을 만나 상세히 물어봤습니다. 한 명은 굉장히 현실적인 성격의 시골 사람이었고, 또 한 명은 말 편자를 만드는 사람이고, 마지막은 황야의 농부인데 모두가 들려준 그 무시무시한 유령이 전설에 나오는 지옥의 사냥개와 똑같았습니다. 우리 지방 사람들은 지금 두려움에 사로잡혀 있습니다. 밤에 황야로 나가는 사람은 아주 담이 큰 사내일 겁니다."

"과학을 배운 박사님도 초자연적인 존재를 믿습니까?"

"전 이제 무엇을 믿어야 좋을지 모르겠습니다."

홈스가 어깨를 으쓱했다.

"지금까지 나는 이 세상에 관한 조사만 해 왔습니다. 저 나름 적절한 방식으로 악과 싸워 왔다고 생각하고 있지요. 하지만 마왕을 상대하는 건 야심이 지나친 과업이 될 것 같습니다. 개의 발자국은 분명 현실의 것이라는 점은 박사님도 인정하시겠죠."

"전설에 나오는 개도 악마였지만 실제로 사람의 목을 물어뜯었습니다."

"완전히 초자연주의 편으로 넘어간 듯한 말씀이시군요. 하지만 그런 생각이라면 왜 나를 찾아왔습니까? 찰스 경의 죽음은 조사해 봐야 소용없다고 생각하면서도 그 사건의 조사를 제게 의뢰하는 겁니까?"

"저는 조사해 달라고 말하지는 않았습니다."

"그럼 제가 뭘 도와드려야 할까요?"

"제가 헨리 바스커빌 경에게 어떻게 해 줘야 할지 조언해 주십시오."

모티머 박사는 시계를 보고 다시 말을 이었다.

"앞으로 정확히 한 시간 십오 분 후에 헨리 경이 워털루역에 도착할 예정입니다."

"그 사람이 상속자입니까?"

"그렇습니다. 찰스 경이 돌아가시고 캐나다에서 농사짓고 있던 이 젊은 신사를 가까스로 찾아냈습니다. 제가 받은 보고서에 따르면 모든 면에서 좋은 사람 같습니다. 이건 의사로서가 아니라 찰스 경의 신탁 관리자이자 유언 집행자로서 제 견해입니다."

"그 사람 말고 상속권이 있는 사람은 또 없나요?"

"없습니다. 우리가 발견한 또 다른 혈육은 바스커빌가의 삼 형제 중 막내인 로저 바스커빌뿐이었습니다. 불쌍한 찰스 경이 장남이고, 차남은 요절했는데 바로 헨리 경의 아버지죠. 막내인 로저가 집안의 골칫거리였던 모양입니다. 바스커빌가의 그 오만한 휴고 바스커빌의 피를 물려받아서인지 저택에 남아 있는 휴고의 초상화와 똑 닮았다고 합니다. 로저는 온갖 말썽을 피우다가 결국 중앙아메리카로 가서 1876년 황열병으로 사망했습니다. 헨리 경이 이제 바스커빌가의 유일한 핏줄입니다. 한 시간 오 분 뒤에 저는 워털루역에서 그를 만나야 합니다. 오늘 아침 그가 사우샘프턴 항구에 도착했다는 전보를 받았고요. 자, 선생님, 제가 어떻게 하면 좋을까요?"

"조상들이 살던 집으로 가면 안 되나요?"

"그래야 할 것 같죠, 그렇죠? 하지만 바스커빌 저택에서 살던 사람들은 모두 끔찍한 운명에 희생됐습니다. 만약 찰스 경이 죽기 전에 저와 대화를 할 수 있었다면 이렇게 충고하셨을 겁니다. 유서 깊은 가문의 마지막 후손으로 막대한 부를 물려받을 사람을 죽음이 기다리는 집으로 데려오지 말라고요. 하지만 그 가난하고 황량한 지역이 번성하느냐 마느냐 하는 문제가 그 사람에게 달려 있습니다. 바스커빌 저택에서 살 사람이 없어지면 찰스 경이 해 온 훌륭한 일들이 전부 수포로 돌아가고 맙니다. 저는 제 사견에 빠져 이 문제를 객관적으로 보지 못할까 두려워 선생님의 의견을 구하러 온 것입니다."

홈스는 한동안 곰곰이 생각했다.

"간단하게 말하면 문제는 이거군요. 다트무어에 사악한 존재가 있어서 바스커빌 저택에 사람이 살기가 위험하다는 거죠? 그게 박사님의 의견이죠?"

"적어도 그럴 만한 증거가 있다고 저는 주장할 수 있습니다."

"그렇군요. 하지만 박사님이 생각하는 초자연설이 사실이라면, 그 청년은 런던에 있든 데번셔에 있든 저주를 받을 겁니다. 악마가 교구 위원처럼 한정된 범위 안에서만 활동한다는 건 말이 안 되니까요."

"홈스 선생님도 개인적으로 이 일과 관련이 있으시다면, 그렇게 성의 없는 말씀은 못 하실 겁니다. 선생님의 의견대로라면 이 청년은 데번셔에 있어도 런던에 있는 만큼 안전할 거라는 거잖아요. 앞으로 오십 분 정도 지나면 그가 도착합니다. 저에게 어떤 조언을 주시겠습니까?"

"지금 마차를 불러서 우리 집 현관문을 긁고 있는 박사님의 스패니얼을 데리고 워털루역으로 가서 헨리 바스커빌 경을 맞이하세요."

"그다음에는 어떻게 하죠?"

"그다음에는 제가 이 문제를 어떻게 해결해야 할지 생각하는 동안 그에게 아무 말도 하지 마세요."

"선생님이 결정하시기까지 얼마나 기다리면 되겠습니까?"

"이십사 시간만 기다리세요. 모티머 박사님, 내일 아침 10시에 다시 한번 와 주시겠습니까? 그때 헨리 바스커빌 경을 데리고 온다면 제가 계획을 세우는 데 도움이 될 겁니다."

"그렇게 하겠습니다, 홈스 선생님."

모티머 박사는 셔츠 소맷자락에 이 약속에 대해 적고 기이하면서도 뭔가를 응시하는 표정으로 서둘러 나갔다. 홈스가 계단 위에서 그를 불러 세웠다.

"모티머 박사님, 하나만 더 물어보겠습니다. 찰스 바스커빌 경이 돌아가시기 전에 황야에서 그 유령을 본 사람이 몇 명 있다고 하셨죠?"

"세 명입니다."

"그 후에도 목격한 사람이 있습니까?"

"제가 듣기론 없습니다."

"고맙습니다. 안녕히 가세요."

홈스의 얼굴에 입맛에 맞는 사건을 만났을 때 내심 만족해서 짓는 고요한 표정이 떠올랐다.

"나갈 건가, 왓슨?"

"내가 도울 일이 없다면."

"아니, 내가 움직여야 할 땐 자네 도움을 청하기로 하지. 하지만 이건 정말 어떤 면에서 아주 근사하고 독특한 사건이군. 브래들리의 가게 앞을 지날 때 가장 독한 담배를 500그램만 가져다 달라고 말해 주겠나? 고맙네. 그리고 저녁까지 나 혼자 있으면 좋겠어. 그다음에 오늘 아침에 의뢰받은 이 흥미로운 사건에 대해 자네와 함께 이야기를 나눈다면 아주 기쁠 거야."

홈스가 정신을 집중할 때는 혼자 있을 시간이 필요하다는 사실을 나는 알고 있었다. 그동안 내 친구는 모든 증거의 경중을 따져 보고, 여러 가설을 세워서 비교하고, 어느 부분이 본질적이거나 사소한지 판단한다. 그래서 나는 낮에는 클럽에 있다가 9시가 다 돼서야 집으로 돌아왔다.

거실 문을 연 순간, 불이라도 난 줄 알았다. 방 안이 연기로 가득 차서 탁자 위에 있는 램프 빛마저 흐릿했다. 하지만 내 목을 조이면서 기침이 나오게 만든 그 독한 연기가 실은 담배 연기였다는 사실을 알자 마음이 놓였다. 연기 너머로 실내복을 입고 검은 도자기로 만든 파이프를 입에 문 채 안락의자에 앉아 다리를 꼬고 있는 홈스의 모습이 흐릿하게 보였다. 그의 주위에는 돌돌 말린 종이가 여러 개 널려 있었다.

"감기 걸렸나, 왓슨?"

"아니. 실내 공기가 너무 탁해서 그렇잖아."

"그러고 보니 연기가 좀 차긴 했군."

"좀이라고? 숨 막혀 죽겠어."

"그럼 창문을 열어! 자네는 종일 클럽에 있었나 보군."

"역시 내 친구 홈스군."

"내 말이 맞았나 보네."

"맞아. 그런데 어떻게 알았나?" 홈스는 내 어리둥절한 표정을 보고 웃었다.

"자네는 지치지도 않고 매번 감탄해서 날 기쁘게 해 준단 말이야, 왓슨. 그래서 내가 지닌 조그만 힘을 보여 주는 것도 아주 즐겁지. 비가 내려서 길이 진창이 됐는데 한 신사가 외출했어. 저녁에 돌아온 그의 모자와 구두는 반지르르하고 얼룩도 하나 없지. 즉, 그 신사는 종일 어딘가에 처박혀 있었다는 뜻이야. 그에게는 친한 친구도 없고. 그렇다면 그 신사는 어디에 있었겠나? 답은 뻔하지 않은가?"

"그렇군. 아주 뻔한 답이었어."

"이 세상은 그런 뻔한 일로 가득 차 있지만 그걸 눈여겨보는 사람은 없지. 자네는 내가 어디에 다녀왔을 것 같은가?"

"자네도 종일 여기에 틀어박혀 있었잖아."

"그 반대야. 데번셔에 다녀왔어."

"정신이?"

"그렇지. 내 몸은 이 안락의자에 앉아 있었지만, 정신이 자리를 비운 사이에 유감스럽게도 커피포트를 두 개나 비웠고, 줄담배를 피웠다네. 그러면 안 되는데 말이야. 자네가 나간 뒤에 스탬퍼드의 가게로 사람을 보내서 다트무어 부근의 황야가 나온 실측도를 사다 달라고 했네. 내 마음은 종일 황야를 배회했지. 그렇게 자유롭게 다닐 수 있다니 정말 대단하지 않나?"

"대축척 지도였겠군?"

"그렇지." 홈스는 지도의 한 부분을 펴서 무릎 위에 놓고 두 손으로 잡았다.

"여기가 이 사건과 관계된 지역이야. 한가운데 바스커빌 저택이 있어."

"저택 주위에 숲이 있고?"

"맞아. 난 그 주목 오솔길에 반했어. 그 이름으로 지도에 나와 있진 않지만, 자네도 보다시피 이 선을 따라 황야의 오른쪽으로 뻗어 나가 있어. 여기 반경 8킬로미터 이내에는 집이 몇 개 없어. 이게 우리가 들었던 이야기에 나온 래프터 저택이야. 여기 이 집은, 내 기억이 맞는다면 스테이플턴이라고 하는 박물학자의 집일 거고. 황야에는 농가가 두 채 있어. 하이 토어와 파울마이어라네. 그리고 22킬로미터 떨어진 곳에 아주 큰 프린스타운 교도소가 있네. 서로 멀찍이 떨어져 있는 이 건물들 주위에 황량한 황야가 펼쳐져 있지. 그러니까 여기가 이 비극의 무대야. 우리도 이 무대에 올라야 할 것 같고."

"대단히 거친 곳이겠군."

"그렇지. 이 이야기에 아주 잘 어울리는 배경이야. 악마가 정말 인간사에 관여하고 싶었다면 말이지."

"그럼 자네도 초자연이 범인이라는 설로 기울어진 거야?"

"악마의 수하는 인간일지도 모르지. 그러지 말란 법은 없잖아? 우선 우리가 풀어야 할 문제가 두 개가 있어. 이 비극에서 실제로 범죄가 일어났는가 하는 점이고. 그렇다면 그 범죄의 구체적인 내용은 무엇이고, 어떻게 저질렀냐는 거지. 물론 모티머 박사의 짐작이 맞는다면, 우리는 평범한 자연의 섭리를 벗어난 힘과 맞서야겠지만. 그게 범인이라면 우리 수사는 끝나는 거야. 하지만 모티머 박사의 이론에 의지하기 전에 모든 가설을 철저하게 분석해야 할 의무가 있어. 왓슨, 자네만 괜찮다면 창문을 닫았으면 하네. 이상하게 들리겠지만, 나는 밀폐된 공간에서 생각할 때 집중이 잘 되더라고. 그러다 상자 안에까지 들어가는 경지에 이르진 않겠지만, 내 확신을 밀어붙이자면 그게 논리적 귀결이 되겠지. 자네는 이 사건에 대해서 생각해 봤나?"

"그럼, 생각을 아주 많이 해 봤어."

"그래서 어떻게 생각해?"

"영 갈피를 못 잡겠어."

"확실히 아주 독특한 사건이지. 몇 가지 주목할 만한 특징이 있어. 예를 들어서 발자국이 바뀌었다는 점을 어떻게 생각해?"

"모티머 박사는 찰스 경이 오솔길의 그 부분에선 까치발로 걸었다고 했지."

"그건 어떤 이름 모를 바보가 사인 심문에서 한 얘기를 그대로 옮긴 것에 불과해. 대체 오솔길을 왜 까치발로 걸어 다니겠어?"

"그럼 뭔데?"

그 사람은 달린 거야, 왓슨. 목숨을 걸고 죽어라 도망치다 심장이 파열돼서 쓰러져 죽은 거지."

"뭘 피해 달렸단 말이야?"

"바로 그것이 우리가 풀어야 할 문제야. 찰스 경은 달리기 전부터 두려움이 극에 달해서 정신을 놓은 것 같이."

"왜 그렇게 생각하는데?"

"그를 겁에 질리게 만든 게 황야에서 온 것 같아. 아마도 그랬을 것 같고, 그게 가장 개연성이 높아. 미치지 않고서야 집과 반대 방향으로 달리지 않았겠지. 집사의 증언이 사실이라면 찰스 경은 살려달라고 외치면서 절대 도움을 받을 수 없는 방향으로 달린 셈이 돼. 그날 밤 그가 대체 누구를 기다리고 있었고, 왜 자택이 아니라 오솔길에서 기다리고 있었는지도 의문이야."

"찰스 경이 누군가를 기다리고 있었다고 생각해?"

"찰스 경은 나이도 많고 노쇠했어. 밤에 산책하러 나갈 수도 있지만, 길은 축축하고 밤이라 몹시 추웠어. 그런 날에 담뱃재만 보고서 모티머 박사의 짐작처럼 담배나 피우려고 한자리에서 오 분이나 십 분 정도 서 있었다는 짐작이 맞는 걸까? 아니면 박사가 내 생각보다 현실 감각이 좀 더 뛰어난 사람이라고 봐 줘야 하나?"

"그렇지만 경은 매일 저녁 산책하러 나갔잖아?"

"매일 밤 황야로 가는 문 앞에서 기다리진 않았을 거야. 그보다는 경이 황야를 무서워했다고 했잖아. 그날 밤, 거기서 그는 기다렸어. 런던으로 떠나기 전날 밤. 이제 그림이 좀 보이지 않나, 왓슨? 이래야 말이 되는 거지. 바이올린을 좀 건네주게.
내일 아침 모티머 박사와 헨리 경을 만날 때까지 이 사건에
관한 생각은 미루기로 하지."

4
헨리 바스커빌 경

우리는 평소보다 조금 이르게 아침 식사를 마쳤다. 홈스는 실내복을 입고 약속 시간이 되길 기다렸다. 우리 의뢰인은 시간을 잘 지키는 사람이었다. 시계가 10시를 치자마자 모티머 박사가 젊은 준남작을 데리고 나타났다. 헨리 바스커빌 경은 서른 살 정도로 보였는데, 키가 작고, 동작이 민첩해 보이며, 검은 눈은 날카로웠고 눈썹이 짙었다. 다부진 체격에 힘이 세고 싸움을 좋아하게 생기기도 했다. 루비색 트위드 슈트를 입은 그는 야외에서 주로 활동했는지 얼굴이 햇볕에 그을려 있었다. 하지만 차분한 눈빛과 조용하면서도 확신에 찬 태도에서 신사다운 분위기가 물씬 풍겼다.

"이분이 헨리 바스커빌 경입니다." 모티머 박사가 소개했다.

"맞아요. 신기하게도 이 친구가 오늘 아침에 셜록 홈스 선생님을 만나러 가자고 하지 않았어도, 내가 직접 와 볼 생각이었어요. 홈스 선생님은 소소한 수수께끼들을 많이 해결하시는 걸로 알고 있는데. 오늘 아침 내게도 도통 이해할 수 없는 일이 생겼거든요."

"이쪽으로 앉으세요, 헨리 경. 경이 런던에 도착한 다음에 어떤 놀라운 일을 겪으셨다는 말씀인가요?"

"그렇게 중요한 일은 아니고 단순한 장난에 지나지 않을지도 모르겠어요. 오늘 아침에 받은 이걸 편지라고 해야 할지 원."

헨리 경이 탁자 위에 올려놓은 봉투를 모두 들여다보았다. 회색빛이 감도는 평범한 봉투였다. 거기에 "노섬벌랜드 호텔, 헨리 바스커빌 경"이라고 대충 쓴 글씨에, 채링 크로스 소인이 찍혀 있었다. 소인이 찍힌 날짜는 어젯밤이었다.

"경이 노섬벌랜드 호텔에 묵을 거란 사실은 누가 알고 있었습니까?"

홈스는 날카로운 눈빛으로 방문객을 바라봤다.

"아무도 알아낼 수 없었을 겁니다. 모티머 박사를 만난 다음에 숙소를 결정했으니까요."

"하지만 모티머 박사님이 이미 거기에 묵고 있었죠?"

"아뇨, 저는 친구 집에서 지내고 있었습니다. 우리가 그 호텔에 묵을 거라는 사실은 아무도 몰랐을 겁니다." 모티머 박사가 말했다.

"흠! 누군가가 경의 움직임에 유달리 관심이 많은 것 같습니다."

홈스는 봉투에서 편지를 꺼냈다. 그는 두 번 접혀 있는 종이를 펼쳐 탁자 위에 올려놓았다. 책 크기만 한 종이의 한가운데 단 한 줄이 있었다. 인쇄된 글자들을 오려 붙인 것이었다. 이렇게 적혀 있었다.

  자신의 삶이나 이성을 가치 있게 생각한다면 황야에서 멀어지시오.

"황야"라는 글자만 잉크로 적혀 있었다.

"자, 이게 무슨 뜻인지, 그리고 내 일에 이렇게 관심을 보이는 사람이 누군지 선생님이 말씀해 주실 수 있나요?" 헨리 바스커빌 경이 말했다.

"모티머 박사님은 어떻게 생각합니까? 어쨌든 여기에 초자연적인 점은 전혀 없는 것 같은데요." 홈스가 말했다.

"그렇군요. 하지만 이 편지는 초자연적인 일을 믿는 사람이 보낸 것이라고 볼 수도 있지요."

"그게 무슨 말이죠? 어쩌, 여러분은 나보다 내 일에 대해 훨씬 더 잘 알고 계신 것 같네요." 헨리 경이 날카롭게 말했다.

"경이 이 방을 나가시기 전에 우리가 아는 건 다 알려 드리겠습니다. 그건 약속드리죠." 홈스가 말했다.

"우선은 경이 허락해 주신다면 이 흥미로운 문서를 조사해 보고 싶은데요. 이건 어젯밤에 만들어서 보낸 것이 틀림없습니다. 왓슨, 어제 나온 《타임스》를 한 부 가지고 있나?"

"구석에 있네."

"미안하지만 좀 가져다줄 수 있겠나? 안쪽 페이지, 사설이 실린 면이야."

홈스는 재빨리 사설을 훑었다.

"여기 자유 무역에 관한 주요 기사가 나왔군. 제가 요약해서 들려 드리죠. '보호 관세를 적용하면 자신의 산업이나 특수한 거래가 촉진되리라고 속는 시민들도 있을 것이다. 하지만 이성적으로 생각한다면 보호 관세 때문에 결국 우리 나라는 부에서 멀어질 것이고, 우리 수입품의 가치는 감소하며, 국민의 삶의 질이 떨어질 것이다.' 어떤가, 왓슨? 대단한 명문이라고 생각지 않는가?"

홈스는 아주 즐거워하면서 두 손을 비비며 외쳤다.

모티머 박사는 직업적인 호기심이 어린 시선으로 홈스를 바라봤고, 헨리 바스커빌 경은 혼란에 찬 검은 눈으로 나를 바라봤다.

"나는 관세 같은 건 잘 모르겠지만, 문제의 편지와 이 기사는 별 상관이 없는 것 같은데요." 헨리 경이 말했다.

"그 반대입니다. 헨리 경, 이것은 아주 중요한 단서입니다. 왓슨은 경보다 제 수사 방식을 더 잘 이해하고 있지만, 지금은 저 친구도 이 문장의 중요성을 잘 모르는 것 같군요."

"맞아. 솔직히 말하면 무슨 관계가 있는지 전혀 모르겠네."

"이 두 가지는 밀접한 관계가 있네, 친애하는 왓슨. 편지는 이 기사를 오려서 만든 거거든. '자신의', '삶', '이성', '가치', '생각한다면', '에서 멀어' 등을 보게나. 이제 이 글자들이 어디에서 나왔는지 알겠지?"

"맙소사, 선생님 말씀이 맞네요! 정말 대단한데요!"

헨리 경이 큰 소리로 말했다.

"아직 조금 미심쩍다고 해도 '생각한다면'과 '에서 멀어'라는 말들이 통째로 오려진 것을 보면 이해할 수 있을 겁니다."

"와, 정말 그러네요!"

"홈스 선생님은 정말 제 상상을 초월하네요!" 모티머 박사가 감탄하는 눈으로 홈스를 보며 말했다.

"편지의 글자를 신문에서 오려 냈다는 정도만 맞췄다면 그러려니 할 텐데, 신문 이름에다 사설에서 오려 냈다는 사실까지 알아내셨네요. 이렇게 놀라울 수가. 대체 어떻게 하신 겁니까?"

"모티머 박사님은 두개골만으로 흑인과 에스키모를 구별할 수 있으시겠죠?"

"물론입니다."

"하지만 어떻게요?"

"그건 저의 특별한 취미니까요. 둘 사이의 차이점은 분명해요. 앞머리의 돌출 정도, 안면각, 턱뼈의 곡선 그리고……."

"이건 저의 특별한 취미이고, 저도 그 차이를 확실히 알 수 있어요. 흑인과 에스키모의 차이만큼이나 내 눈에는《타임스》의 납틀로 찍은 부르주아 활자와 싸구려 석간신문의 지저분한 활자가 달라 보입니다. 범죄 전문가에게 활자를 구분하는 기술은 기본 중의 기본입니다. 다만 저도 젊었을 때는《리즈 머큐리》와《웨스턴 모닝 뉴스》를 혼동한 적이 있습니다.《타임스》의 사설은 특징이 분명해서 다른 신문에서 오려 냈다고는 생각할 수 없습니다. 이 편지는 어제 작성됐으니 어제 《타임스》를 보면 편지에 붙인 글자를 찾을 가능성이 컸던 거죠."

"제가 홈스 선생님의 말씀을 제대로 이해한 거라면, 누군가가 가위로 신문을 오려서 이 편지를……."

헨리 바스커빌 경이 말했다.

"손톱 깎는 가위를 사용한 겁니다. '에서 멀어'를 오릴 때 가위질을 두 번 한 걸 보면 날이 아주 짧은 가위를 사용했다는 점을 알 수 있죠." 홈스가 대꾸했다.

"그렇군요. 그렇다면 누군가가 날이 짧은 가위로 신문의 글자를 오려서 풀로……."

"고무를 녹여 만든 풀로 붙였습니다." 홈스가 말했다.

"고무풀로 종이에 붙였군요. 하지만 왜 '황야'라는 글자는 손으로 썼을까요?"

"신문에서 찾을 수 없었으니까요. 다른 글자들은 다 평범한 단어라 어느 신문에서나 찾을 수 있지만, '황야'라는 말은 그리 자주 쓰지 않지요."

"아, 그렇군요. 그거 말고 달리 읽어 낸 것은 없습니까, 홈스 선생님?"

"한두 가지 눈에 띄는 점이 있군요. 우선, 아주 작은 단서라도 남기지 않기 위해 무척 고생한 듯합니다. 수신인의 이름을 심하게 흘려 썼죠? 하지만 《타임스》는 대체로 고등 교육을 받은 사람들만 읽는 신문입니다. 그러니 이 편지는 제대로 교육받은 사람이 그렇지 않은 척하려고 애쓴 걸 알 수 있습니다. 필적을 감추려 했다는 사실은 경이 알고 있거나 혹은 앞으로 만나게 될 사람이라는 점을 암시합니다. 그리고 글자의 줄을 맞춰 붙이지 않아서 높이가 들쭉날쭉합니다. 예를 들어 '삶'이라는 글자는 위로 삐져나와 있죠. 이건 자른 사람이 덜렁대는 성격이거나 혹은 불안해서 너무 서두른 나머지 그런 듯합니다. 내 생각에는 후자가 맞는 것 같습니다. 이런 중요한 편지를 쓰는 사람이 덜렁대는 성격일 리는 없을 테니까요. 만약 서둘러서 자른 거라면 왜 그랬을지에 대한 흥미로운 의문이 떠오릅니다. 다음 날 아침까지만 보내면 분명 헨리 경이 호텔을 떠나기 전에 받아 볼 수 있을 텐데요. 편지를 보낸 사람이 누군가에게 방해받을 걸 두려워하고 있었다면 그 방해자는 누구였을까요?"

"이제 우리는 추측의 영역에 들어섰군요."

홈스의 설명을 듣고 모티머 박사가 말했다.

"그보다는 여러 가지 가능성을 비교해서 가장 개연성이 높은 걸 찾아내는 영역이죠. 상상력을 과학적으로 사용하는 거지만, 제 추론은 항상 물적 증거를 토대로 두고 있습니다. 선생님은 추측이라고 하시겠지만, 나는 이 편지를 쓴 사람이 호텔에서 묵고 있다고 확신합니다."

"그걸 어떻게 확신하세요?"

"편지를 잘 보시면 펜과 잉크 때문에 애를 먹었다는 걸 알 수 있을 겁니다. 한 글자를 펜으로 두 번이나 썼어요. 그리고 짧은 주소 하나 쓰는데 잉크가 세 번이나 말랐다는 건 잉크병에 잉크가 거의 없었다는 사실을 말해 줍니다. 생각해 보면, 자기 집에서 쓰는 펜과 잉크라면 그렇게 될 때까지 놔두지 않앗겠죠. 거기다 펜과 잉크 둘 다 바닥나는 상황은 아주 드물죠. 하지만 호텔에 비치된 펜과 잉크는 오히려 새것을 찾아보기 힘들어요. 장담하건대 채링 크로스가 부근에 있는 호텔들의 쓰레기통을 뒤져서 사설이 오려진 《타임스》를 찾아내기만 한다면 누가 이런 기묘한 편지를 보냈는지 알아낼 수 있을 겁니다. 오! 이런! 이게 뭐지?"

홈스가 글자를 풀로 붙여 놓은 편지를 눈앞에 대고 꼼꼼히 살펴보았다.

"왜 그러나?"

"아무것도 아니야. 투명무늬도 없는 흰 종이일 뿐이군. 이 편지에서는 더는 알아낼 게 없겠어. 자, 헨리 경. 런던에 오신 후로 뭔가 재미있는 일이 일어나진 않았나요?" 홈스가 편지를 내려놓으며 말했다.

"글쎄요, 그런 일은 없었던 것 같습니다."

"누군가가 경을 미행한다거나 감시하는 느낌을 받은 적 없었나요?"

"제가 마치 삼류 소설 속으로 들어온 기분이 드는군요. 대체 제가 미행이나 감시당할 일이 뭐가 있겠습니까?" 손님이 말했다.

"이제부터 우리가 그걸 조사하려고 합니다. 그 전에 들려주실 말은 없습니까?"

"그건 말할 만한 가치가 있는 게 뭐냐에 따라 다를 것 같은데요."

"평범한 일상에서 벗어난 일이라면 뭐든 상관없습니다."

헨리 경이 씩 웃었다.

"나는 거의 평생을 미국과 캐나다에서 살았기 때문에 영국 생활에 대해서는 아는 게 거의 없어요. 하지만 구두가 한 짝만 없어지는 건 영국에서도 평범한 일은 아니겠지요?"

"구두 한 짝을 잃어버리셨습니까?"

"헨리 경, 그건 어디 엉뚱한 곳에 둬서 잃어버린 것일 테니 호텔로 돌아가면 찾을 수 있을 겁니다. 그런 하찮은 일로 홈스 선생님을 귀찮게 해 봤자 무슨 소용이 있겠습니까?" 모티머 박사가 큰 소리로 말했다.

"하지만 홈스 선생님이 평범한 일이 아니라면 다 말하라고 하셔서."

"맞아요. 아무리 시시해 보이는 일이라도 상관없습니다. 구두 한 짝이 없어졌다고요?"

"어쩌다 그랬는지 모르겠지만 신발이 제자리에 없더군요. 어젯밤 방문 앞에 나란히 놔뒀는데 오늘 아침에는 한쪽밖에 없었습니다. 구두닦이에게 물어봤는데 도통 알 수 없는 말만 하더군요. 정말 화가 나는 건 그게 어젯밤에 스트랜드가에서 산 구두여서 제대로 신어 본 적도 없다는 거죠."

"한 번도 신지 않은 새 구두인데 왜 닦으라고 밖에 내놓으셨습니까?"

"갈색 구두였는데 광을 내야겠다 싶어서 그랬죠."

"그럼 어제 런던에 도착해서 바로 외출해 구두를 사셨단 말인가요?"

"이것저것 많이 샀습니다. 모티머 선생님이 함께 가 주셨죠.

시골 지주가 되려면 그에 어울리는 차림을 해야 할 텐데, 캐나다에서 살 때는 그런 것에 신경 쓰지 않았으니까요. 그렇게 산 것 중 하나가 갈색 구두였습니다. 한 켤레에 6달러나 줬는데 제대로 신어 보기도 전에 한 짝을 도둑맞다니."

"훔치기엔 아무짝에도 쓸모없는 특이한 물건이네요. 하지만 모티머 박사님이 말한 대로 곧 찾을 수 있을 겁니다." 홈스가 말했다.

"이제 내가 아는 모든 것을 다 이야기했습니다. 약속한 대로 이게 다 무슨 일인지 하나도 빼놓지 말고 말해 주세요." 헨리 경이 단호하게 말했다.

"당연히 그래야겠지요. 모티머 박사님, 어제 우리에게 들려주신 이야기를 헨리 경에게 다시 한번 말씀해 주시는 게 좋겠습니다." 홈스가 말했다.

홈스의 권고에 모티머 박사는 주머니에서 고문서를 꺼내 어제 아침에 했던 이야기를 다시 했다. 헨리 바스커빌 경은 완전히 집중해서 듣다가 가끔 놀라면서 감탄사를 뱉어 냈다. 긴 이야기가 끝났을 때 헨리 경이 입을 열었다.

"흠, 그럼 나는 저주가 깃든 유산을 받은 모양이로군요. 그 사냥개 이야기는 어렸을 때부터 들었습니다. 우리 집에서 즐겨 하던 이야기였지만, 한 번도 심각하게 받아들인 적이 없었는데. 어쨌든 큰아버님의 죽음에 관해선……. 머릿속에서 뭔가 부글부글 끓어오르긴 하는데 선명하게 표현할 수 없네요. 모르겠습니다. 여러분도 이 사건을 경찰에 이야기해야 할지 목사에게 이야기해야 할지 결정을 내리지 못한 듯하군요."

"그렇습니다."

"그러다 이제는 호텔에 묵고 있는 내게 편지까지 왔고요. 이 일도 사건과 관계가 있는 것 같습니다."

"황야에서 일어난 일에 관해 우리보다 더 자세히 알고 있는 사람이 있나 보군." 모티머 박사가 말했다.

"헨리 경에게 위험을 경고하려 했으니 적은 아닐 겁니다." 홈스가 말했다.

"어쩌면 자기만의 목적이 있어서 날 겁줘서 쫓아내려는 건지도 모르죠."

"물론, 그럴 수도 있겠죠. 모티머 박사님, 여러 흥미로운 추론이 가능한 사건을 소개해 주셔서 감사합니다. 이제 우리가 결정해야 할 현실적인 문제는 헨리 경이 이대로 바스커빌 저택으로 가야 하느냐, 그것이네요."

"내가 가면 안 됩니까?"

"위험할 수도 있으니까요."

"바스커빌가의 악령이 위험한 겁니까, 아니면 인간이 위험한 겁니까?"

"그걸 밝혀내야죠."

"어느 쪽이든 내 대답은 정해져 있습니다. 세상에 악마는 없습니다, 홈스 씨. 그리고 내가 조상 대대로 살던 집에 돌아가는 걸 막을 수 있는 사람도 없습니다. 이게 저의 최종 답변입니다."

그렇게 말하는 헨리 경의 얼굴은 붉게 달아올랐고, 검은 눈썹은 잔뜩 찌푸리고 있었다. 누가 봐도 이 마지막 후손이 바스커빌가의 불같은 기질을 물려받았음을 알 수 있었다.

"하지만 여러분의 이야기를 듣고 생각해 볼 시간이 거의 없었어요. 지금 이 자리에서 이런 중요한 문제를 이해하고 단번에 결정을 내리기는 쉽지 않군요. 혼자 조용한 시간을 가진 후에 마음을 정하고 싶습니다. 벌써 11시 30분이네요. 나는 곧장 호텔로 돌아가겠습니다. 홈스 선생님, 친구인 왓슨 박사님과 함께 2시까지 오셔서 점심을 같이 먹으면 어떨까요? 그때는 이 문제에 대해 좀 더 분명한 의견을 드릴 수 있을 겁니다."

"왓슨, 자네는 괜찮은가?"

"물론이지."

"그럼 같이 가겠습니다. 마차를 불러 드릴까요?"

"머리가 복잡해서 걷는 편이 나을 것 같습니다."

"그럼 나도 기쁜 마음으로 그 산책에 동행하겠습니다." 모티머 박사가 말했다.

"2시에 다시 만나죠. 안녕히 계십시오."

계단을 내려가는 두 사람의 발소리와 현관문이 쾅 닫히는 소리가 들려왔다. 홈스는 대번에 나른한 몽상가에서 활동가로 변신했다.

"왓슨, 어서 모자와 구두를 챙겨! 어서 서두르라고!"

홈스는 실내복을 입고 자기 방으로 달려갔다가 금방 프록코트로 갈아입고 나왔다. 우리는 계단을 뛰어 내려가 거리로 나왔다. 옥스퍼드가를 향해 200미터 정도 떨어진 곳에서 걸어가는 모티머 박사와 헨리 바스커빌 경의 모습이 보였다.

"내가 뛰어가서 불러 세울까?"

"절대 안 돼, 왓슨. 자네만 괜찮다면 난 지금 우리 둘만으로도 완벽하게 만족스러워. 저 두 사람은 아주 현명하군. 산책하기에 정말 좋은 날씨잖아."

홈스가 재빨리 걷기 시작해서 그들과의 거리가 절반으로 줄어들었다. 그 거리를 유지한 채 옥스퍼드가에서 리젠트가까지 그들을 따라갔다. 그들이 잠깐 발걸음을 멈추고 어떤 가게의 진열대 안을 들여다보자 홈스도 똑같이 행동했다. 갑자기 홈스가 작게 환호성을 올려서 그의 시선을 따라가 보니 길 건너편에 서 있는 근사한 영업용 이륜마차가 보였다. 한 남자 손님이 탄 그 마차가 천천히 움직이기 시작했다.

"왓슨, 저자야! 이리 오게나. 얼굴이라도 확실하게 봐 두자고."

그 순간 마차의 옆쪽 창을 통해서 검은 턱수염이 덥수룩하게 자란 사내가 날카로운 눈빛으로 우리를 바라봤다. 사내가 곧 마부석과 통하는 천장에 있는 작은 문을 밀어 올린 후 뭐라고 소리치자 마차가 쏜살같이 달려 리젠트가를 빠져나갔다. 홈스는 다른 영업용 마차를 찾아 열심히 주위를 둘러봤지만 빈 마차는 한 대도 없었다. 그러자 그는 사내가 탄 마차를 쫓아 마차들이 오가는 차도로 정신없이 달리기 시작했다. 하지만 너무 늦었다. 마차는 사라져 버렸다.

"젠장!" 마차의 물결에서 빠져나온 홈스가 얼굴이 하얗게 질린 채 헐떡이면서 짜증 난 목소리로 말했다. "운도 없었지만, 내 생각이 짧기도 했어. 자네가 정직한 사람이라면 내 성공담 옆에 이번 일도 기록해 주게."

"그 사람은 누굴까?"

"나도 모르겠어."

"첩자일까?"

"음. 아까 헨리 경에게 들은 이야기에 따르면 런던에 왔을 때부터 누군가 그를 계속 미행했던 것만은 틀림없어. 그렇지 않고야 그가 노섬벌랜드 호텔에 묵는다는 사실을 어떻게 그렇게 빨리 알 수 있었겠나? 나는 경이 첫날부터 미행당했다면 둘째 날에도 그러리라 생각했지. 자네는 눈치챘을지 모르겠지만, 모티머 박사가 그 전설을 읽고 있을 때 내가 창가에 두 번이나 갔었어."

"그래, 기억나."

"거리에서 어슬렁거리는 자가 있는지 찾아봤지만 아무도 없었어. 왓슨, 우리 상대는 아주 영악해. 이 사건은 아주 복잡한 데다가 헨리 경에게 편지를 보낸 사람이 품은 게 선의인지 악의인지도 아직 판단이 서지 않아. 상대가 유능하고 어떤 의도가 있다는 건 알겠어. 아까 두 사람이 우리 집에서 나갔을 때 나는 그들을 미행하는 자를 알아내겠다는 생각으로 바로 뒤를 밟았어. 그런데 그자는 교활하게도 걷기보다 마차를 택했어. 두 사람 모르게 천천히 따라가기도 하고 앞질러 가기도 하려고 그런 거지. 거기다 우리 친구들이 마차를 타도 놓치지 않을 수 있다는 이점도 있고. 하지만 그 작전엔 단점이 하나 있었지."

"마부에게 모든 걸 맡겨야 한다는 점이겠지."

"바로 그거야."

"마차 번호를 기억해 놓지 않았다니 너무 안타깝군!"

"이보게 왓슨. 내가 방금 멍청한 실수를 했지만, 마차 번호까지 챙기지 않았을 거로 생각한 건 아니겠지? 그건 아니야. 2704번이었어. 하지만 지금은 별 도움이 되지 않을 걸세."

"자네도 할 만큼 했어."

"그 마차를 발견하자마자 즉시 돌아섰어야 했어. 그랬으면 느긋하게 마차를 잡아타서 적당한 거리를 두고 따라갈 수 있었는데. 아니면 노섬벌랜드 호텔로 먼저 가서 기다렸으면 더 좋았을 테고. 그 정체 모를 인물이 경을 따라왔을 때 그자가 무슨 수작을 부리는지 보고 미행할 수도 있었을 거야. 그런데 내가 경솔하게 행동하는 바람에 우리 상대는 쏜살같이 종적을 감췄네. 우리 계획은 노출되고, 용의자도 잃어버렸어."

우리는 이런 대화를 나누며 리젠트가를 천천히 걸었다. 모티머 박사와 헨리 경도 시야에서 사라진 지 오래였다.

"이젠 그 두 사람을 따라가 봐야 소용없어. 미행하던 사내는 사라졌고 다시는 돌아오지 않을 테니까. 이제 우리에게 어떤 패가 있는지 보고 과감하게 그걸 써 봐야겠어. 마차에 타고 있던 사람의 얼굴은 확실히 봤나?"

"분명하게 본 건 수염뿐이야."

"나도. 하지만 그건 가짜 수염일 가능성이 커. 그렇게 영악한 놈이 괜히 눈에 띄는 수염을 기르고 있겠어? 얼굴을 가리려고 붙인 거겠지. 왓슨, 여기에 잠깐만 들렀다 가세나."

홈스가 속달 우편 취급 회사의 지점으로 들어서자 지배인이 그를 환대했다.

"아, 윌슨 씨. 내가 전에 도왔던 그 작은 사건을 아직도 기억하고 있군요."

"그럼요, 당연하죠. 선생님이 제 명성과 아마도 제 목숨까지도 구해 주셨는데요."

"과찬이세요. 제 기억으론 여기 심부름하는 아이 중에 카트라이트라는 소년이 있었죠? 그 사건 수사 때 보니 꽤 쓸 만한 아이던데요."

"네, 아직 여기에서 근무하고 있습니다."

"그 아이를 좀 불러 주실 수 있나요? 그리고 이 5파운드짜리 지폐를 잔돈으로 바꿔 주시면 좋겠습니다."

명민해 보이는 열네 살짜리 소년이 지배인의 부름을 받고 나왔다. 소년은 존경하는 표정으로 유명한 탐정을 바라봤다.

"호텔 안내 책자 좀 보여 주세요. 고맙습니다! 자, 카트라이트. 여기에 스물세 곳의 호텔이 실려 있지? 다 채링 크로스 부근에 있는 호텔들이야. 보이니?"

"네, 선생님."

"이 호텔들을 차례대로 하나씩 찾아가거라."

"알겠습니다."

"일을 시작하기 전에 먼저 바깥 수위들에게 1실링씩 건네주어야 한다. 자, 여기 23실링이다."

"알겠습니다, 선생님."

"그런 다음, 어제 나온 폐지를 보여 달라고 해라. 중요한 전보를 잘못 배달해서 찾고 있다고 하면 돼. 알겠지?"

"네."

"하지만 네가 진짜로 찾아야 할 건 가위로 몇 군데 오려 낸 흔적이 있는 《타임스》 신문이야. 이게 사본이고. 바로 이 페이지인데 금방 알아볼 수 있겠지?"

"네, 선생님."

"호텔에 갈 때마다 바깥 수위가 실내 수위를 부를 거야. 그 실내 수위에게도 1실링씩 줘. 여기 23실링 받아. 스물세 곳의 호텔 중에서 스무 군데 정도는 어제 나온 폐지를 태워 버렸거나 없앴다고 할 거야. 하지만 나머지 세 군데 정도에서는 산더미처럼 쌓인 종이들을 보여 줄 텐데 거기에서 《타임스》의 이 부분을 찾아봐. 그걸 발견할 확률은 아주 낮을 거야. 혹시 모르니까 10실링을 더 줄게. 저녁까지 조사 결과를 베이커가에 있는 우리 집으로 전보로 보내. 자, 왓슨. 이제 남은 일은 전보를 보내서 2704호 마차를 몰았던 마부의 신원을 알아내는 거야. 그 일이 끝나면 본드가에 있는 화랑에서 시간을 보내다가 호텔로 가지."

5
끊어진 세 오라기의 실

셜록 홈스에게는 자유자재로 자기 감정을 조절하는 놀라운 능력이 있었다. 그는 우리가 개입한 그 사건은 완전히 잊어버린 채 두 시간 동안 근대 벨기에 거장의 그림에 푹 빠져들었다. 화랑에서 나와 노섬벌랜드 호텔로 갈 때까지도 그는 평소에 잘 알지도 못했던 미술 이야기만 했다.

"헨리 바스커빌 경이 2층에서 기다리고 계십니다. 오시면 바로 안내하라고 하셨습니다." 직원이 말했다.

"숙박부를 좀 봐도 될까요?" 홈스가 말했다.

"그럼요."

숙박부를 보니 바스커빌 밑에 적힌 이름은 두 개밖에 없었다. 하나는 뉴캐슬의 테오필루스 존슨과 그의 가족이었고 나머지 하나는 올턴 하이로지에서 온 올드모어 부인과 하녀였다.

"이분은 분명 내가 아는 그 존슨 씨일 것 같은데. 이분은 변호사인데 머리는 하얗고 걸을 때 다리를 절지 않나요?" 홈스가 수위에게 물었다.

"아닙니다. 이 존슨 씨는 광산 주인입니다. 아주 활달한 신사로 나이도 선생님과 비슷할걸요."

"직업을 착각한 거 아닌가요?"

"아닙니다, 선생님! 존슨 씨는 오랫동안 우리 호텔을 종종 찾아 주시는 단골손님이라 아주 잘 압니다."

"아, 여기 올드모어 여사도 알 것 같아. 이름이 기억나는데. 자꾸 물어봐서 미안하지만, 아는 사람을 만나러 왔다가 다른 친구를 만나는 경우도 종종 있거든요."

"부인은 몸이 좀 불편하십니다. 부군은 글로스터 시장이셨죠. 부인도 런던에 오시면 언제나 우리 호텔에 묵으십니다."

"고마워요. 아는 분은 아닌 것 같군요." 홈스는 계단을 올라가면서 작은 목소리로 말했다.

"왓슨, 방금 한 질문들로 중요한 사실을 확인했네. 헨리 경에게 관심이 아주 많은 인물이 이 호텔에 묵지는 않는군. 그렇다면 그는 헨리 경을 열심히 감시하는 와중에도 그에게 들키지 않으려고 노력하고 있다는 뜻이지. 이거야말로 시사하는 바가 크지 않나?"

"뭘 시사한단 말인가?"

"그건 말이지…… 이런, 대체 무슨 일입니까?"

계단 꼭대기에 다다르자마자 우리는 헨리 바스커빌 경과

마주쳤다. 그는 얼굴이 시뻘겋게 달아오를 만큼 열을 내면서 한 손에 낡은 구두를 들고 있었다. 그는 격노한 나머지 입을 열지도 못했다. 마침내 말을 할 수 있게 되었을 때, 아침에 들었던 것보다 훨씬 더 강한 대서양 건너편의 억양이 그의 입에서 튀어나왔다. 경은 고래고래 소리를 질렀다.

"이 망할 호텔은 날 호구로 보나 봅니다. 상대를 봐 가면서 장난을 쳐야지. 그러다가 큰코다칠 줄 알라고! 제기랄, 만약 저 녀석이 구두를 못 찾아오면 나도 가만 있지 않았을 거야. 홈스 선생님, 나도 유머 감각이 있는 사람이지만 이건 해도 해도 너무하잖아요."

"아직 구두를 못 찾으셨나요?"

"네, 무슨 수를 써서라도 찾아낼 겁니다."

"그런데 오늘 아침에는 잃어버린 신발이 새 갈색 구두라고 하지 않았습니까?"

"맞아요. 그런데 이번에는 낡은 검정 구두가 없어졌어요."

"뭐라고요? 설마!"

"정말 미치고 환장할 일입니다. 내가 가진 구두는 세 켤레밖에 없어요. 어제 산 갈색 구두, 낡은 검정 구두, 지금 신고 있는 이 에나멜가죽 구두 이렇게요. 어제는 갈색 구두 한 짝을 도둑맞았고 오늘은 검정 구두 한 짝을 도둑맞았습니다. 이봐, 찾았어? 그렇게 멍하니 서 있지만 말고 뭐라고 말 좀 해봐!"

불안한 표정의 독일인 직원이 다가왔다.

"죄송합니다, 손님. 호텔 직원들에게 다 물어봤지만 도저히 찾을 수가 없었습니다."

"젠장, 저녁때까지 찾아내지 않으면 지배인을 불러서 당장 이 호텔에서 나가겠다고 하겠어!"

"반드시 찾아내겠습니다, 손님. 조금만 더 기다려 주세요."

"명심해! 이런 도둑 소굴에서 내 물건이 더는 없어져선 안 될 것이야. 정말 죄송합니다, 홈스 선생님. 이런 하찮은 일로 소란을 피워서……."

"아닙니다. 당연히 그럴 만합니다."

"네? 그게 그렇게 중요한 일인가요?"

"경은 어떻게 생각하십니까?"

"저는 뭐 생각하고 자시고 할 것도 없습니다. 이렇게 황당하고 이상한 일은 처음 당해 봅니다."

"정말로 이상한 일이로군요." 홈스가 생각에 잠기며 말했다.

"홈스 선생님의 생각은 어떤가요?"

"저도 아직 이 사건은 이해가 되지 않습니다, 헨리 경. 이번 사건은 정말 복잡하군요. 찰스 바스커빌 경의 죽음과 연계해서 생각해 볼 때, 내가 지금까지 다룬 500건의 중요한 사건 중에서 이처럼 복잡한 사건도 없었습니다. 하지만 단서가 될 만한 실오라기를 몇 가닥 쥐고 있으니 그중 하나는 우리를 진실로 인도하겠죠. 엉뚱한 실을 따라가다 시간만 낭비하게 될지도 모르지만 언젠가는 반드시 정확한 실을 잡아당길 수 있을 겁니다."

우리는 즐겁게 점심을 먹었다. 식사 중에는 우리를 이곳에 모은 사건에 관한 이야기는 하지 않았다. 식사를 마치고 객실에 딸린 응접실에서 느긋하게 있을 때 비로소 홈스가 헨리 경에게 앞으로 어떻게 할지 물었다.

"바스커빌 저택으로 가겠습니다."

"언제요?"

"이번 주말에 가겠습니다."

"전반적으로 봐서 현명한 선택입니다. 경이 지금 미행당하고 있다는 증거는 아주 많습니다. 하지만 인구가 수백만 명에 달하는 대도시에서 미행하는 상대의 정체나 목적을 밝혀내기란 쉬운 일이 아니죠. 그들이 사악한 의도를 품고 경을 해치려 해도 우리가 그걸 막을 수도 없고요. 모티머 박사님, 오늘 아침에 우리 집에서 나간 뒤 계속 미행당했다는 사실을 모르셨죠?"

모티머 박사가 깜짝 놀랐다.

"미행당했다고요! 누구한테요?"

"유감스럽게도 저도 잘 모릅니다. 다트무어에 사는 이웃이나 지인 중에 검고 덥수룩한 턱수염을 기른 사람이 있습니까?"

"아니요, 아, 잠깐만. 있습니다. 배리모어요. 찰스 바스커빌 경의 집사가 숱이 많은 검은 수염을 기르고 있습니다."

"그렇군요! 배리모어는 어디에 있죠?"

"저택을 관리하고 있습니다."

"그가 정말 거기에 있는지, 혹시 런던에 오지는 않았는지 확인해 보는 게 좋겠어요."

"어떻게 하죠?"

"전보 용지 한 장 주십시오. 거기에 '헨리 경을 맞을 준비가 다 됐는가?'라고 써서 보내면 됩니다. 받는 사람은 바스커빌 저택의 배리모어로 하고. 가장 가까이에 있는 전신국이 어디죠? 그림펜이요? 아, 좋습니다. 그럼 그림펜의 전신국장에게도 전보를 한 통 보냅시다. '배리모어 앞으로 보낸 전보는 직접 본인에게 건네줄 것. 집사가 부재 시에는 노섬벌랜드 호텔, 헨리 바스커빌 앞으로 반송 바람.'이라고. 이렇게 하면 저녁이 되기 전에 배리모어가 데번셔의 저택에 있는지를 알 수 있을 겁니다."

홈스의 말이 끝나자 헨리 경이 말했다.

"그렇군요. 그런데 모티머 박사님, 배리모어는 어떤 사람입니까?"

"그의 돌아가신 아버지도 저택의 관리인이었습니다. 그 집안은 4대째 바스커빌 저택을 관리하고 있지요. 제가 알고 있기로 배리모어 부부는 그 지방에서도 평판이 좋습니다."

"그렇지만 바스커빌 저택의 주인이 없으면 그 부부는 편안하게 생활을 할 수 있겠군요." 바스커빌이 말했다.

"그렇지요." 모티머가 대답했다.

이번에는 홈스가 물었다.

"찰스 경이 배리모어 부부에게 유산을 남겼나요?"

"부부가 각각 500파운드씩 받았습니다."

"하! 부부는 그 사실을 알고 있었나요?"

"네. 찰스 경은 유언장의 내용을 즐겨 말씀하시곤 했습니다."

"아주 흥미롭군요."

"찰스 경에게 유산을 받은 사람이라고 해서 의심의 눈초리로 보지는 않기를 바랍니다. 저도 1000파운드 받았으니까요."
모티머 박사가 말했다.

"그렇군요! 또 누가 받았습니까?"

"소액으로 받은 사람들이 많아요. 자선 단체들도 받았고요. 나머지는 전부 헨리 경이 받게 됩니다."

"그 나머지라는 게 얼마 정도 됩니까?"

"74만 파운드입니다."

놀란 홈스의 눈썹이 치켜 올라갔다.

"그렇게 거금일 줄은 몰랐어요."

"찰스 경이 자산가로 명성이 높긴 했지만, 정확한 액수는 증서와 증권 등을 조사해 보고 알게 되었습니다. 총액이 100만 파운드에 달합니다."

"그랬군! 그 정도라면 목숨을 건 게임을 해볼 만한데요. 모티머 선생, 한 가지만 더 물어보겠습니다. 불길한 말을 해서 죄송하지만, 여기에 계신 헨리 경에게 무슨 일이 일어나면 재산은 누가 상속하게 됩니까?"

"찰스 경의 동생인 로저 바스커빌이 미혼으로 죽었으니 먼 사촌뻘 되는 데즈먼드가의 사람에게 넘어갑니다. 제임스 데즈먼드 씨는 웨스트모얼랜드주에 사시는 나이 지긋한 목사님입니다."

"고맙습니다. 유산에 관한 부분이 아주 흥미롭군요. 제임스 데즈먼드 씨를 만난 적이 있습니까?"

"네. 그분이 전에 찰스 경을 찾아온 적이 있습니다. 성인군

자 같은 분이고 덕망도 있는 목사입니다. 찰스 경이 유산을 물려주겠다고 했지만, 한사코 거부해서 억지로 물려주었습니다."

"그럼, 그렇게 소박하게 사시는 분이 찰스 경의 막대한 재산을 상속받게 된다는 말인가요?"

"한정 상속이기 때문에 부동산만 받게 됩니다. 현금 같은 동산도 상속할 수는 있지만 그건 유언으로 다른 사람을 지정하지 않았을 경우만 가능합니다. 물론 동산은 유언을 쓴 사람이 자기 마음대로 사용할 수도 있지만요."

"헨리 경도 유언장을 썼습니까?"

"아니요. 안 썼습니다. 그럴 시간도 없었죠. 어제 비로소 사정이 어떻게 된 건지 들었거든요. 어쨌든 저는 동산을 작위, 부동산과 분리하면 안 된다고 생각합니다. 돌아가신 백부님도 그렇게 생각하고 계셨고요. 토지와 저택을 유지할 돈이 없다면 어떻게 바스커빌가의 영광을 되찾을 수 있겠습니까? 저택, 토지, 돈은 한 사람이 맡아서 관리해야 합니다."

"그렇군요. 헨리 경, 더는 지체하지 않고 데번셔로 가야겠다는 경의 의견에는 동의합니다. 하지만 한 가지 조건이 있습니다. 혼자 가서는 안 됩니다."

"모티머 박사가 저와 같이 돌아가는데요."

"하지만 모티머 박사는 병원 일도 봐야 하고, 집도 바스커빌 저택에서 몇 킬로미터나 떨어져 있습니다. 박사님이 마음은 굴뚝 같아도 경을 돕지 못할 수도 있습니다. 헨리 경, 언제나 경의 옆에 있을 수 있는, 믿을 만한 사람을 데려가세요."

"홈스 선생님이 함께 가 주실 수는 없겠습니까?"

"위험한 상황이 되면 그때는 제가 꼭 가겠습니다. 하지만 지금 제가 맡은 사건이 많고 제게 의뢰하려는 분들도 많아서, 오랫동안 런던을 비울 수 없습니다. 지금도 영국에서 가장 존경받는 분이 협박당해 명예가 땅에 떨어질 위기에 놓여 있습니다. 오직 저만 그 재앙을 막을 수 있습니다. 그러니 제가 다트무어에 가지 못하는 점을 이해해 주셨으면 합니다."

"그렇다면 추천해 주실 분이 있나요?"

홈스가 내 팔에 손을 얹으며 말했다.

"내 친구가 수락한다면, 경이 위기에 처했을 때 가장 든든하게 의지할 수 있는 사람이 되어 드릴 겁니다. 그건 제가 보장하지요."

홈스의 갑작스러운 제안에 나는 깜짝 놀랐다. 하지만 대답을 하기도 전에 헨리 경이 내 손을 덥석 잡으며 말했다.

"와, 왓슨 박사님 정말 친절하십니다. 왓슨 박사님은 내 상황에 대해서도, 사건이 어떻게 돌아가고 있는지도 잘 알고 계시니까요. 바스커빌 저택으로 오셔서 끝까지 도와주신다면 그 은혜는 평생 잊지 못할 겁니다."

나는 모험의 유혹을 참지 못했다. 게다가 홈스의 찬사에 마음이 들떴고, 헨리 경도 내가 함께 가 주기를 간절히 바라고 있었다.

"기꺼이 가겠습니다. 이보다 더 유익하게 시간을 보낼 수 있는 일도 없을 겁니다." 내가 대답했다.

"거기에서 일어나는 모든 일을 상세히 알려 주게, 왓슨. 분명 위험이 닥칠 텐데. 그럴 때 어떻게 해야 할지 내가 알려 주지. 토요일에 출발할 수 있겠지?"

홈스가 말했다.

"그래도 괜찮으시겠습니까? 왓슨 박사님."

"그럼요."

"그럼, 특별한 일이 없으면 토요일에 패딩턴발 10시 30분 기차에서 뵙겠습니다."

우리가 가려고 일어났을 때 헨리 경이 기뻐서 소리를 질렀다. 방구석으로 달려가더니 장식장 밑에서 갈색 구두 한 짝을 꺼냈다.

"없어졌던 구두에요!"

그가 큰 소리로 외쳤다.

"우리의 모든 문제도 이렇게 쉽게 풀리면 좋겠는데!" 셜록 홈스가 말했다.

"하지만 정말 이상하네요. 점심 먹기 전에 제가 이 방을 샅샅이 뒤져 봤거든요." 모티머 박사가 말했다.

"나도 그랬어요. 구석구석 다 봤는데." 바스커빌이 말했다.

"그때는 분명 구두가 없었습니다."

"점심 먹는 동안에 직원이 가져다 놓았나 보죠."

독일인 직원을 불러서 물어봤지만 자기는 모르는 일이라고 대답했고, 아무리 조사해 봐도 의문은 풀리지 않았다. 의도를 알 수 없이 빠르게 늘어나는 작은 수수께끼들에 또 하나가 추가된 셈이었다. 찰스 경의 죽음을 둘러싼 음산한 이야기는 논외로 치더라도, 고작 이틀 동안 설명할 수 없는 사건들이 연속해서 일어났다. 신문을 오려 붙여 만든 편지를 받고, 이륜마차를 타고 경을 감시하는 검은 턱수염의 사내가 등장했고, 갈색 새 구두와 낡고 검은 구두가 한 짝씩 없어지더니 이제 없어진 새 구두 한 짝이 돌아왔다. 베이커가로 돌아오는 마차 안에서 홈스는 입을 열지 않았고, 눈썹을 일자로 모은 채 집중하는 표정을 보고 홈스가 무슨 생각을 하는지 알 수 있었다. 그도 나처럼, 겉보기에 아무 관계가 없어 보이는 이 기묘한 사건들을 하나의 패턴으로 짜 맞출 수 있는 논리를 찾고 있었다. 그 날 오후부터 시작해서 밤이 깊어질 때까지 홈스는 담배를 피우며 생각에 잠겨 있었다.

저녁을 먹기 직전에 전보 두 통이 날아왔다. 첫 번째 전보는 이것이었다.

방금 배리모어가 저택에 있다는 말을 들었음. ─ 바스커빌

두 번째 전보의 내용은 다음과 같았다.

지시한 대로 스물세 개의 호텔을 찾아갔지만 유감스럽게도 오려 낸 흔적이 있는 《타임스》는 찾지 못함. ─ 카트라이트

"왓슨, 단서 두 개가 날아가 버렸군. 이렇게 하는 일마다 안 될수록 더욱 투지가 끓어오른단 말이야. 이젠 다른 단서를 찾아가 봐야겠어."

"우리에겐 아직 그 미행자를 마차에 태운 마부가 남아 있잖아."

"바로 그거야. 마부의 이름과 주소를 알아내려고 마차 등록소에 전보를 보내 놨어. 지금 이 소리가 내 의문에 대한 답이라고 해도 놀랍지 않군."

하지만 초인종을 울리며 우리를 찾아온 건 전보보다 더 만족스러운 것이었다. 방문이 열리자 우락부락한 사람이 들어왔는데 보아하니 그 마부였다.

"여기 사는 분이 2704번 마차에 관해 물어볼 게 있다는 연락을 받았습니다. 제가 이 마차를 몬 지 칠 년이나 됐지만 불평을 들은 적은 단 한 번도 없어서요. 직접 뵙고 뭐가 문제인지 들어 보려고 바로 왔습니다."

"불만이 있어서 부른 건 아니요. 오히려 그 반대로 내가 묻는 말에 확실하게 대답해 준다면 반 파운드를 줄 생각이요." 홈스가 말했다.

"야, 그럼 오늘은 정말 운수 좋은 날이군. 뭐가 궁금하십니까, 선생님?" 마부가 활짝 미소를 지으며 말했다.

"우선, 당신의 이름과 주소를 말해 줘요. 나중에 또 물어보고 싶은 게 생길지도 모르니."

"존 클레이턴, 터피가 3번지에 살고 있습니다. 워털루역 근처에 있는 시플리 마차 사무소 소속이죠."

셜록 홈스는 그것을 받아 적었다.

"클레이턴, 오늘 아침 10시에 우리 집을 감시하다가 여기에서 나간 두 신사를 리젠트가까지 따라간 손님에 대해 아는 것을 다 말해 줘요."

마부는 깜짝 놀랐고 조금은 당황한 것 같았다.

"나리는 제가 아는 건 이미 다 알고 계시는 것 같으니 제 말이 별로 도움이 되진 않을 겁니다. 사실 그 신사가 자기는 탐정이니 아무한테도 자기 얘기를 하지 말라고 했고요."

"이봐요. 이건 아주 중요한 문제요. 여기에서 계속 숨기려 하면 당신의 처지가 아주 곤란해질 거요. 그 손님이 탐정이라고 그랬나요?"

"네. 그렇게 말했습죠."

"언제 그럽디까?"

"내릴 때요."

"다른 말은 안 했나요?"

"자기 이름을 말하더군요."

홈스는 흐뭇한 표정으로 나를 힐끗 쳐다봤다.

"아, 이름을 말했단 말이지? 경솔한 짓을 했군. 그 이름이 뭐였어요?"

"셜록 홈스요."

마부의 대답을 들은 홈스가 그렇게 놀란 건 처음 봤다. 홈스는 경악해서 순간 아무 말도 하지 못하다가 껄껄 웃음을 터트렸다.

"대단해, 왓슨! 정말이지 대단해! 나만큼이나 뛰어난 솜씨야. 이번엔 내가 한 방 제대로 먹었군. 그래, 자기 이름이 홈스라고 했단 말이죠?"

"네, 그 신사가 그렇게 말했습니다."

"그렇군요! 그럼 그를 어디에서 태웠고, 그다음에 무슨 일이 있었는지 다 말해 줘요."

"그 손님은 트래펄가 광장에서 9시 30분쯤 마차를 타셨어요. 자기가 탐정이라면서 오늘 하루 아무것도 묻지 않고 지시대로만 움직여 주면 2기니를 주겠다고 했습니다. 저는 기쁜마음으로 수락했죠. 처음에는 노섬벌랜드 호텔로 가서 두 신사가 나타나 마차에 오를 때까지 기다렸고, 그 뒤를 쫓아서 이 근처까지 왔습니다."

"이 집 앞까지?" 홈스가 말했다.

"음, 그건 기억이 가물가물하네요. 어쨌든 그 손님은 다 알고 있었던 것 같습니다. 우리는 여기로 이어지는 도로 중간에 마차를 세워 놓고 한 시간 삼십 분 정도 기다렸습니다. 그런 다음 밖으로 나온 두 신사가 제 마차 옆을 걸어서 지나가자 베이커가를 따라서……."

"그건 나도 알아요." 홈스가 말했다.

"리젠트가를 4분의 3정도 지났는데. 손님이 갑자기 지붕의 문을 밀어 올리더니 전속력으로 워털루역으로 달리라고 소리질렀어요. 저는 채찍으로 말을 후려치며 달려서 십 분도 채못 돼 도착했습니다. 손님이 약속대로 2기니를 주고 역으로 들어갔습니다. 그러다가 돌아서서 이렇게 말했습니다. '자네가 태운 손님 이름이 셜록 홈스라는 걸 기억해 두면 재미있는 일이 일어날 거야.'라고요. 그래서 이름을 알게 됐습죠."

"그렇군. 그 뒤로는 그를 보지 못했고?"

"역으로 들어간 후로는 못 봤습니다."

"셜록 홈스 씨는 어떻게 생겼던가요?"

마부가 머리를 긁적였다.

"뭐, 어떻게 생겼다고 말하기 쉽지 않은 외모라서⋯⋯. 나이는 대충 마흔쯤 된 것 같고. 키는 중키로 나리보다는 6, 7센티미터 정도 작을 겁니다. 옷은 멋쟁이처럼 차려입었고. 검은 수염 끄트머리는 각지게 다듬었고, 얼굴이 창백했습니다. 더는 기억나지 않습니다."

"눈 색깔은?"

"그건 모르겠어요."

"그거 말고 생각나는 건 없고?"

"없습니다."

"그렇다면 자, 여기 반 파운드 가져가요. 또 다른 정보를 가져온다면 반 파운드를 더 주리다. 그만 가 봐요!"

존 클레이턴은 껄껄 웃으며 밖으로 나갔다. 홈스가 나를 돌아보더니 어깨를 으쓱하면서 쓴웃음을 지었다.

"세 번째 실도 끊어졌군. 다시 원점이야. 교활한 악당 같으니라고! 녀석은 우리 집 주소도, 헨리 바스커빌 경이 내게 상의한 사실도 다 알고, 리젠트가에서 내가 누군지도 눈치챘고, 내가 마차의 번호를 기억해 뒀다가 마부를 부를 거라는 것도 짐작했어. 그래서 이렇게 대담한 메시지를 보낸 거지. 이봐, 왓슨, 이번 상대는 마음을 단단히 먹어야겠어. 런던에선 내가 완패했군. 데번셔로 가는 자네는 나보다 운이 좋길 빌어. 하지만 좀체 마음이 놓이지 않는군."

"뭐가 불안한가?"

"자네를 보내는 거 말일세. 왓슨, 이건 아주 추악한 사건이야. 추악하면서 위험하기까지 한 사건이지. 생각할수록 마음

에 들지 않아. 이 친구야, 자네는 웃을지 몰라도 자네가 무사
히 베이커가로 돌아온다면 나는 정말 기쁠 거야."

6
바스커빌 저택

헨리 바스커빌 경과 모티머 박사가 예정된 날에 맞춰 여행 준비를 마쳤고, 우리는 데번셔를 향해 출발했다. 셜록 홈스가 나를 마차로 역까지 데려다주며 마지막으로 여러 가지 지시와 충고를 해 줬다.

"왓슨, 여기에서 여러 가지 가설과 의혹들을 말해서 자네에게 편견을 심어 주고 싶지는 않네. 내가 원하는 건 자네가 가능한 한 있는 그대로 모든 사실을 알려 달라는 거야. 추리는 내게 맡기고."

"어떤 종류의 사실을 말하는데?" 내가 물었다.

"이번 사건과 조금이라도 연관이 있어 보이면 다 좋아. 특히 젊은 헨리 경과 이웃 사람들의 관계라든지, 찰스 경의 죽음에 대한 새로운 사실이 그렇지. 나도 지난 며칠 동안 개인적으로 조사해 봤는데 유감스럽게도 별 성과는 없었어. 하나 확실한 게 있다면, 다음 상속자인 제임스 데즈먼드 씨는 아주 선량한 신사라서 이 사건과는 상관이 없을 것 같다는 점이야. 그러니 데즈먼드 씨는 우리 조사에서 빼도 되겠어. 남은 건 헨리 경의 이웃이 될 황야에서 사는 사람들이지."

"우선 배리모어 부부를 저택에서 내보내는 게 좋지 않을까?"

"그건 절대 안 돼. 그건 엄청난 실수야. 만약 그들이 무고하다면 우리가 부당한 짓을 하는 셈이고, 부부가 실제로 죄를 저질렀다면 죗값을 치를 기회를 우리가 포기하는 꼴이 되지 않겠는가? 아니지, 안 될 말이야. 그 부부는 용의자 리스트에 올려놓고 지켜봐야 해. 내 기억이 맞는다면 저택에는 마부가 하나 있어. 황야에 농부 둘이 살고, 우리 친구인 모티머 박사도 있네. 모티머는 정말 정직한 사람이라고 생각하지만, 그의 부인에 대해서는 우리가 아는 게 없잖아. 그리고 박물학자인 스테이플턴과 그의 누이동생도 있는데, 아주 젊고 매력적이라고 하더군. 래프터 저택의 프랭클랜드 씨에 대해서도 우리가 아는 게 없고. 그 외에도 이웃이 한두 명 정도 있어. 자네는 이 사람들을 잘 지켜보고 관찰해야 해."

"최선을 다하지."

"무기는 가지고 가지?"

"응. 그러는 편이 좋을 거 같아서."

"그거야 당연하지. 밤이고 낮이고 늘 권총을 몸에 지니고 다녀. 항상 경계를 늦추지 말고."

두 사람은 이미 일등 객차에 자리를 잡아 놓고 플랫폼에 서서 우리를 기다리고 있었다.

홈스가 근황을 묻자 모티머 박사가 대답했다.

"아니요. 그 뒤론 아무 일도 없었습니다. 지난 이틀 동안에는 미행이 없었다는 건 맹세할 수 있습니다. 밖에 나갈 때는 항상 주의를 기울였기 때문에 미행이 있었다면 못 봤을 리가 없습니다."

"두 분이 항상 같이 다니셨나요?"

"어제 오후만 빼고요. 저는 런던에 올 때마다 하루 정도는 즐기려고 시간을 빼놓거든요. 어제는 의과대학교 박물관에 있었습니다."

"나는 공원에 사람들을 구경하러 갔지만 아무 일도 없었습니다." 헨리 경이 말했다.

"그래도 무모한 행동이었어요." 홈스가 머리를 절레절레 흔들며 심각한 표정으로 말했다.

"헨리 경, 이제부터는 제발 혼자 다니지 마십시오. 그랬다간 불행한 일이 벌어질 겁니다. 검정 구두 한 짝은 찾으셨나요?"

"아니요. 영원히 사라져 버렸습니다."

"그렇군요. 정말 흥미로운 일이에요. 조심해서 가세요."

기차가 움직이기 시작했을 때 홈스가 덧붙였다.

"헨리 경, 모티머 박사가 우리에게 읽어 준 그 기이한 전설에 나오는 '부디 악령이 활개를 치는 어두운 밤에는 황야를 지나지 않도록 조심, 또 조심하거라.'라는 구절을 절대 잊어서는 안 됩니다."

멀어져 가는 플랫폼을 돌아봤다가 우리를 떠나보내는 키가 큰 홈스를 봤다. 그는 미동도 하지 않고 멀어지는 우리를 무거운 표정으로 바라보았다.

여행이 즐거워 시간이 빠르게 흘러갔다. 나는 두 사람과 조금 더 친해졌고, 모티머 박사의 스패니얼과도 장난을 치며 시간을 보냈다. 몇 시간이 지나자 갈색 땅이 붉은빛을 띠기 시작했고, 벽돌집이 아닌 화강암으로 지은 집들이 나타나기 시작했다. 튼튼한 울타리로 둘러싸인 목장에서 붉은 소들이 풀을 뜯고 있었다. 푸르게 우거진 풀과 울창한 초목으로 봐서 다른 곳보다 비는 많이 내려도 풍요로운 지방임을 알 수 있었다. 바스커빌의 젊은 상속자는 애틋한 눈빛으로 창밖 풍경을 바라보다가 데번셔의 낯익은 풍경이 나타나자 환호성을 질렀다.

"왓슨 박사님, 나는 고향을 떠난 뒤로 여러 곳을 다녔지만, 여기와 견줄 만한 곳은 없었습니다." 그가 말했다.

"제가 본 데번셔 출신 남자들은 모두 자기 고향을 걸고 맹세하더군요."

"그건 지역뿐만 아니라 인종과도 관계가 있을 겁니다. 이분을 보면 금방 알 수 있지요. 켈트족 특유의 둥근 머리형이 아닙니까? 그 머리 안에는 켈트족 특유의 열정과 힘이 담겨 있답니다. 돌아가신 찰스 경의 두상은 아주 희귀한 유형이었어요. 게일족과 이베리아족의 특징이 반반씩 있었거든요. 하지만 경이 바스커빌 저택을 마지막으로 본 건 아주 어렸을 때였지요?" 모티머 박사도 거들었다.

"내가 십 대였을 때 아버지가 돌아가셔서 바스커빌 저택은 한 번도 보지 못했습니다. 우리 가족은 당시 남부 해안에 있는 작은 집에서 살고 있었으니까요. 그 후에 나는 미국에 있는 친구에게 바로 건너갔습니다. 그래서 왓슨 박사님과 마찬가지로 바스커빌 저택은 처음입니다. 어서 황야를 보고 싶군요."

"그렇군요? 그 소원이 이뤄졌습니다. 보세요, 경과 황야의 첫 만남이군요." 모티머 박사가 창밖을 손가락으로 가리키며 말했다.

사각형으로 구분된 초록색 밭 위로 나지막하고 부드러운 곡선의 숲이 보였고, 멀리서 삐죽하게 솟은 음울한 회색 구릉이 희미하게 모습을 드러내고 있었다. 꿈에서나 볼 법한 환상적인 풍경이었다. 앉아 있는 헨리 경의 시선은 오랫동안 그 풍경에 못 박혀 있었다. 그가 조상 대대로 지배하고 아주 깊은 흔적을 남긴 땅을 처음 보자 격렬한 감정에 휩싸였음을 표정에서 읽어 낼 수 있었다. 미국식 억양이 강한 영어를 구사하는 청년이 트위드 슈트를 입고 평범한 기차 한구석에 앉아 있었다. 하지만 거무스름하고 표정이 풍부한 얼굴을 보고 있으려니 이 사람이야말로 열정적이고 훌륭하며 고귀한 핏줄의 후손이라는 느낌이 들었다. 그의 짙은 눈썹, 예민한 감수성이 비치는 코, 커다란 적갈색 눈에는 자부심과 용기와 힘이 깃들어 있었다. 비록 위험하고 힘겨운 일이 저 으스스한 황야에서 일어난다 해도 이 사람이라면 용감하게 동료의 짐을 같이 질 것이라 믿고 함께 위험으로 뛰어들 수 있었다.

기차가 길가에 있는 조그만 역에 멈춰 서자 우리는 객실에서 내렸다. 낮고 흰 울타리 밖에서 지붕이 없는 쌍두마차가 기다리고 있었다. 역장과 짐꾼들이 우리 주위에 모여들어 짐을 날라 주는 것을 보니 우리가 도착한 것이 이곳에서는 큰 사건인 모양이었다. 아름답고 소박한 마을이지만, 역 입구 옆에서 검은 제복을 입은 병사 두 명이 소총을 들고 지나가는 우리를 날카로운 눈빛으로 봐서 깜짝 놀라고 말았다. 키가 작고 얼굴에 주름이 자글자글하고 무뚝뚝한 표정의 마부가 헨리 바스커빌 경에게 인사했다. 몇 분 후에 우리는 하얀빛이 도는 넓은 길을 달리고 있었다. 길 양쪽에는 완만하게 경사진 목초지가 있었고, 그 길을 올라가자 울창한 나무 사이로 박공이 있는 오래된 집들을 볼 수 있었다. 하지만 햇볕이 내리쬐는 그 평화로운 전원 풍경 너머에 저녁 하늘을 배경으로 어두운 황야가 펼쳐져 있었다. 그 길고 음울한 황야의 끝에 불길해 보이는 언덕들이 들쭉날쭉 솟아 있었다.

마차가 흔들리면서 옆길로 들어가 몇 세기에 걸쳐 무수한 바큇자국이 팬 좁은 길을 올라갔다. 양편의 높은 둑에는 물기를 머금어 묵직한 이끼와 두툼한 골고사리들이 빽빽하게 자라나 있었다. 구릿빛 고사리와 얼룩덜룩한 검은딸기나무가 저물어 가는 햇살을 받아 희미하게 빛나고 있었다. 계속 올라가 화강암으로 만들어진 좁은 다리를 건너고, 물살이 시끄럽고 빠르게 흐르는 시냇물을 둘러 갔다. 시냇물은 회색 바위들 사이로 거품을 일으키고 요란한 소리를 내며 흘러갔다. 길과 시냇물 둘 다 왜소한 졸참나무와 전나무가 빽빽하게 자란 골짜기를 따라 구불구불 뻗어 있었다. 헨리 경은 길이 꺾어질 때마다 기쁨의 탄성을 지르며 주위를 돌아보면서 끝도 없이 질문을 던졌다. 그의 눈에는 모든 풍경이 아름답게 보였겠지만, 내 눈에는 이울어 가는 한 해의 흔적을 생생하게 품고 있는 풍경 속에 희미하게 우울한 기운이 감돌고 있는 것처럼 느껴졌다. 낙엽이 카펫처럼 길 위에 두껍게 깔려 있었고 지나가는 우리의 머리 위로 떨어져 내리기도 했다. 바람에 데구루루 굴러가며 천천히 썩어 가는 낙엽이 바퀴 소리마저 집어삼켰다. 내게는 그 풍경이 돌아온 바스커빌가의 주인이 타고 가는 마차에 자연이 던져 주는 서글픈 선물 같았다.

"아이고! 저게 뭐지?" 모티머 박사가 외쳤다.

황야를 벗어나자 작은 야생화들이 우거진 가파른 기슭이 나왔다. 그 기슭 위에 마치 기마병 조각처럼 말에 탄 군인이 굳은 표정으로 라이플총을 손에 쥐고 있었다. 그 군인은 우리가 가는 길을 빤히 지켜보았다.

"퍼킨스, 이게 무슨 일인가?" 모티머 박사가 마부에게 묻자 그가 몸을 반쯤 돌려서 대답했다.

"프린스타운 교도소에서 죄수가 한 명 탈출했습니다. 오늘이 사흘째인데, 간수들이 길과 역마다 감시하고 있지만, 죄수는 흔적도 없이 사라졌다고 합니다. 근처 농부들은 다 언짢아하고 있습니다. 지금 상황이 그렇습니다."

"단서가 될 만한 정보를 신고하면 5파운드를 받을 수 있는데."

"그건 맞지만, 목이 잘려 나갈지도 모를 판에 그깟 5파운드가 무슨 소용이랍니까? 있죠, 그놈은 평범한 죄수가 아니랍니다. 언제 칼을 휘두를지 모르는 놈이래요."

"이름이 뭔데?"

"셀든입니다. 노팅 힐의 살인범이죠."

나는 그 사건을 선명하게 기억하고 있었다. 범죄 수법이 아주 잔인하고, 범인이 이유도 없이 너무 진혹한 폭력을 행사해서 홈스가 흥미를 보였기 때문이다. 범인의 행동이 너무도 잔인해 혹시 정신에 이상이 있을지도 모른다는 의문이 제기되어 사형에서 무기 징역으로 감형됐다. 마차가 언덕 위로 올라서자 우리 앞에 거대한 황야가 펼쳐졌다. 울퉁불퉁하고 험준한 돌무덤과 바위산이 곳곳에 있었다. 황야를 훑고 지나가는 차가운 바람에 우리는 덜덜 떨었다. 저 황량한 평야 어딘가에 야수 같은 흉악범이 굴을 파고 숨어 있다. 그의 마음은 자신을 내친 인류 전체에 대한 악의로 가득 차 있을 것이다. 불모의 땅과 으슬으슬 추워지는 바람, 어두워지는 저녁 하늘에 탈옥수까지 더해지니 온몸이 오싹해졌다. 심지어 헨리 경까지도 입을 다문 채 외투 깃을 여미고 있었다.

우리는 풍요로운 땅을 지나왔다. 돌아보자 기울어지는 저녁 해가 개울들을 황금빛으로 물들이고 있었고, 쟁기로 간 대지와 넓게 퍼져 있는 숲이 붉게 타오르는 것처럼 보였다. 우리 앞에 놓인 길은 더욱 황량하고 거칠어졌고, 황갈색과 올리브색 경사지에 거대한 바위가 흩어져 있었다. 황야를 가다 가끔 눈에 들어오는 농민의 집은 거친 벽과 지붕이 그대로 드러난 석조 건물로 그걸 가려 줄 담쟁이조차 보이지 않았다. 갑자기 우리 밑에 컵처럼 오목하게 패인 분지가 펼쳐졌다. 오랜 세월 거친 비바람에 시달려 제대로 자라지 못한 채 비틀어진 참나무와 전나무가 여기저기 서 있었다. 그런 나무들 사이로 좁고 높은 탑 두 개가 우뚝 솟아 있었다. 마부가 채찍으로 그곳을 가리켰다. "저기가 바스커빌 저택입니다."

저택의 주인은 자리에서 일어나 상기된 얼굴과 반짝이는 눈으로 그곳을 말없이 바라보았다. 잠시 후, 마차가 별채 문 앞에서 멈췄다. 연철로 만든 환상적이며 정교한 장식 무늬가 미로처럼 짜인 문 양쪽에 비바람에 시달리고 얼룩덜룩한 이끼로 뒤덮인 기둥이 있었다. 기둥 윗부분에는 바스커빌가의 상징인 멧돼지 머리 장식이 붙어 있었다. 별채는 폐허가 되어 검은 화강암과 서까래만 남아 있었지만, 맞은편에 새로 짓고 있는 건물이 있었다. 반쯤 완성된 그 건물은 찰스 경이 아프리카에서 가져온 부의 첫 결실이었다.

문 안으로 들어서자 오솔길이 나왔다. 길을 가득 메운 낙엽이 다시 바퀴 소리를 지워 버렸고 머리 위로 자란 고목 가지들이 어두운 터널이 되었다. 헨리 경은 고개를 들어 길게 뻗은 어두운 오솔길 끝에 유령처럼 희미하게 서 있는 저택을 보는 순간 몸서리를 쳤다.

"여긴가요?" 헨리 경이 나직한 목소리로 물었다.

"아뇨, 아닙니다. 주목 오솔길은 반대쪽에 있어요."

젊은 상속자는 우울한 얼굴로 주위를 둘러보았다.

"이런 곳이니 백부님이 불행을 예감한 것도 당연합니다. 누군들 두렵지 않겠습니까. 제가 육 개월 안에 전등을 한 줄로 달겠습니다. 그럼 섬뜩한 분위기가 가시겠지요. 현관 앞에는 촛불 1000개 밝기의 스완-에디슨 전등을 달 거고요."

오솔길이 끝나자 널찍한 잔디밭과 저택이 우리 앞에 서 있었다. 희미해지는 빛을 받고 있는 묵직한 건물 중앙에 현관이 앞으로 돌출돼 있었다. 저택 전면은 여기저기 깎여 나간 어두운 장막 같은 담쟁이로 덮여 있었지만, 그 사이사이로 창문과 가문의 문장이 보였다. 그 중앙에 수많은 총구멍과 총안이 있는 오래된 탑 두 개가 쌍둥이처럼 솟아 있었다. 작은 탑의 좌우에 좀 더 최근에 지어진 검은색 화강암 건물이 서 있었다. 중간 문설주가 있는 묵직한 창으로 우중충한 빛이 흘러나왔고, 경사가 급한 지붕 위로 높이 솟아오른 굴뚝에서는 검은 연기 한 줄기가 피어올랐다.

"어서 오세요, 헨리 경! 바스커빌 저택에 오신 것을 환영합니다."

현관 그늘에서 키가 큰 남자가 나와서 마차의 문을 열었다. 홀의 노란 불빛을 배경으로 밖으로 나오는 여자의 윤곽이 보였다. 그녀는 남자를 도와 짐을 내려 주었다.

"저는 여기서 바로 집으로 가도 괜찮겠죠? 아내가 기다리고 있어서요."

모티머 박사가 말했다.

"함께 식사라도 하고 가시죠?"

"아뇨, 가 봐야겠습니다. 일도 쌓여 있을 거고요. 저택 안도 안내해 드리고 싶지만, 그건 집사인 배리모어가 더 잘하겠죠. 이만 작별하죠. 제 도움이 필요하다면 낮이든 밤이든 개의치 말고 사람을 보내십시오."

마차 바퀴 소리가 멀어지는 사이에 헨리 경과 나는 저택 안으로 발을 들여놓았다. 쾅 하며 육중한 문이 닫히는 소리가 들렸다. 아주 크고 근사한 거실이었다. 높은 천장을 올려다보자 오랜 세월을 버텨 내면서 까맣게 변한 참나무 서까래들이 보였다. 철로 만든 장작 받침 뒤로 고풍스럽지만 당당해 보이는 난로가 놓여 있었고 그 안에서 장작이 탁탁 소리를 내며 활활 타고 있었다. 오랫동안 마차를 타고 와서 몸이 완전히 얼어 버린 헨리 경과 나는 난롯불에 손을 쬐었다. 주위를 둘러보자 오래된 스테인드글라스로 장식한 얇고 높은 창문과 참나무 판자로 만든 패널, 박제된 수사슴 머리들, 벽에 걸린 가문의 문장이 거실 한가운데 있는 램프의 희미한 불빛으로 보니 침울해 보였다.

　"상상했던 대로네요. 이거야말로 유서 깊은 가문의 저택답지 않습니까? 우리 조상이 여기에서 500년 동안 살아왔다고 생각하니 숙연해지네요."

　나는 주위를 둘러보는 그의 거무스름한 얼굴이 마치 열정적인 소년처럼 환해지는 모습을 지켜봤다. 빛을 받으며 서 있는 그의 뒤쪽으로 긴 그림자들이 마치 검은 덮개처럼 벽과 천장에 드리워져 있었다. 우리 방에 짐을 옮겨 놓은 배리모어가 돌아왔다. 그는 잘 훈련된 고용인답게 정중한 태도로 우리 앞에 섰다. 그는 미남에 키가 컸고 검은 턱수염을 각지게 기르고 있었다. 창백한 피부에 또렷한 이목구비가 눈에 띄었다.

　"바로 식사하시겠습니까?"

　"준비됐나?"

"몇 분 안으로 준비됩니다. 방에 따뜻한 물을 가져다 놓았습니다. 새 하인들을 뽑으실 때까지 저희 부부가 기쁜 마음으로 주인님을 모시겠습니다. 새로운 환경에서는 앞으로는 사람을 많이 쓰셔야 할 겁니다."

"새로운 환경이라니?"

"찰스 경은 조용한 생활을 즐기셔서 저희 둘만으로도 충분히 모실 수 있었습니다. 하지만 새로 오신 주인님은 앞으로 더 많은 분과 교제하고 싶으실 테니 집안에 변화를 주셔야죠."

"자네 부부는 그만두고 싶다는 뜻인가?"

"주인님이 불편하지 않으실 때 그러겠습니다."

"하지만 자네 가족은 우리 가문을 위해 몇 대째 일하지 않았나? 그런 오래된 인연을 끊는 것으로 여기 생활을 시작하고 싶지는 않은데."

순간 집사의 창백한 얼굴에 감정의 동요가 비친 것 같았다.

"저와 제 아내도 주인님과 같은 생각입니다만. 솔직히 말씀드리면 저희는 찰스 경에게 정이 워낙 많이 들었는데, 갑자기 그렇게 돌아가셔서 충격이 컸습니다. 그래서 여기에서 계속 지내기가 고통스럽습니다. 유감스럽게도 바스커빌 저택에서 더는 마음 편히 지낼 수 없을 것 같습니다."

"하지만 여길 나가서 뭘 하며 산단 말이야?"

"뭔가 일을 하게 되겠죠. 관대하신 찰스 경 덕분에 사업 자금을 장만할 수 있게 되었습니다. 이제 방으로 안내해 드리는 것이 좋을 듯합니다."

이 고풍스러운 거실 위쪽에는 난간이 둘러쳐진 사각형의 베란다가 있었고, 거기로 가려면 좌우로 갈라진 계단으로 올라가야 했다. 계단 위로 올라가면 좌우로 복도가 건물 전체에 걸쳐 길게 뻗어 있었다. 침실로 들어가는 문은 전부 복도 쪽으로 나 있었다. 내 침실은 헨리 경과 같은 쪽 복도에 있었고, 경의 방과 아주 가까웠다. 두 방 모두 저택 중심부보다 훨씬 현대적으로 꾸며져 있었고 환한 색의 벽지와 수많은 촛불 덕분에 저택에 도착했을 때 받은 어두운 인상을 어느 정도 지울 수 있었다.

하지만 거실과 연결된 식당은 아주 어둡고 우울했다. 안쪽으로 긴 식당이었는데 가족들이 앉는 상단과 하인들이 앉는 하단으로 나뉘어 있었다. 한쪽 끄트머리에서 한 단 높은 곳은 악사들의 자리였다. 우리의 머리 위를 수많은 서까래가 가로질렀고, 그 위는 연기에 시커멓게 그을린 천장이었다. 활활 타오르는 횃불을 여기저기 밝히고 거칠지만 유쾌했던 옛날 연회처럼 꾸민다면 그런 침울한 분위기가 조금 누그러질 수도 있을 것이다. 하지만 검은 옷을 입은 두 신사가 갓을 씌운 램프의 희미한 불빛 속에 앉아 식사하다 보니 목소리도 자꾸 작아지고 축 처졌다. 엘리자베스 여왕 시대 기사부터 섭정 시대의 청년까지 다양한 패션의 옷을 입고 죽 늘어서 있는 조상들의 어두운 초상화가 말없이 우리를 내려다보고 있어서 더 주눅이 들었다. 우리는 별 대화를 나누지 않았고, 식사가 끝나고 당구대가 있는 현대적인 방으로 물러나 담배를 피웠을 때는 솔직히 기뻤다.

"아이고, 이곳이 유쾌한 곳이란 말은 못 하겠네요. 이런 분위기노 좀 부드러워지기는 하겠지만, 지금은 위화감이 느껴지네요. 이런 집에서 혼자 사셨으니 백부님의 신경이 예민해진 것도 당연한 것 같습니다. 왓슨 박사님, 괜찮으시다면 오늘은 일찍 주무세요. 내일 아침이 되면 아마 기분도 한결 나아지겠죠?"

나는 잠자리에 들기 전에 커튼을 열어 창밖을 내다보았다. 창문은 현관 앞에 펼쳐진 잔디밭 앞으로 열렸다. 잔디밭 너머에 있는 두 개의 잡목림이 점점 거세지는 바람에 소리를 지르며 사정없이 흔들리고 있었다. 빠르게 흘러가는 구름 사이로 반달이 삐져나왔다. 그 잡목림들 너머로 바위산의 가장자리와 길고 낮은 곡선을 그리고 있는 서글픈 황야가 차가운 달빛을 받고 있었다. 나는 커튼을 닫으며 참 일관되게 쓸쓸한 곳이라고 생각했다.

하지만 그날은 거기에서 끝나지 않았다. 나는 지칠 대로 지쳤는데도 잠이 오지 않아 계속 뒤척이며 자려고 애썼다. 어디에선가 십오 분 간격으로 시계가 댕댕 울렸지만, 그것만 빼면 이 오래된 저택에는 죽음 같은 침묵이 흘렀다. 그런데 한밤중에 어떤 선명한 소리가 들렸다. 온 집안에 울려 퍼지는 그 소리는 분명 여자가 흐느껴 우는 소리였다. 누군가 걷잡을 수 없는 슬픔에 터진 울음을 참으려 애쓰고 있었다. 나는 침대에서 벌떡 일어나 앉아 그 소리에 귀를 기울였다. 멀리서 나는 소리가 아니라 틀림없이 저택 안에서 들리는 소리였다. 나는 삼십 분 동안 온 신경을 바짝 곤두세운 채 기다렸지만, 때를 알

리는 시계 소리와 벽에 들러붙은 담쟁이의 잎이 바스락거리는
소리 말고는 아무깃도 들리지 않았다.

7
메리핏 저택의 스테이플턴 가문

다음 날 아침은 아름답고 상쾌한 날씨 덕분에 바스커빌가의 어둡고 음울한 첫인상이 다소 누그러졌다. 헨리 경과 같이 아침을 먹고 있을 때, 창문으로 아침 햇살이 쏟아져 들어와 가문의 문장에 반사되면서 물결처럼 흔들리는 다양한 빛의 그림자가 나타났다. 벽에 붙인 시커먼 패널조차 황금빛 햇살을 받아 청동색으로 빛나고 있었다. 이곳이 어젯밤 그렇게 우리의 영혼을 어둡게 했던 방이라고는 믿을 수 없을 정도였다.

"문제는 이 집이 아니라 우리였나 봅니다! 긴 여행에 지치고, 지붕 없는 마차를 타고 오느라 온몸이 얼어서 어둡게만 보였던 듯한데, 기력을 회복하고 보니 모든 것이 좋아 보이는군요." 헨리 경이 말했다.

"그게 단순히 우리의 기분 문제만은 아닙니다. 어젯밤에, 여자 같았는데, 누가 흐느껴 우는 소리가 들리지 않았습니까?"
내가 물었다.

"이상하군요. 사실은 어제 나도 반쯤 잠이 들었을 때 그런 소리를 들은 것 같았습니다. 한동안 귀를 기울였지만, 그 후로 아무 소리도 들리지 않아서, 꿈이라고 생각했죠."

"헨리 경, 저는 분명히 들었습니다. 그건 정말 여자가 흐느껴 우는 소리였습니다."

"당장 확인해 봐야겠군요."

헨리 경이 종을 울려서 배리모어를 불러 간밤의 울음소리에 대해 뭔가 아는 게 없냐고 물었다. 주인의 질문을 들은 집사의 창백한 얼굴이 더 하얗게 질린 것처럼 보였다.

"이 저택에 여자는 둘밖에 없습니다. 부엌일을 거드는 하녀인데 잠은 다른 건물에서 잡니다. 남은 하나는 제 아내인데 어젯밤에 울지 않았습니다."

하지만 그는 거짓말을 했다. 아침을 먹고 긴 복도를 걷던 나는 햇빛을 정면으로 받은 배리모어 부인과 우연히 마주쳤다. 이목구비가 큼직큼직하고, 무표정한 얼굴의 그녀는 입을 굳게 다물고 있었다. 하지만 나를 힐끗 쳐다본 충혈된 눈과 부어오른 눈언저리는 숨길 수 없었다. 어젯밤에 울었던 사람은 바로 이 부인이었다. 그렇다면 남편이 모를 리가 없는데, 배리모어는 아니라고 금방 발각될 거짓말을 하는 모험을 했다. 왜 그랬을까? 그리고 그녀는 왜 그렇게 비통하게 울었을까? 이 창백하고 검은 턱수염을 기른 잘생긴 남자 주위에 벌써 정체를 알 수 없는 우울한 분위기가 떠돌고 있었다. 찰스 경의 시신을 처음 발견한 것도 그랬고, 그 노인의 죽음과 관련된 모든 정황도 그의 입에서 나온 것이 전부였다. 혹시 리젠트가에서 마차에 타고 있었다가 우리에게 목격된 남자가 바로 배리모어였을까? 그 턱수염은 같은 수염일 수도 있었다. 마부 말로는 손님이 키기 좀 작았다고 했지만 그런 느낌은 쉽게 틀릴 수 있다. 어떻게 해야 이 의문을 확실히 풀 수 있을까? 우선 그림펜 전신국장을 만나서 홈스가 보냈던 전보가 확실하게 배리모어 본인에게 전달되었는지 확인해야 했다. 무슨 답이 나오든 적어도 이건 홈스에게 알릴 만한 일이었다.

아침 식사 후, 헨리 경은 검토해야 할 서류가 무수히 많았고, 그건 내가 혼자 외출할 수 있는 절호의 기회였다. 황야 가장자리를 따라서 6킬로미터 정도 기분 좋게 걸어가자 우중충해 보이는 작은 마을이 나왔다. 개중에 크고 높은 건물이 두 채가 있었는데 하나는 여관이었고 다른 하나는 모티머 의사의 집이었다. 마을에서 식료품점도 같이 운영하는 전신국장은 그 전보를 아주 잘 기억하고 있었다.

"그 전보는 지시받은 대로 배리모어 씨에게 확실하게 전달했습니다."

"누가 배달했나요?"

"제 아들 녀석입니다. 제임스, 지난주에 받은 전보를 배리모어 씨에게 잘 전해 줬지?"

"네, 아빠. 제가 배달했어요."

"직접 배리모어 씨에게 건네줬니?" 내가 물었다.

"음, 그때 배리모어 씨는 다락에 있었어요. 그래서 대신 아줌

마한테 줬어요. 하지만 아줌마가 바로 건네주겠다고 했어요."

"그때 배리모어 씨를 봤니?"

"아니요. 다락에 있어서 볼 수 없었죠."

"보지 못했다면, 배리모어 씨가 다락방에 있는 건 어떻게 알았니?"

"뭐, 그거야 부인은 남편이 어디 있었는지 알고 있었을 테니까요. 그 사람이 전보를 못 받았나요? 만약 착오가 생겼다면 배리모어 씨한테 직접 물어보세요." 전신국장이 짜증을 내며 말했다.

더 이상 물어봐야 소용없을 것 같았다. 홈스의 책략에도 불구하고 배리모어가 런던에 오지 않았다는 증거는 찾을 수 없게 됐다. 만약 배리모어가 런던에 있었다면, 살아 있는 찰스 경을 마지막으로 본 사람과 영국에 돌아온 상속인을 미행한 인물이 동일 인물이라면, 그렇다면 배리모어는 누구를 대신해서 움직이고 있는 걸까? 아니면 자기만의 사악한 계획이 있는 걸까? 바스커빌 일가를 괴롭히는 것이 그에게 무슨 득이 된단 말인가? 나는 《타임스》의 사설을 오려 만든 기이한 경고를 떠올렸다. 그것도 그가 만든 것일까? 아니면 그의 계획을 방해하려는 다른 자의 소행일까?

내가 생각할 수 있는 유일한 동기는, 헨리 경이 지적했듯, 바스커빌가 사람이 겁에 질려 저택에 오지 않으면 배리모어 부부는 그곳에서 영원히 편안하게 생활할 수 있다는 것이다. 하지만 이 정도로 젊은 헨리 경 주위를 둘러싸고 보이지 않는 그물을 엮고 있는 난해하고 교묘한 음모를 설명할 순 없다. 오랫동안 세상을 놀라게 한 사건들을 조사해 온 홈스도 이처럼 복잡한 사건은 보지 못했다고 말했다. 회색으로 물든 쓸쓸한 길을 따라 저택으로 돌아가면서 나는 내 친구가 어서 앞서 다루고 있는 사건들을 해결하고 여기로 와서 내 어깨 위에 놓인 이 무거운 짐을 내려 주기를 바랐다.

그때 뒤쪽에서 누군가 내 이름을 부르며 달려오는 발소리에 그 생각도 끊어지고 말았다. 모티머 박사일 줄 알고 돌아봤지만, 날 쫓아온 사람은 놀랍게도 처음 보는 사람이었다. 그는 키가 작고 날씬하며 깔끔하게 면도한 얼굴이 단정한 사람이었다. 머리카락은 금발이고, 턱이 뾰족하고 삼십 대로 보이는 그는 회색 양복에 밀짚모자를 쓰고 있었다. 어깨에 식물 표본들을 넣을 양철통을 메고 있었고, 한 손에는 초록색 포충망을 들고 있었다.

"실례지만, 왓슨 박사님이시죠? 우리 황야에 사는 사람들은 다들 소박해서 소개할 때 격식을 차리지 않거든요. 우리 친구인 모티머 씨에게서 제 이름을 들으셨을 것 같은데. 저는 스테이플턴이라고 합니다. 메리핏 저택에서 살고 있죠." 내가 멈춰 서자 그는 숨을 헐떡이며 다가와 물었다.

"포충망과 양철통을 보고 그럴 거라고 짐작했습니다. 박물학자시라고 들었어요. 그런데 어떻게 저를 알아보셨죠?"

"모티머 씨를 만나러 갔는데, 진찰실 창문 너머로 선생님이 지나가는 모습을 보고 박사님이 바로 저분이라고 알려 줬습니다. 가는 방향이 같으니 만나서 제 소개를 해야겠다고 생각했어요. 헨리 경이 여행하시느라 지치신 건 아니죠?"

"경은 건강합니다. 감사합니다."

"찰스 경이 안타깝게 돌아가셔서 후계자인 헨리 경은 여기서 살지 않으려 할까 봐 우리 모두 좀 걱정하고 있던 참이었습니다. 부유한 분에게 이런 시골에 내려와서 살라는 부탁이 좀 억지스러울지 모르겠지만, 저희 사정을 아시다시피 경이 그렇게 해 주시면 아주 뜻깊은 일이 될 겁니다. 헨리 경이 이번 일로 미신에 찬 두려움을 갖게 된 건 아니겠죠?"

"그렇진 않을 겁니다."

"바스커빌 가문을 쫓는 악마 같은 개의 전설은 물론 알고 계시겠지요?"

"들었습니다."

"여기 농부들이 그런 미신에 얼마나 잘 속아 넘어가는지 놀랍습니다! 황야에서 그런 짐승을 목격했다고 맹세할 사람이 한둘이 아니죠."

스테이플턴은 미소를 띤 얼굴로 말했지만, 그가 그 문제를 심각하게 받아들이고 있음을 눈빛을 통해 알 수 있었다.

"그 이야기는 찰스 경의 상상력을 완전히 사로잡았습니다. 분명 그것 때문에 그런 비극적인 최후를 맞은 거라고 전 확신합니다."

"하지만 어떻게요?"

"그분의 신경이 너무 예민해져 있어서 평범한 개를 보고도 이미 병든 심장에 치명적인 영향을 끼쳤을 수 있습니다. 저는 그날 밤 경이 주목 오솔길에서 정말로 개를 본 게 아닐까 생각됩니다. 그분에게 안 좋을 일이 일어날까 봐 두려웠습니다.

저는 그분을 아주 많이 좋아했고, 심장이 약하다는 사실도 알고 있었거든요."

"그건 어떻게 아셨죠?"

"친구인 모티머가 말해 줬습니다."

"그럼 어떤 개가 찰스 경을 쫓아왔는데 그걸 본 찰스 경이 극한의 공포 때문에 죽었다고 생각하신단 말이죠?"

"그것보다 더 나은 이유가 있을까요?"

"전 아직 어떤 결론도 내리지 못했습니다."

"셜록 홈스 선생님은요?"

나는 순간 숨을 쉴 수 없었지만, 상대의 차분한 얼굴과 흔들림 없는 눈동자를 보니 나를 놀라게 하려고 홈스의 이름을 말한 것은 아닌 듯싶었다.

"우리가 왓슨 박사님을 모르는 척한다 해도 아무 소용없지요. 박사님이 쓴 탐정 이야기들을 우리도 읽거든요. 홈스 선생님의 업적을 널리 알리는 박사님이 유명해지지 않을 순 없잖아요. 모티머가 박사님의 이름을 말해 줬을 때 박사님의 정체도 부인할 수 없었죠. 박사님이 여기에 오셨다면, 셜록 홈스 선생님도 이번 사건에 관심이 있다는 뜻이겠지요. 그러니 저도 자연스럽게 이 사건에 관한 홈스 선생님의 견해가 궁금해졌고요."

"그 질문에 대한 답은 드릴 수 없습니다."

"홈스 선생님도 이곳에 오실 건지 물어봐도 될까요?"

"제 친구는 현재로선 런던을 떠날 수 없는 상황입니다. 다른 사건을 조사하고 있어서요."

"정말 안타깝네요! 홈스 선생님이라면 우리에겐 크나큰 비극인 이 사건의 단서를 찾으실지도 모르는데. 하지만 박사님이 조사하시는 데 제 도움이 어떤 식으로든 필요하시다면 마음 편히 말씀하세요. 박사님이 품고 계신 의문의 본질이나 어떤 식으로 수사 방향을 풀어야 할지가 고민이시라면 지금이라도 제가 조언을 드릴 수 있습니다."

"저는 친구인 헨리 경을 방문하러 왔을 뿐입니다. 그러니 어떤 식으로든 도움이 필요하진 않습니다."

"대단하세요! 박사님 입장에서는 이렇게 경계하면서 신중하게 행동하는 게 맞지요. 제가 주제도 모르고 참견한 걸 용서해 주세요. 이제 이 문제는 다시는 입에 올리지 않겠습니다."

우리는 갈림길에 다다랐다. 수풀이 수북하게 자라면서 좁아진 오솔길이 큰길에서 갈라져 나와 구불구불 황야로 뻗어 나갔다. 오른쪽으로 바위들이 간간이 보이는 가파른 언덕이 있었다. 그곳은 예전에 화강암 채석장이었다. 언덕의 이쪽 편은 검은 절벽으로 틈새마다 고사리와 검은딸기나무가 자라고 있었다. 그 너머 조금 높은 지대에서 회색 연기 기둥이 둥둥 떠다니고 있었다.

"황야로 난 이 길을 따라 조금만 더 가시면 메리핏 저택이 나옵니다. 한 시간 정도만 시간을 내주시면 여동생을 소개해 드리고 싶은데요."

그 제안을 듣는 순간 헨리 경 옆에 있어야 한다는 생각이 떠올랐다. 하지만 그의 서재 책상에 쌓여 있던 서류와 청구서가 기억났다. 내가 그런 서류 업무를 도울 수 없는 건 확실했다. 그리고 홈스가 황야에서 사는 이웃들을 조사하라고 강조한 점도 생각났다. 나는 스테이플턴의 초대를 받아들여 같이 걷기 시작했다.

"이곳 황야는 근사한 곳입니다." 스테이플턴이 주위의 구릉지를 둘러보며 말했다. 초록색 풀이 파도처럼 물결치는 풍경에, 그 물거품을 뚫고 여기저기 불쑥 삐져나온 화강암이 어우러진 모습이 장관이었다.

"황야는 아무리 봐도 지겹지 않아요. 황야가 품고 있는 근사한 비밀들을 선생님은 상상도 못 하실 겁니다. 이곳은 아주 거대하면서도 너무나 황폐하고 신비로운 곳이죠."

"그럼 선생님은 황야에 대해 아주 잘 알고 계시겠군요."

"제가 여기에 온 지는 이 년밖에 안 됩니다. 이곳 토박이들은 저를 외지인이라 부르죠. 우리는 찰스 경이 저택에 자리를 잡고 얼마 후 이곳으로 이사 왔습니다. 하지만 제 취미 덕분에 안 가 본 길이 없어서, 저보다 이곳을 더 잘 아는 사람은 없을 겁니다."

"그게 그렇게 어려운 일인가요?"

"몹시 어렵죠. 예를 들자면, 여기에서 북쪽에 있는 평원에는 기이한 모양의 언덕들이 높이 솟아 있습니다. 거기에서 뭔가 놀라운 게 보이십니까?"

"말을 타고 달리기에 좋겠군요."

"사람들은 으레 그렇게 생각하죠. 하지만 그런 생각 때문에 지금까지 여러 명이 목숨을 잃었습니다. 여기저기에 흩어져 있는 연초록빛을 띤 곳들이 보이시나요?"

"네, 다른 곳보다 더 비옥할 듯하군요."

스테이플턴이 웃으며 말했다.

"저기가 바로 그림펜 늪입니다. 저기에 한 발만 빠져도 사람이나 짐승이나 다 죽습니다. 어제도 황야에 있던 조랑말 한 마리가 주위를 돌아다니다 저기로 들어가는 걸 봤습니다. 끝내 나오지 못했어요. 놈은 진흙 위로 오랫동안 고개만 내밀고 있다가 결국 빨려 들어가고 말았습니다. 건기에도 저기를 건너는 건 위험하지만, 이렇게 가을비가 많이 내리는 요즘은 무시무시한 곳입니다. 하지만 저는 저곳의 한가운데까지 들어갔다가도 살아서 돌아올 수 있습니다. 이런, 가엾게도 또 조랑말이 빠져 버렸군요!"

갈색의 무엇인가가 푸른 사초 속에서 몸부림치고 있었다. 그러다 고통스러워하는 긴 목이 하늘을 향해 쑥 올라와 몸부림치다가 무시무시한 비명이 황야에 울려 퍼졌다. 공포에 내 몸이 서늘해졌지만, 스테이플턴은 나보다 비위가 좋은 것 같았다.

"말이 사라졌어요! 늪지가 먹어 치웠죠. 이틀 만에 두 마리나 삼켰습니다. 아니, 더 많을 겁니다. 건기에는 저기에 들어갈 수 있는데 짐승들은 늪에 발목이 잡힐 때까지 건기와 우기의 차이를 모르니까요. 이 그림펜 늪지는 정말 지독한 곳입니다."

"하지만 스테이플턴 씨는 저기를 건널 수 있다고 하셨죠?"

"네. 몸을 잘 쓰는 사람이라면 갈 수 있는 길이 한두 군데 있습니다. 제가 찾아냈어요."

"저런 위험한 곳에 왜 들어가려 하십니까?"

"저기 저 언덕들 보이시죠? 저곳은 누구도 통과할 수 없는 늪지로 사방이 둘러싸여서 오랫동안 고립돼 있어요. 딕분에 희귀한 식물과 나비들이 살고 있습니다. 저기에 도달할 지혜만 있다면 말이죠."

"저도 언젠가 세 운을 시험해 봐야겠군요."

스테이플턴이 놀란 표정으로 나를 보며 말했다.

"제발 그런 생각은 절대 하지 마세요. 제가 박사님을 사지로 밀어 버린 꼴이 될 테니까요. 박사님이 살아 돌아올 확률은 전혀 없습니다. 저도 저만 아는 복잡한 지형지물들을 따라서 오갈 수 있는 겁니다."

"맙소사! 저건 뭐죠?" 내가 외쳤다.

형언할 수 없이 슬프고 나직하며 긴 신음이 황야를 휩쓸고 지나갔다. 그 소리가 대기를 가득 채웠지만, 어디에서 나는지는 도무지 알 수 없었다. 둔중한 웅얼거림에서 시작된 그 소리는 점점 커져서 깊게 포효했다가 다시 서글프게 떨리는 웅얼거림으로 줄어들었다. 스테이플턴이 묘한 표정으로 나를 바라봤다.

"황야는 정말 이상한 곳입니다." 그가 말했다.

"하지만 저건 무슨 소리죠?"

"농부들은 바스커빌가의 사냥개가 먹이를 불러내는 소리라고들 합니다. 저도 전에 한두 번 들어 봤지만 이렇게 큰 소리는 처음입니다."

나는 공포로 온몸이 서늘해지는 걸 느끼면서 주위를 둘러보았다. 여기저기 기복이 보이는 거대한 초원에서 듬성듬성

자라난 초록색 골풀 무리가 눈에 들어왔다. 이 끝없이 뻗어 나가는 황야에서 움직이는 거라고는 뒤쪽 바위산에서 까악까악 우는 까마귀 두 마리가 전부였다.

"스테이플턴 씨는 교육을 받은 분이니 그런 헛소리를 믿지는 않으시겠죠? 저 이상한 소리의 정체가 뭐라고 생각합니까?" 내가 물었다.

"늪은 때로 기이한 소리를 냅니다. 진흙이 가라앉거나 물이 뿜어져 나오거나 뭐 그런 소리죠."

"아뇨, 아닙니다. 그건 살아 있는 생명체의 소리였어요."

"음, 아마 그런 것 같습니다. 왓슨 박사님은 알락해오라기의 울음소리를 들어 보신 적이 있습니까?"

"아니요. 한 번도 없습니다."

"그건 아주 희귀한 새로 사실상 현재 영국에서는 멸종됐습니다. 하지만 이 황야에서는 어떤 일이든 일어날 수 있습니다. 우리가 방금 들은 소리가 마지막으로 살아남은 알락해오라기의 울음소리였다고 해도 저는 놀라지 않을 겁니다."

"그건 내 평생 가장 기이하고 기괴한 소리였어요."

"그렇죠, 여기가 좀 묘한 곳이니까요. 저기 언덕을 좀 보세요. 저게 뭐라고 생각하십니까?"

언덕의 경사가 가파른 곳에 회색 돌 여러 개를 놓아 원을 만든 것이 보였다. 그런 원이 적어도 스무 개는 되어 보였다.

"저게 뭡니까? 양의 우리인가요?"

"아니요, 우리의 훌륭한 조상들이 살던 집이에요. 선사 시대 인간들은 주로 황야에서 모여 살았습니다. 하지만 그 후론

인적이 끊겨서 저 작은 유적이 그대로 남아 있는 겁니다. 전부 지붕이 날아간 오두막의 잔재죠. 저 안에 들어갈 정도로 호기심이 있는 사람이라면 돌로 만든 화로와 침대를 볼 수 있는 곳도 있습니다."

"마을이라고도 할 수 있는 곳이군요. 어느 시대 사람들이 살았을까요?"

"신석기 시대입니다. 연대는 알 수 없지만요."

"그 사람들은 어떻게 살았을까요?"

"이런 언덕 비탈에서 소를 키웠고, 청동 검이 돌도끼를 대체하게 됐을 때 주석을 캐는 법을 익혔을 겁니다. 반대쪽 언덕에 있는 커다란 도랑을 보세요. 저게 바로 신석기 시대 사람들이 남긴 흔적입니다. 왓슨 박사님, 황야에서는 몇 가지 특이한 점들을 발견하게 되실 겁니다. 아, 잠깐 실례할게요! 저건 분명 사이클로피데스입니다."

작은 파리나 나방처럼 생긴 것이 날개를 흔들며 우리 앞을 지나갔다. 순간 스테이플턴이 어마어마한 힘과 속도로 그걸 쫓아 달리기 시작했다. 경악스럽게도 그 생물은 늪으로 똑바로 날아갔는데, 그는 잠시도 멈추지 않고 초록색 포충망을 휘두르며 이쪽 수풀에서 저쪽 수풀로 뛰어다녔다. 회색 옷을 입고 여기저기 종잡을 수 없이 힘차게 뛰어다니는 그도 거대한 나방 같아 보였다. 나는 그 자리에 선 채 스테이플턴의 놀라울 정도로 민첩한 동작을 보면서 감탄하는 동시에 발이라도 미끄러져 위험한 늪에 빠지면 어쩌나 걱정하며 지켜보았다. 그때 발소리가 들려서 돌아보자 한 여성이 길을 따라 내 근처까지 와 있었다. 그녀는 연기가 피어오르는 메리핏 저택에서 왔지만, 단지처럼 움푹 팬 황야의 지형 때문에 가까이 올 때까지 보이지 않았던 것이다.

이 황야에서 숙녀는 드문 존재일 테니, 이 아가씨는 이름만 들어 본 스테이플턴의 누이동생이 분명했다. 게다가 누군가가 스테이플턴 양이 미인이라고 했던 말이 기억났다. 내게 다가온 여성은 분명 미인이었지만 외모가 아주 독특했다. 남매 사이라면서 어떻게 그렇게 다를 수 있을까. 스테이플턴은 금발에 눈동자는 회색이었고 피부는 적당히 흰 편이었다. 반면 누이동생은 내가 지금까지 영국에서 본 어떤 여성보다 더 피부가 까무스름했다. 그녀는 날씬하고 우아하며 키가 컸다. 태도가 당당하고 균형 잡힌 이목구비는 아름다웠다. 언뜻 보면 차가워 보일 정도로 이목구비가 또렷한 얼굴이었지만 섬세한 입술과 정열적이고 아름다운 검은 눈이 그런 느낌을 상쇄하고 있었다. 완벽한 몸매에 우아한 드레스를 입은 그녀의 모습은 정말이지 쓸쓸한 황야의 오솔길에 나타난 기이한 환영 같았다. 내가 돌아봤을 때 오빠를 바라보고 있던 그녀는 재빨리 나에게 다가왔다. 내가 모자를 들고 상황을 설명하려는 순간 그녀가 예상치 못한 말을 내뱉는 바람에 얼떨떨해지고 말았다.

"돌아가세요! 당장 런던으로 돌아가세요!"

나는 놀라서 얼이 빠진 채 그녀의 얼굴만 바라보았다. 그녀는 이글이글 타오르는 눈으로 나를 바라보며 초조한지 발까지 동동 굴렀다.

"왜 내가 돌아가야 합니까?"

"이유는 설명할 수 없지만, 제발 제 말을 따라 주세요. 돌아가서서 다시는 이 황야에 발을 들이지 마세요." 그녀는 낮고 간절한 목소리로 말했는데 이상하게 혀짤배기 발음이 섞여 나왔다.

"하지만 온 지 얼마 안 됐는데요."

"이런, 이런! 제가 지금 선생님을 위해 경고하고 있는 걸 모르시겠어요? 런던으로 돌아가세요! 오늘 밤 당장 떠나세요! 무슨 수를 써서라도 여기에서 멀어지세요! 쉿, 오빠가 오고 있어요! 제가 지금 한 말은 오빠에게 한마디도 하시면 안 돼요. 죄송하지만 저기 쇠뜨기 사이에 핀 난을 한 송이 꺾어 주시겠어요? 황야에는 난이 아주 많이 피지만, 그 아름다운 풍경을 보시기엔 너무 늦게 오셨네요."

스테이플턴이 추적을 포기하고 미친 듯이 뛰어다니느라 얼굴이 벌게진 채 숨을 몰아쉬며 돌아왔다.

"어이, 베릴!" 스테이플턴의 말투를 들어 보니 어쩐지 좀 차갑게 느껴졌다.

"어머, 오빠. 무척 더운가 보지?"

"응. 사이클로피데스를 쫓아다녔거든. 아주 희귀한 나비인 데다 이런 늦가을에는 거의 볼 수 없는데. 아깝게 놓쳐 버렸어!"

스테이플턴은 무심하게 말하면서도 작은 눈으로 끊임없이 동생과 나를 살피고 있었다.

"두 사람이 서로 인사는 했나 보군."

"응. 헨리 경에게 황야의 진정한 아름다움을 보시기엔 좀 늦었다고 말씀드리던 참이었어."

"뭐? 이분이 누구라고 생각한 거야?"

"헨리 경이시겠지."

"아이고, 그렇지 않습니다. 저는 그저 평민일 뿐이고, 헨리 경의 친구인 왓슨 박사입니다."

그녀의 표정이 풍부한 얼굴에 당황한 기색이 스쳤다.

"그래서 우리의 대화가 어긋났군요."

"별 이야기를 나눌 시간도 없었을 텐데." 그녀의 오빠는 여전히 의문이 섞인 눈빛으로 여동생을 보며 말했다.

"전 왓슨 박사님이 그냥 손님이 아니라 여기에 살러 오신 분인 줄 알고 말씀드린 건데. 난을 보기에 너무 이르든 늦었든 별로 중요하지 않겠군요. 어쨌든 여기까지 오셨으니 우리 집에 들렀다 가실 거죠?"

거기에서 좀 더 걸어가자 메리핏 저택이 나왔다. 이곳이 잘나가던 시절에 어떤 목축업자가 살던 농가를 현대적인 주택으로 개조한 황량한 집이었다. 집 주위는 과수원이었지만, 거기 나무들도 황야의 다른 나무들처럼 제대로 자라지 못해서 전체적으로 초라하고 서글픈 분위기가 풍겼다. 쭈글쭈글 주름투성이인 나이 많은 하인이 빛바랜 옷을 입고 우리를 맞았다. 그 모습이 이 집과 어울린다는 느낌이 들었다. 하지만 실내의 넓은 방들에는 우아한 가구들이 배치돼 있었는데, 아마도 안주인의 취향을 반영한 듯싶었다. 멀리 보이는 지평선까지 화강암이 여기저기 흩어져 있는 황야가 물결치듯 펼쳐져 있는 풍경을 창문으로 보고 있으려니 이렇게 학식이 높은 남자와 아름다운 여자가 왜 이런 곳까지 와서 살고 있는지 궁금해졌다.

"우리가 참 묘한 곳을 골라서 살고 있죠? 하지만 우리는 그 럭저럭 꽤 즐겁게 지내고 있답니다. 안 그러니, 베릴?" 스테이플턴은 내 의문을 눈치챈 듯 이렇게 말했다.

"꽤 즐겁죠." 그녀는 이렇게 대답하긴 했지만 정말로 그런 것 같지는 않은 목소리였다.

"전에 학교를 운영했습니다. 북쪽 지방에서요. 기계적이고 지루해서 제 성격에는 안 맞았지만, 젊은이들과 같이 생활하 면서 그들의 정신을 올바르게 빚어 주고, 저의 개성과 이상으 로 그들을 감동하게 만드는 그 특권이 제게는 아주 소중했습 니다. 하지만 운명은 저의 편이 아니었어요. 교내에 지독한 전 염병이 돌아서 학생들이 셋이나 사망했습니다. 저는 그 재앙 에서 회복할 수 없었고, 자금도 대부분 날려 버렸습니다. 학생 들과 매력적인 시간을 보낼 수 없게 된 아쉬움을 제외한다면, 저는 그 불행을 기뻐할 수 있게 되었습니다. 제가 동물학과 식 물학을 아주 좋아하는데 여기는 연구 대상이 끝도 없이 있으 니까요. 동생도 저와 마찬가지로 자연을 열렬히 사랑하고 있 답니다. 왓슨 박사님의 표정을 보니 박사님도 창밖의 황야를 바라보면서 저희와 같은 생각을 하신 것 같군요."

"전 스테이플턴 씨는 몰라도 동생분은 좀 지루하지 않을까, 라는 생각을 했습니다."

"아니에요. 절대 지루하지 않아요." 그녀가 재빨리 대꾸했다.

"우리에겐 책도 있고, 연구 재료도 있고, 재미있는 이웃들 도 있으니까요. 모티머 박사님은 전문 분야에서 학식이 풍부 한 분이세요. 불쌍한 찰스 경도 아주 좋은 벗이었고요. 그분과 아주 잘 알고 지냈기 때문에 얼마나 그리운지 모릅니다. 제가 오늘 오후에 헨리 경을 찾아가서 인사를 드리면 경에게 방해가 될까요?"

"경은 분명 기뻐할 겁니다."

"그럼 제가 찾아뵙겠다고 선생님이 말씀 좀 전해 주십시오. 헨리 경이 새로운 환경에 적응할 때까지 저희가 미력하게나마 도움을 드리고 싶습니다. 왓슨 박사님, 2층에 올라가서 제가 수집한 나비 표본을 좀 보시겠습니까? 영국 남서부에서 이처럼 온갖 표본이 다 있는 데는 없을 겁니다. 다 보고 나면 점심 식사도 준비돼 있을 거고요."

하지만 나는 어서 내가 책임을 지고 있는 헨리 경에게 돌아가고 싶었다. 우울한 황야, 불운한 조랑말의 죽음, 바스커빌가의 음산한 전설이 연상되는 기이한 울음소리 때문에 마음이 무거워졌다. 그리고 무엇보다 스테이플턴 양의 단호하고 강력한 경고가 마음에 걸렸다. 그녀가 그렇게 열정적으로 말한 걸 보면 분명 그럴 만한 심각한 이유가 있는 게 분명했다. 나는 점심을 먹고 가라는 강권을 뿌리치고 조금 전에 왔던 풀이 무성하게 자란 길을 따라 돌아가기 시작했다. 그런데 거기에는 동네 사람들만 아는 지름길이 있었는지 내가 큰길로 나오기도 전에 스테이플턴 양이 길가 바위에 앉아 있는 걸 보고 나는 깜짝 놀랐다. 전력을 다해 오느라 그녀의 얼굴은 아름답고 붉게 물들어 있었고, 한 손으로 옆구리를 감싸 쥐고 있었다.

"박사님을 따라잡으려고 내내 달려왔어요, 왓슨 박사님. 모자를 쓸 틈도 없었답니다. 안 그러면 내가 없어진 걸 오빠가 눈치를 챌 테니까요. 아까 선생님이 헨리 경인 줄 알고 바보 같은 실수를 한 것에 관해 사과하고 싶었어요. 제발 아까 제가 한 말은 다 잊어 주세요. 그건 선생님과 상관없는 일이니까요."

"하지만 그럴 순 없습니다, 스테이플턴 양. 저는 헨리 경의 친구이고, 그의 안녕이 제게는 아주 중요합니다. 왜 그렇게 헨리 경이 런던으로 돌아가기를 간절히 바라는지 이유를 들려주십시오."

"여자의 변덕이에요, 왓슨 박사님. 저를 좀 더 잘 알게 되시면 제가 항상 이성적으로 말하거나 행동하는 사람은 아니란 사실을 알게 되실 겁니다."

"아니요, 그렇지 않습니다. 그때 당신 목소리가 떨리고 있던 걸 기억합니다. 눈빛도 기억하고요. 스테이플턴 양, 제발 솔직하게 말해 주세요. 제가 여기에 온 이후로 계속 저를 따라다니는 그림자들이 있다는 사실을 알고 있습니다. 이곳 생활은 길이 어디로 나 있는지 알려 주는 표지판도 없이 어느 순간 빠져 버릴지도 모르는 작은 초록색 풀숲들이 있는 그림펜 늪 같아졌습니다. 그러니까 아까 그 말이 무슨 뜻이었는지 말해 주세요. 그러면 아가씨의 경고를 반드시 헨리 경에게 전달하겠습니다."

순간 스테이플턴 양의 얼굴에 망설이는 기색이 스쳤지만, 내게 대답할 때 그녀의 눈빛은 다시 냉정해졌다.

"선생님이 지나치게 확대 해석하신 거예요. 찰스 경의 죽음 때문에 오빠와 저는 큰 충격을 받았습니다. 우린 경과 아주 가까웠거든요. 황야를 가로질러 우리 집에 걸어서 오시는 걸 아주 좋아하셨거든요. 집안에 내려오는 저주가 경의 마음속에 깊이 새겨져 있었기 때문에, 비극이 일어났을 때 지는 경의 그런 두려움에는 어떤 이유가 있었을 거라는 생각이 들었습니다. 그래서 다른 상속자가 여기 와서 살게 됐을 때 고민이 돼서 그 상속자분에게 닥칠지도 모르는 위험을 경고해야겠다고 생각했습니다. 제가 전하고 싶었던 건 그게 다예요."

"그 위험이 뭡니까?"

"사냥개에 관한 이야기를 알고 계시죠?"

"전 그런 허튼소리는 믿지 않습니다."

"하지만 저는 믿어요. 박사님이 헨리 경에게 영향을 미칠 수 있다면, 그의 가문 사람들이 죽임을 당한 이 황야에서 헨리 경을 데리고 떠나세요. 세상은 넓잖아요. 그분은 왜 이런 위험한 곳에서 살고 싶어 하시나요?"

"여기가 위험한 곳이기 때문에 살기로 결심한 겁니다. 헨리 경은 그런 사람입니다. 유감스럽지만, 좀 더 구체적인 이유를 말씀해 주시지 않으면 헨리 경은 떠나려 하지 않을 겁니다."

"확실한 이야기는 할 수 없어요. 저도 확실하게 아는 건 없으니까요."

"스테이플턴 양, 하나만 더 물어보겠습니다. 처음에 이런 의도로 말하셨다면, 왜 오빠에게는 비밀로 해 달라고 했습니까? 이런 말을 한다고 해도 오빠든 누구든 반대할 것 같지 않은데요."

"오빠는 바스커빌 저택의 주인이 여기에서 살기를 간절히 바라고 있어요. 황야에 사는 가난한 사람들에게 도움이 된다고 생각해서요. 내가 헨리 경이 떠나도록 설득하려 했다는 사실을 알게 되면 굉장히 화를 낼 거예요. 하지만 저는 이제 제 의무를 다했고, 더는 할 말이 없어요. 지금 돌아가지 않으면 내가 없는 걸 눈치채고 선생님을 만나러 갔다고 의심할 거예요. 안녕히 가세요!"

그녀는 돌아서서 잠시 후, 흩어진 바위 사이로 사라졌다. 나는 정체를 알 수 없는 두려움에 사로잡힌 채, 바스커빌 저택으로 걸어갔다.

8
왓슨 박사의 첫 번째 보고서

지금부터는 내가 셜록 홈스에게 보낸 편지들을 여기 다시 적어서 사건의 흐름을 전하겠다. 그 사건은 커다란 비극이었기 때문에 아직도 선명하게 기억하고 있지만, 한 장을 잃어버린 내 앞 책상 위에 있는 이 편지들은 내 기억보다 당시 내 감정과 황야에 대한 내 의혹을 더 정확하게 기록하고 보여 줬다.

10월 13일
바스커빌 저택에서

친애하는 홈스, 자네는 지금까지 내가 보낸 편지와 전보를 보고, 신에게 버림받은 이 땅에서 일어난 일들을 잘 파악하고 있을 것으로 생각하네. 여기에서 머무는 시간이 길어지면서, 거대하고 음울한 매력을 지닌 황야의 영혼이 보는 사람의 마음속으로 점점 더 깊이 스며들고 있어. 일단 황야의 품으로 들어가면 현대 영국의 모습은 흔적도 없이 사라져 버리고, 사방에서 마주치는 선사 시대 사람들의 유적과 유물을 계속 의식하게 된다네.

발걸음을 옮기는 곳마다 이 잊힌 사람들의 집과 무덤들과 혹은 사원으로 추측되는 하나의 거대한 바위를 볼 수 있어. 여기저기 생채기가 난 언덕 비탈에 남아 있는 회색 돌집들을 바라보면 지금 내가 사는 시대는 그만 잊어버리게 돼. 짐승 가죽을 입은 털투성이 사내가 아주 낮은 문에서 기어 나와 돌로 만든 화살촉이 달린 화살을 활에 메긴다 해도 오히려 자네보다 여기에 어울리는 인물이라고 생각하게 될걸. 이상한 점은 태초부터 황량했을 이 땅에 왜 그렇게 사람들이 많이 살고 있었냐는 거야. 내가 고고학에 대해서는 별로 아는 게 없지만 아마 여기 살던 종족은 전쟁을 싫어해서 곤란을 겪다가 다른 부족들은 원하지 않는 이 땅을 어쩔 수 없이 받아들이고 살 수밖에 없지 않았을까, 상상해 보네.

하지만 이런 이야기는 자네가 내게 맡긴 임무와는 아무 관계도 없고, 지극히 현실적인 자네에게는 아무 재미가 없겠지? 나는 자네가 태양이 지구를 도는지 아니면 지구가 태양을 도는지에 관해 완벽하게 무관심했던 사실을 아직도 기억한다네. 그러니 헨리 바스커빌 경에 관한 사실들로 다시 돌아가겠네.

지난 며칠 동안 자네에게 편지를 보내지 않은 이유는 특별히 전할 만한 일이 없어서였어. 그런데 오늘 참으로 놀라운 일이 일어났어. 그건 적절한 때에 쓰겠네. 하지만 먼저 이 상황과 관련해서 자네가 알아야 할 몇 가지가 있어.

그중 하나는, 지금까지는 거의 말하지 않았던 황야로 도망친 탈옥수에 관한 거야. 이제는 그가 다른 지방으로 빠져나갔다고 생각할 만한 이유가 생겨서, 외딴집에서 사는 사람들이 많은 근처 주민들이 크게 안도했어. 그가 탈옥한 지 이 주가 지났는데 그를 보거나 들은 사람이 하나도 없어. 분명 그가 그동안 계속 황야에서 버텼을 가능성은 없어. 물론 몸을 숨길 만한 장소는 쉽게 찾을 수 있지. 여기저기 흩어져 있는 돌집은 몸을 숨기기에 아주 좋은 곳이니까. 하지만 황야에 풀어놓은 양을 잡아먹지 않는 이상 먹을 게 없어. 그래서 우리는 탈옥수가 이미 다른 지방으로 달아났다고 생각했고, 황야의 주민들은 마음 편히 자게 됐지.

바스커빌 저택에는 사지 멀쩡한 남자가 넷이나 되니 걱정할 거 없지만, 스테이플턴 일가를 생각하면 불안했다네. 그들은 도움을 청하려 해도 워낙 멀리 떨어져 사니까. 그 집에는 가정부와 늙은 하인과 오누이, 이렇게 넷이서 사는데, 오빠도 그렇게 힘이 좋은 사람은 아니거든. 만약 이 노팅 힐의 범죄자처럼 절망적인 처지에 빠진 악당이 그 집에 들어가게 되면 다들 아무 힘도 못 쓸 거야. 헨리 경과 나는 걱정이 돼서 마부 퍼킨스를 그 집에 보내서 지내게 하려 했지만, 스테이플턴이 단칼에 거절했다네.

사실 우리 친구인 헨리 경은 지금 아름다운 이웃에게 지대한 관심을 기울이고 있어. 시간도 잘 가지 않는 이 쓸쓸한 지방에서 그처럼 활기 왕성한 청년이 있고, 상대는 매혹적인 미인이니 놀랄 일도 아니지. 스테이플턴 양에게선 열대 지방 미인 특유의 이국적인 분위기가 풍겨. 감정을 잘 드러내지 않는 차가운 성정이 오빠와는 극단적으로 다르지. 히긴, 오빠도 숨겨진 열정이 하나 있긴 하지만. 그는 동생에게 대단한 영향력을 행사하고 있어. 그녀가 이야기할 때는 항상 방금 한 말에 허락을 구하는 것처럼 오빠의 눈치를 살피는 모습을 내가 봤거든. 오빠가 동생에게 다정하긴 해. 하지만 그의 눈에는 쌀쌀한 빛이 감돌고 얇은 입술을 굳게 다물고 있지. 그걸로 봐서 그는 독단적이고 어쩌면 가혹한 성격일지도 몰라. 자네에게는 아주 좋은 분석 대상이 될 걸세.

내가 스테이플턴을 처음 만난 날 그는 헨리 경을 찾아왔어. 다음 날 아침 그는 우리 둘을 사악한 휴고의 전설이 시작된 곳으로 안내해 주었어. 황야로 몇 킬로미터를 들어가야 했던 아주 음산한 곳으로 전설이 나올 만한 곳이더군. 거친 바위산 사이에 있는 작은 계곡이 하얀 황새풀이 자란 풀밭으로 이어지더군. 그 풀밭 한가운데에 두 거석이 서 있었어. 비바람에 깎여 나간 끝부분이 아주 뾰족해져서 마치 침식된 거대한 괴수의 이빨처럼 보였지. 모든 면에서 오래된 비극의 전설에 어울리는 곳이었어. 헨리 경은 그곳에 아주 큰 관심을 보이면서 초자연적인 힘이 인간사에 개입할 가능성이 있다고 진짜로 믿느냐고 스테이플턴에게 여러 차례 물어봤다네. 헨리 경은 아무렇지 않게 말했지만, 속으로는 심각하게 생각하고 있는 게 분명했어. 그 사람은 신중하게 대답했지만 자기 생각을 다 말하지 않았다는 건 쉽게 알 수 있었지. 아마 헨리 경의 기분을 배려해서 그랬겠지. 스테이플턴은 악마의 저주를 받은 다른 집안들의 유사한 사례들을 들려줬어. 그도 이 문제에 대해서는 세상 사람들처럼 미신을 믿고 있다는 느낌이 들더군.

돌아오는 길에 우리는 메리핏 저택으로 가서 점심 대접을 받았네. 거기서 헨리 경은 스테이플턴 양을 알게 되었지. 헨리 경은 그녀를 처음 본 순간부터 강하게 빠져든 것 같아. 내가 보기엔 그녀 역시 같은 마음이었던 것 같고. 저택으로 돌아오는 길에 헨리 경은 스테이플턴 양의 이야기만 하더니, 그날부터 거의 매일 스테이플턴 남매를 만나게 됐다네. 오늘은 이곳으로 남매를 초대해서 같이 식사하기로 했고, 다음 주에는 우리가 찾아가기로 이야기가 되어 있지. 둘은 아주 잘 어울리는 한 쌍이니 스테이플턴도 환영할 만한데, 헨리 경이 그녀에게 관심을 기울일 때마다 스테이플턴의 얼굴에서 아주 못마땅한 표정이 떠오르는 걸 내가 몇 번이고 봤어. 그가 동생을 끔찍이 아끼는 건 분명하고, 동생이 떠나면 외롭게 살아가겠지. 그렇다고 해서 이렇게 완벽한 결합을 반대한다면 그보다 더 이기적일 수는 없지 않겠나? 하지만 스테이플턴은 헨리 경과 동생이 너무 가까워진 나머지 사랑에 빠지는 것을 바라지 않는 게 확실해. 두 사람이 얼굴을 맞대고 이야기하지 못하도록 애써 막는 걸 내가 여러 번 봤거든. 그래서 그러잖아도 힘든 상황에 연애 문제까지 추가되면 헨리 경을 절대로 혼자 내보내지 말라는 자네의 지시를 지키기가 더욱 어려워질 것 같네. 자네의 지시를 철저하게 지키는 순간 나는 두 사람에게 미움을 사게 될 테니까 말이야.

얼마 전, 정확하게 말하면 지난 목요일에 우리는 모티머 박사와 함께 점심을 먹었어. 그는 롱다운 구릉지의 고분을 발굴하다가 선사 시대 사람의 두개골을 발견했다고 대단히 기뻐하더군. 그 사람만큼 한눈팔지 않고 한 가지 일에 전념하는 사람도 없을 거야! 그다음에 스테이플턴 남매가 찾아왔지. 선량한 의사는 헨리 경이 부탁하자 우리를 주목 오솔길로 데리고 가서 그 비극적인 밤에 일어난 일을 자세하게 설명해 주었어. 거기는 길고 음산한 산책로였어. 길 양쪽으로 단정하게 정리된 주목이 높은 담벼락처럼 늘어서 있고, 그 밑에 폭이 좁은 잔디가 깔려 있네. 산책길 끝에는 금방이라도 쓰러질 것같이 낡은 별관이 있고. 길 중간쯤에 황야로 나가는 문이 있었어. 바로 찰스 경이 담뱃재를 떨어뜨린 곳이야. 하얀 목재 문에 빗장이 달려 있는데 그 너머로 드넓은 황야가 보였어. 나는 자네의 추리를 되새기며 그날 밤에 일어난 일들을 머릿속에서 그려 보려고 해 봤어. 찰스 경이 거기에 서 있을 때, 뭔가가 황야를 가로지르며 달려오는 게 보였다. 경은 그걸 보고 정신이 나갈 만큼 겁에 질려 필사적으로 도망치다 결국에는 공포와 피로에 지친 나머지 쓰러져 숨을 거뒀다. 찰스 경은 길고 어두운 터널을 달려 도망친 거지. 무엇을 피하려고 했던 걸까? 황야에 있던 양치기 개? 아니면 소리 없이 달리던 괴물 같은 검은 유령 개? 이 사건은 인간이 저지른 것일까? 창백한 얼굴로 항상 주위를 경계하는 배리모어는 뭔가를 감추고 있는 걸까? 확실한 건 하나도 없지만 항상 그 배후에는 범죄의 어두운 그림자가 도사리고 있지.

지난번 편지를 쓴 이후로 또 다른 이웃을 한 명 만났다네. 래프터 저택의 프랭클랜드 씨로 바스커빌 저택에서 남쪽으로 6킬로미터 떨어진 곳에 살고 있지. 그는 백발에 얼굴이 붉고 걸핏하면 화를 내는 노인이지. 그는 영국법을 열정적으로 사랑해서, 소송하는 데 돈을 많이 썼어. 그는 순전히 소송을 걸고 당하는 사람이야. 그래서 소송을 값비싼 오락으로 여기는 것도 놀랄 일이 아니지. 노인이 한번은 자신의 사유 도로를 막아 두고 마을 사람들에게 어디 한번 통행권 침해로 고소해 보라고 한 적도 있었다고 하네. 또 한번은 자기 손으로 남의 집 문을 부수고 '여기는 옛날부터 도로가 있던 곳이었으니, 주거 침입죄로 고소할 테면 해 봐라.' 하고 시비를 걸기도 했고. 프랭클랜드 노인은 오래된 장원과 촌락의 권리에 대한 학식이 풍부한데, 마을 사람들은 때로는 거기에서 도움을 받기도 하고 또 때로는 골치를 앓기도 했지. 그래서 마을 사람들은 때로는 노인을 들어 올리고 온 마을을 돌아다니기도 하고, 때로는 노인의 모습을 본떠 만든 인형을 화형에 처하기도 한다더군. 그 노인 앞으로 지금 소송이 일곱 개나 걸려 있는데, 아마 그것 때문에 남은 재산이 싹 다 털릴 것이고. 그러면 힘도 다 빠질 테니 앞으론 조용히 살아갈 거라는 소문이 돌더군. 소송광이라는 점만 빼면 프랭클랜드는 친절하고 선량한 사람 같아. 굳이 내가 이 노인 이야기를 하는 이유는 자네가 이웃 사람들에 대해서 알려 달라고 강조해서 적어 보내는 거야. 아마

추어 천문학자인 그는 요즘 기묘한 취미에 빠져 있어. 그에게 는 성능 좋은 망원경이 있는데, 그걸 들고 자기 집 지붕에 올 라가서 종일 황야를 지켜보고 있어. 탈옥수를 한 번이라도 볼 까 하는 기대에 그런 거지. 넘쳐 나는 에너지를 그런 일에만 쏟으면 좋겠지만, 소문에 따르면 모티머 바사를 고소할 작정이 라고 하네. 모티머 박사가 근친의 허락도 받지 않고 롱다운 구 릉의 고분에서 신석기 시대 사람의 두개골을 발굴했다고 말이 야. 프랭클랜드 노인은 우리 생활이 지루해지지 않도록 소소 한 웃음거리를 제공하는 은인인 셈이지.

이것으로 탈옥수, 스테이플턴 남매, 모티머 박사, 그리고 래 프터 저택에 사는 프랭클랜드 노인 등에 관한 보고를 마치네. 마지막으로 가장 중요한 사실을 알려 주지. 배리모어에 관한 이야기인데 특히 어젯밤에 놀랄 만한 일이 있었어.

우선 배리모어가 저택에 있었는지 확인하기 위해 자네가 시 험 삼아 보낸 전보 이야기부터 하겠네. 전신국장이 증언한 것 으로 봐서, 그 테스트는 아무 소용이 없었고, 그가 저택에 있 었는지 없었는지 아무 증거가 되지 못했다는 이야기는 전에 도 했지? 그 일에 관해 헨리 경에게 이야기하자 다짜고짜 배 리모어를 불러서 전보를 받았는지 물었어. 배리모어는 자기가 받았다고 대답하더군.

"심부름 온 아이에게서 직접 받았나?" 헨리 경이 물었지.

배리모어는 놀란 표정으로 잠시 생각하더군. "아닙니다. 저 는 그때 다락방에 있어서 아내가 가져다주었습니다."

"답장은 자네가 썼고?"

"아뇨. 제가 아내에게 내용을 불러 줬고 아내가 아래층에 내려가서 받아 적었습니다."

저녁이 되자 배리모어가 다시 그 이야기를 꺼냈다.

"주인님, 오늘 아침에 그런 질문을 하신 의도가 이해되지 않습니다. 제가 주인님이 믿지 못할 행동이라도 했다는 말씀은 아니시겠죠?"

헨리 경은 그런 게 아니라고 그를 안심시키면서 그가 입었던 헌 옷들을 여러 벌 주면서 달랬지. 마침 런던에서 맞춘 새 옷들이 도착했거든.

배리모어의 아내도 내가 보기엔 흥미로운 사람이었어. 다부지고 듬직한 체격에, 아주 말수가 적고, 청교도처럼 금욕적으로 행동하더군. 그 부인처럼 감정을 드러내지 않은 사람도 없을 거야. 하지만 여기 온 첫날 밤에 부인이 비통하게 흐느껴 우는 소리를 들었다는 말을 전에 했지? 그 후에도 부인의 얼굴에 울었던 흔적을 몇 번이나 봤어. 뭔가 깊은 슬픔에 마음이 괴로운 거겠지. 가끔은 부인이 죄책감이 서린 기억이 끊임없이 떠올라 저러는 게 아닌가 하는 생각도 들더군. 또는 배리모어가 주먹을 휘두르는 남자일지도 모른다는 생각도 들고. 배리모어의 성격은 어딘가 특이하고 미심쩍은 구석이 있다고 느꼈지만, 어젯밤에 일어난 희한한 사건으로 내 의심이 더 커졌다네.

하지만 그 사건 자체는 사소해 보일 수도 있어. 자네도 알다시피 나는 원래 잠을 깊이 못 자는 데다 이 저택에 경호원 역할로 온 것이라 더 잠을 깊이 못 자게 됐어. 그런데 지난밤 새벽 2시쯤 내 방 앞을 살그머니 지나가는 발소리에 눈을 떴다네. 나는 일어나서 문을 살짝 열고 밖을 내다봤지. 복도에 길고 검은 그림자가 걸어가고 있더군. 한 손에 촛불을 들고 천천히 복도를 걸어가는 남자의 그림자였어. 그는 셔츠에 바지를 입고 있었는데 맨발이었어. 신체의 윤곽만 볼 수 있었지만, 키로 봐서 배리모어가 분명했네. 그는 아주 천천히 조심스럽게 걸었는데 그 모습에서 뭐라 표현할 수 없는 은밀한 범죄의 기미가 풍겼어.

앞서 적어 보낸 것처럼 복도는 거실 위를 둘러싼 발코니에서 끊어지지만 맞은 편에서 다시 이어진다네. 배리모어의 모습이 사라진 순간, 그의 뒤를 쫓아갔어. 내가 발코니까지 갔을 때 배리모어는 맞은편 복도의 끝에 가 있었어. 열려 있는 문을 통해서 불빛이 흘러나와서 그가 방에 들어갔다는 사실을 알 수 있었지. 그쪽 건물의 방은 다 가구도 없고 쓰지도 않아서 배리모어의 행동을 더 이해할 수 없었어. 배리모어가 그대로 멈춰 섰는지 불빛도 이제 흔들리지 않더군. 나는 가능한 한 발소리를 내지 않은 채 걸어가 문 사이를 들여다보았지.

배리모어는 창가에서 촛불로 유리창을 비춘 채 몸을 웅크리고 있었다네. 내가 있는 곳에선 그의 옆모습만 보았지만 어두컴컴한 황야를 바라보는 그의 얼굴은 뭔가를 기다리고 있는 것처럼 경직돼 있었어. 몇 분 동안 그는 창밖을 뚫어져라 지켜봤어. 그 후에 깊은 신음을 내더니 허겁지겁 촛불을 꺼버렸어. 나는 즉시 내 방으로 돌아왔는데 잠시 후에 다시 내 방문 앞을 지나가는 그의 조심스러운 발소리가 들려왔다네.

그로부터 꽤 시간이 흘러서 깜빡 잠이 들었는데 어디선가 열쇠가 돌아가는 소리가 들리더군. 하지만 어디에서 들러온 소린지는 모르겠네. 이 일들이 무슨 의미가 있는지 모르겠지만, 이 음울한 저택에서 어떤 은밀한 일이 진행되고 있는 것만은 확실해. 조만간 우리는 진상을 밝혀낼 수 있을 거야. 사실만을 적어서 보내라고 했으니 내 추리는 생략하지. 오늘 아침에 헨리 경과 오랫동안 이야기를 나누고 어제 내가 목격한 일을 토대로 작전을 짰다네. 다음 편지에 그 내용을 적을 테니 흥미로울 거야.

9
황야의 불빛
(왓슨 박사의 두 번째 보고서)

10월 15일

바스커빌 저택에서

친애하는 홈스,

처음 이곳에 왔을 때는 자네에게 보고할 만한 일이 별로 없었지만, 이제는 내가 그 시간을 보상하고 있다는 사실을 자네도 인정해야 할 걸세. 우리 주위에서 사건들이 잇따라 일어나고 있거든. 마지막 보고서는 배리모어가 창가에 서 있던 일로 마무리 지었지만, 이번에는 보고할 일도 많고, 내 판단이 틀리지 않았다면 자네도 아마 꽤 놀라게 될걸세. 상황이 예상치 못한 방향으로 바뀌었어. 지난 사십팔 시간 동안 일어난 일로 어떤 면에서는 많은 걸 알게 되었지만, 한편으로는 더 복잡해지기도 했지. 여기에 다 적어 보낼 테니 자네가 판단하게나.

내가 모험을 감행했던 그다음 날 아침을 먹기 전에 복도로 가서 배리모어가 서 있던 방을 조사해 봤어. 집사가 그렇게 뚫어져라 내다보던 서쪽 창에 이 저택의 다른 창에서는 볼 수 없는 특이한 점이 있다는 사실을 깨달았지. 그곳에선 황야를 가장 가깝게 내다볼 수 있었어. 다른 창을 통해서는 먼 곳의 황야만 어렴풋하게 보이지만, 그곳에서는 두 그루의 나무 사이에 트인 공간으로 바로 밑까지 보이더군. 그러니까 배리모어는 자신의 목적에 유일하게 부합하는 그 창을 통해 황야에 있는 뭔가 혹은 사람을 찾고 있었던 걸세. 하지만 어젯밤은 아주 어두웠기 때문에 어떻게 그가 누군가를 볼 수 있었을지 상상이 잘 되지 않더군. 그때 어쩌면 몰래 숨겨 둔 연인이 그를 보러 온 게 아닌가 하는 생각이 내 머리를 스치고 지나갔어. 그렇다면 그의 은밀한 행동과 부인의 불안함을 설명할 수 있을 테니 말이지. 집사는 대단한 미남이라서 시골 아가씨들의 마음을 아주 쉽게 뺏을 수 있을 테니 내 추리로 이 상황이 잘 설명되는 것 같지 않나. 그날 밤에 내 방으로 돌아온 후 들었던 문이 열리는 소리는 그가 비밀스러운 약속을 지키기 위해 밖으로 나가는 소리였을지도 몰라. 그래서 아침에 그런 추리를 해 보고 내 의심이 가는 바를 이렇게 적고 있지만, 어쩌면 그건 근거 없는 망상으로 판명될지도 모르지.

배리모어의 진짜 동기가 뭔지는 알 수 없었지만, 더는 그 일을 나 혼자만 알고 있을 수가 없었어. 그래서 아침 식사를 마친 뒤 서재로 가서 헨리 경을 만나 내가 본 사실들을 말했다네. 경은 내 예상보다는 그렇게 놀라지 않더군.

"배리모어가 밤에 돌아다니는 건 알고 있습니다. 그렇지 않아도 물어보려 했어요. 박사님이 말한 시간에 복도를 걸어가는 발소리를 두어 번 들은 적이 있거든요."

"그럼 매일 밤 그 창가로 가는 걸까요?" 내가 물었다.

"아마도요. 만약 그렇다면 우리가 뒤를 밟아서 이유를 알아낼 수 있을 겁니다. 친구이신 홈스 선생님이 여기 있었다면 이렇게 하셨을까요?"

"방금 경이 제안한 대로 했을 겁니다. 배리모어의 뒤를 밟아 뭘 하는지 지켜보겠지요."

"그럼 밤에 해 보기로 하죠."

"하지만 분명 우리가 따라가는 소리를 들을 텐데요?"

"그 사람은 귀가 어두운 편입니다. 어쨌든 시도는 해 봐야죠. 오늘 밤 내 방에서 그가 지나갈 때까지 기다리죠."

이렇게 말하더니 헨리 경은 즐거운 듯 두 손을 비벼 댔지. 그걸 보니 황야에서의 다소 조용한 생활에서 벗어날 기회가 된 이 모험을 반긴다는 사실을 알 수 있었다네. 헨리 경은 돌아가신 찰스 경을 위해 건물을 설계한 건축가와 런던의 토건업자와 연락이 오가고 있으니, 곧 대대적인 저택 개축 공사가 시작될 모양이야. 플리머스에서 실내 장식가와 가구상도 왔으니 우리 친구가 원대한 계획을 품고 바스커빌가의 위풍당당한 모습을 되살리기 위해 노력과 돈을 아끼지 않을 생각인 것 같네. 저택의 개축이 끝나고 가구를 새로 들이면 아내를 맞는 일만 남은 거지. 우리끼리 하는 이야기인데, 그 숙녀분만 승낙하면 이 문제도 잘 풀릴 것 같아. 우리의 아름다운 이웃 스테이플턴 양을 향한 헨리 경의 마음만큼 열렬한 사랑을 난 본 적이 없거든. 하지만 진정한 사랑이 이뤄지는 과정에선 항상 방해자가 나타나는 법이지. 예를 들어서 오늘만 해도 전혀 예상치 못했던 파문이 일어나 우리 친구가 크게 당혹스럽고 짜증 나는 일을 겪었다네.

배리모어에 대한 이야기를 마친 후, 헨리 경이 모자를 쓰고 나갈 준비를 하더군. 그래서 나도 그렇게 했지.

"왓슨 씨도 가시게요?" 헨리 경이 이상한 표정으로 나를 보더군.

"황야로 나갈 거면 저도 같이 가야죠." 내가 대답했어.

"맞아요, 황야로 나갈 생각입니다."

"제가 여기 왜 왔는지는 알고 계시잖아요? 방해해서 죄송하지만 홈스가 무슨 일이 있어도 경을 혼자 있게 해서는 안 된다고 간곡하게 말했습니다. 특히 황야에는 절대 혼자 가면 안 됩니다."

헨리 경은 상냥한 미소를 지으며 내 어깨에 손을 얹었네.

"나의 다정한 벗인 왓슨 씨. 천하의 홈스 선생님도 이곳에 온 뒤 내게 일어난 일을 전부 예측하지는 못했습니다. 제 말을 이해하시겠죠? 그리고 왓슨 씨도 흥을 깨는 사람이 되고 싶진 않으실 테고요. 전 반드시 혼자 가야 합니다."

난 정말 난감했네. 뭐라고 대답해야 좋을지, 어떻게 해야 좋을지 망설이는 사이에 헨리 경이 지팡이를 들고 나가 버렸어.

하지만 곰곰이 생각해 보니 어떤 이유에서든 내가 볼 수 없는 곳으로 그를 혼자 보내선 안 되겠더라고. 런던으로 돌아가서 자네의 지시를 어기는 바람에 불행한 일이 일어났다고 자네에게 고백하게 된다면 어떤 기분이 들지 생각했네. 그 생각만 해도 얼굴이 화끈 달아오르더군. 지금 나가면 그를 따라잡을 수 있을 것 같아서 당장 메리핏 저택을 향해 출발했네.

나는 전속력으로 달렸지만, 헨리 경은 어디에도 보이지 않았지. 그러다 황야의 갈림길끼지 왔더군. 아무래도 엉뚱한 곳으로 왔구나 하는 두려움에 나는 주위를 한눈에 둘러볼 수 있는 언덕에 올라갔어. 채석장이 있는 그 언덕 말일세. 거기에 올라가니까 바로 경이 보이더군. 경은 400미터쯤 떨어진 황야의 오솔길에 있었고 곁에 스테이플턴 양일 수밖에 없는 한 숙녀가 보였어. 둘이 이미 만나기로 약속했던 것이겠지. 둘은 대화에 몰두한 채 천천히 걸었어. 그녀는 진심을 다해 말을 하고 있었는지 자주 두 손을 움직였어. 헨리 경은 집중해서 듣고 있었지만, 그녀의 말에 거세게 반대하는 것처럼 고개를 한두 번 흔들었어. 나는 바위 사이에 서서 두 사람을 지켜보고 있었는데 앞으로 어떻게 해야 좋을지 모르겠더군. 따라가서 두 사람의 사적인 대화에 끼어드는 것은 너무 무례한 짓이지만, 헨리 경에게서 한시라도 눈을 떼지 않는 것이 내 역할이기도 했으니까. 친구를 감시하기란 정말 내키지 않았어. 그래도 언덕에서 지켜보는 것보다 더 나은 게 뭔지 알 수 없었고, 나중에 내가 한 일을 밝히면 마음이 편해질 거로 생각했네. 사실 경에게 갑자기 위험이 닥친다 해도 내가 달려가서 도와주기는 우리가 너무 멀리 떨어져 있었거든. 그렇지만 자네라면 그때 내가 무척 난처한 처지에 처해 있었고, 내가 달리 할 수 있는 일이 없었다는 점을 이해해 주겠지?

헨리 경과 그 여자는 오솔길에 서서 정신없이 이야기하고 있었는데, 나는 그 순간 두 사람을 감시하는 사람이 나 말고 또 있다는 걸 알아차렸어. 공중에 둥둥 떠다니는 초록색 조각이 내 눈에 들어왔네. 다시 보니 그것은 울퉁불퉁한 땅 위를 걸어가는 한 남자가 손에 쥐고 있던 막대기였어. 스테이플턴이 초록색 포충망을 들고 있었던 거지. 스테이플턴이 나보다 두 사람에게 훨씬 더 가까운 곳에 있었지. 그는 두 사람을 향해 가고 있는 것처럼 보였어. 그 순간, 갑자기 헨리 경이 스테이플턴 양을 끌어안았지 뭔가. 경은 그녀를 안고 있었지만, 그녀는 얼굴을 돌리고 그의 품에서 벗어나려 하는 것 같았네. 경이 그녀를 향해 고개를 기울이자 그녀가 마치 저항하려는 것처럼 한 손을 치켜들었네. 그러다 두 사람이 재빨리 떨어져서 등을 돌리더군. 스테이플턴 때문이었어. 그는 거칠게 그들을 향해 달려들었고, 잠자리채가 정신없이 흔들렸지. 연인들 앞에서 스테이플턴은 너무 흥분해서 마치 춤을 추듯 몸을 사정없이 흔들어대더군. 대체 무슨 상황인지 알 수 없었지만, 스테이플턴이 헨리 경에게 욕을 퍼붓는 것 같았어. 헨리 경이 사정을 설명했지만, 상대가 받아들이지 않자 그도 화가 난 모양이야. 스테이플턴 양은 도도하게 침묵을 지키며 서 있었지. 마침내 스테이플턴이 헨리 경에게 돌아서더니 위압적인 태도로 동생을 손짓해서 부르더군. 그녀는 망설이듯 헨리 경을 힐끗 보더니 오빠 옆에 서서 가기 시작했어. 박물학자의 몸짓으로 보아하니 동생에게도 몹시 화가 난 듯했어. 헨리 경은 한동안 서서 그들의 뒷모습을 바라보다가 천천히 왔던 길로 돌아오기 시작했어. 고개를 푹 숙이고 가는 모습에서 얼마나 낙심했는지 알 수 있겠더군.

이게 다 무슨 상황인지 나는 짐작도 할 수 없었지만, 친구의 동의도 구하지 않은 채 이런 사적인 현장을 봐 버린 나 자신이 부끄러워졌다네. 그래서 언덕을 뛰어 내려가 밑에서 헨리 경과 만났어. 그는 화가 나서 얼굴이 붉어진 채 눈썹을 찡그리며 어찌할 바를 모르더군.

"아니 왓슨 씨. 대체 어디에서 나타난 겁니까? 설마 내가 그렇게까지 말했는데 내 뒤를 밟은 건 아니겠죠?"

나는 모든 사실을 설명했어. 집에서 가만히 기다리기만 할 수는 없어서 뒤를 밟다가 방금 일어난 일을 다 보게 되었다는 사실 말이야. 그는 잠시 나를 노려봤지만, 내가 솔직하게 털어놓는 바람에 화가 풀려서 결국 쓸쓸한 표정으로 웃더군.

"초원 한가운데라면 사적인 만남을 가질 수 있을 거로 생각했는데. 맙소사! 제가 구애하는 모습을 다들 나와서 지켜보고 있었군요. 그것도 인정사정없이 차이는 장면을! 왓슨 씨는 도대체 어디에서 구경하고 있었습니까?"

"저 언덕 위에서요."

"꽤 뒤쪽 자리였군요. 그녀의 오빠는 앞자리에서 보고 있었던데. 그 사람이 우리에게 덤벼드는 모습을 보셨죠?"

"네. 봤습니다."

"왓슨 씨, 그 오빠란 사람이요. 제정신이 아닌 것 같다고 생각한 적 없습니까?"

"그런 적은 없었는데요."

"나도 그렇습니다. 조금 전까지만 해도 괜찮은 사람이라고 생각하고 있었지만. 그와 나 둘 중 하나는 미친 것 같습니다. 어쨌든 나는 뭐가 잘못된 걸까요? 당신은 여기에서 저와 함께 생활한 지도 벌써 몇 주일이 지나지 않았습니까? 솔직하게 말해 주세요! 제가 사랑하는 여인의 좋은 남편이 되기에 부족한 점이 있나요?"

"전혀 그렇지 않습니다."

"내 세속적 지위를 가지고는 그도 반대할 수 없을 겁니다. 그렇다면 틀림없이 나라는 사람 자체를 미워하는 것이겠죠. 하지만 제 어디가 그렇게 싫을까요? 난 평생 누구에게든 상처 준 적이 없는데. 그런데도 그 사람은 내가 자기 동생에게 손가락 하나 까딱하지 못하게 하겠다더군요."

"그런 말을 했단 말이에요?"

"네, 더 심한 말도 들었습니다. 왓슨 씨, 스테이플턴 양을 만난 지 몇 주밖에 안 됐지만, 처음 본 순간부터 이 사람이 내 짝이라고 느꼈습니다. 그 사람도 마찬가지입니다. 나와 같이 있을 때 행복해했으니까요. 그건 맹세할 수 있습니다. 여자의 눈빛은 그 어떤 말보다 더 많은 걸 말해 주니까요. 하지만 그 사내는 절대 우리 둘만 있게 내버려 두지를 않습니다. 오늘에서야 비로소 처음으로 단둘이서 이야기를 나눌 수 있었죠. 그녀는 흔쾌히 나를 만나겠다고 했지만, 사랑에 관한 이야기를 하려 하진 않았습니다. 막을 수만 있다면 제 입까지 막으려 했고요. 그저 여기는 위험한 곳이고 내가 떠나기 전까진 자기는 행복해질 수 없다는 말만 되풀이했습니다. 그래서 나는 당신을 만난 지금 서둘러 이곳을 떠날 생각은 없으며, 진심으로 내가 떠나길 바란다면 함께 가자고 말했습니다. 청혼을 한 겁니다. 그런데 그녀가 대답하기도 전에 오빠란 작자가 미친 사람처럼 우리에게 뛰어들었습니다. 얼굴이 하얗게 질려서 노발대발하고, 회색 눈동자는 분노로 이글이글 타오르더군요. 내가 그 숙녀와 무슨 짓을 했나요? 싫다는데 억지로 끌어내기라도 했단 말입니까? 내가 준남작이기 때문에 내 마음대로 뭐든 할 수 있다고 생각이라도 했나요? 그자가 그녀의 오빠만 아니었어도 내가 좀 더 잘 대처할 수 있었을 텐데. 난 그저 그의 누이동생에 대한 내 마음에는 한 점 부끄러움도 없고, 그런 내 마음을 존중해서 스테이플턴 양이 내 아내가 되어 주길 바란다는 말만 했습니다. 그래도 그의 분노는 진정되지 않아서 나도 홧김에 입에서 나오는 대로 내뱉었습니다. 옆에 있는 그녀를 봐서 좀 참았어야 했는데. 그래서 다음은 왓슨 씨가 아는 대로 오빠가 동생을 데리고 가 버렸고, 도무지 영문을 모르겠는 나만 혼자 남았습니다. 왓슨 씨, 이게 대체 무슨 상황인지 알려 주신다면 그 은혜는 평생 잊지 않겠습니다."

나는 한두 가지 설명해 보긴 했지만, 사실 나도 스테이플턴이 왜 그랬는지 도통 모르겠더군. 헨리 경은 지위로 보나, 재산이나 나이나 성격이나 외모로 보나 모두 번듯하지 않은가. 그의 가문에 걸려 있는 어두운 운명만 제외한다면 아무래도 그 이유를 알 수 없었어. 그런 그의 청혼을 누이동생의 마음도 알아보지도 않고 그렇게 퉁명스럽게 거절하고, 옆에 있던 스테이플턴 양도 아무 저항 없이 가만히 오빠의 말을 따르다

니 정말 놀라웠지. 하지만 그날 오후 스테이플턴이 직접 바스
커빌 저택으로 찾아와서 우리의 의문을 풀어 줬어. 그는 황야
에서 무례하게 굴었던 일을 사과했고 헨리 경과 서재에서 오
랫동안 이야기를 나눴어. 그 결과 불화를 해소하고, 화해의 표
시로 다음 주 금요일에 모두 메리핏 저택에 모여서 식사하기
로 했네.

"이젠 그가 미쳤다고 말하지 않겠습니다. 오늘 아침 내게 달
려들 때의 눈빛은 잊을 수 없지만. 사과 하나는 끝내주게 하더
군요." 헨리 경이 말했어.

"오늘 아침 자기 소행에 대해선 뭐라고 설명하던가요?"

"누이동생이 자기 인생의 전부라고 하더군요. 그건 당연한
거고. 그가 동생의 가치를 알고 있다는 사실에 오히려 기뻤습
니다. 지금까지 늘 동생과 함께 생활해 왔고, 동생 말고는 고
독하게 살아왔기 때문에, 동생을 잃는다는 생각이 너무 끔찍
했다고 말하더군요. 내가 그녀를 마음에 두고 있었을 줄 몰랐
는데 그런 장면을 목격하고 동생이 자기를 떠날지도 모른다고
생각하니 너무 큰 충격을 받아서 한동안은 어떻게 말하고 행
동했는지도 기억이 안 난다고 하더군요. 그는 아침에 한 행동
을 진심으로 후회했고, 동생처럼 아름다운 여자를 평생 붙잡
아 둘 수 있을 거라고 생각한 자기가 이기적이고 어리석었다
는 사실을 알아차렸답니다. 동생이 자기를 떠나야 한다면 다
른 사람보다 나 같은 이웃과 결혼하는 것이 좋을 거라고도 했
지요. 하지만 어쨌든 그건 그에게 타격이었고, 자기도 마음의
준비를 할 시간이 필요하다고 하더군요. 석 달 동안 이 문제는

덮어 두고, 구애도 하지 않고, 그저 동생과 친구처럼 지내겠다고 약속하면 우리 결혼을 반대하지 않겠다고 했습니다. 나도 그러겠다고 약속했으니 이 문제는 이대로 놔두죠."

이렇게 해서 우리를 둘러싼 작은 미스터리 하나가 풀린 셈일세. 그동안 늪 속에서 몸부림을 치고 있다가 발이 어딘가의 바닥에 닿았으니 한숨 돌린 거지. 헨리 경처럼 모든 자격을 갖춘 청년이 누이동생에게 청혼했는데도 오빠가 그렇게 화를 낸 이유를 알게 되었으니 말이야. 자, 다음은 뒤엉킨 실타래에서 내가 뽑은 또 하나의 실에 관한 이야기를 해 주지. 한밤중에 들려온 울음소리, 배리모어 부인의 얼굴에 남아 있던 눈물 자국, 남몰래 서쪽 창가를 오가는 집사에 얽힌 수수께끼 말일세. 축하해 주게, 홈스! 그리고 자네 대리인으로 온 내가 자네를 실망하게 하지 않았다고 말해 주게나. 자네가 날 여기로 보냈을 때 내게 보인 믿음을 후회하지 않는다고 말이야. 모든 수수께끼는 하룻밤의 수사로 완전히 밝혀졌네. 내가 '하룻밤의 수사'라고 했지만, 실은 '이틀 밤'이라고 하는 게 더 정확할 것 같네. 첫날 밤에 우리는 아무 소득도 거두지 못했거든. 새벽 3시까지 헨리 경의 서재에서 같이 앉아 있었지만, 계단 위에 있는 자명종 시계의 종소리만 들려올 뿐, 아무 소리도 듣지 못했다네. 정말 우울한 밤샘이었고 결국 둘 다 의자에 앉은 채로 잠들어 버렸지. 하지만 우리는 기죽지 않고 다시 도전해 보기로 결심했지. 다음 날 밤에는 램프 불빛을 한껏 죽이고 아무 소리도 내지 않은 채 담배를 피우며 기다렸지. 시간은 믿을 수 없을 정도로 천천히 흘렀어. 그래도 사냥감이 덫에 걸리기만 바라며 끈기 있게 기다리는 사냥꾼처럼 인내심을 발휘해서 버티고 있었다네. 시계가 1시를 치고 이어서 2시를 알렸지. 오늘 밤도 그른 것 같아서 절망에 빠지려는 순간 우리 둘 다 의자에서 허리를 곧추세우고 앉아 다시 정신을 바짝 차렸다네. 삐걱거리며 복도를 지나가는 발소리가 들렸거든.

우리는 숨을 죽이고 발소리가 멀어질 때까지 기다렸지. 그 다음에 헨리 경이 조심스럽게 문을 열었고 우리는 추적을 시작했다네. 이미 집사의 모습은 보이지 않았고, 복도는 너무 어두워서 아무것도 보이지 않았어. 우리는 살금살금 옆 건물까지 갔는데 마침 키가 크고 검은 수염을 기른 사내가 몸을 웅크린 채 소리 없이 걸어가는 모습이 눈에 들어왔다네. 사내는 전과 같은 방으로 들어갔고, 촛불이 새어 나와 어두운 복도를 한 줄기 노란빛으로 비췄지. 우리는 그 불빛을 향해 아무 소리도 나지 않도록 한 걸음, 한 걸음, 조심스럽게 다가갔어. 둘다 미리 구두를 벗어 놓고 왔지만, 우리가 발을 디뎠을 때 낡은 바닥에서 삐걱거리는 소리가 나고 말았어. 배리모어가 어떻게 그 소리를 듣지 못하는지 황당할 정도였어. 다행히 상대는 귀가 많이 어두운 데다 자신이 하는 일에 완전히 정신을 빼앗기고 있었나 봐. 마침내 문 앞에 도착해서 문틈으로 들여다보니 그는 한 손에 초를 든 채 창가에서 쭈그리고 앉아 있었네. 이틀 전 밤에 본 것과 똑같이 하얗게 질린 얼굴을 창 가까이에 기댄 채 밖을 뚫어져라 보고 있더군.

미리 작전을 세우지는 않았지만, 헨리 경 성격이 워낙 단도직입적이라서 말이야. 경이 방으로 들어가자 배리모어가 벌떡 일어나면서 놀라서 헉 소리를 냈지. 그는 새파랗게 질린 얼굴로 우리 앞에 시시 빌빌 떨었어. 하얀 얼굴로 우리를 쏘아보는 그의 까만 눈은 공포와 경악이 가득 차 있었지.

"배리모어, 지금 여기에서 뭐 하는 건가?"

"아무것도 아닙니다." 그는 너무 당황해서 한동안 말도 제대로 못 했어. 초를 들고 있던 손이 떨리는 바람에 그림자들이 위아래로 널을 뛰었지.

"창 때문입니다. 저는 밤마다 창문이 제대로 잠겨 있는지 살피거든요."

"2층 창문을?"

"네, 창문이란 창문은 전부 살피고 있습니다."

"배리모어, 우리는 자네에게 진실을 들으려고 마음먹고 왔어. 그러니 괜히 힘 빼지 말고 말해. 어서! 거짓말은 안 돼! 창가에서 무엇을 하고 있었나?" 헨리 경이 단호하게 말했다.

배리모어는 당혹스러워하면서, 고통과 불신이 극에 달한 표정으로 양손을 비틀어 대더군.

"나쁜 짓은 하지 않았습니다. 그저 초를 들고 창가에 서 있었을 뿐입니다."

"왜 그런 짓을 했나?"

"제발 묻지 말아 주세요. 아무것도 묻지 말아 주십시오! 결코 제게 무슨 비밀이 있는 건 아니라고 약속드릴 수 있습니다. 하지만 말씀드릴 순 없어요. 이게 단순히 저만의 일이라면 숨기려고 하지 않았을 겁니다."

갑자기 어떤 생각이 떠올라 나는 집사의 떨리는 손에서 초를 빼앗았지. "분명 이걸 들고 있는 게 신호였을 겁니다. 답이 오는지 한 번 보죠." 내가 말했어.

나는 배리모어처럼 초를 들고 밤의 어둠을 들여다보았지. 달이 구름에 가려져서 줄줄이 서 있는 검은 나무들과 그보다는 조금 밝게 뻗어 있는 황야를 간신히 구별할 수 있었어. 갑자기 검은 베일과도 같은 어둠을 바늘 끝만큼 조그맣고 노란 불빛이 찌르더니 유리창 너머로 보이는 검은 사각형의 어둠 속에서 은은히 빛나는 걸 보고 나는 탄성을 질렀네.

"저거다!" 내가 외쳤다.

"아닙니다. 아무것도 아닙니다. 저건 아무것도 아니에요. 저건 절대로……."

집사가 끼어들더군.

"왓슨 씨, 초를 천천히 움직여 봐요!" 헨리 경이 큰 소리로 말했어.

"보세요, 저쪽 불빛도 움직입니다! 어떤가? 이 나쁜 놈, 이래도 신호가 아니었다고 부인할 건가? 어서 말해 봐! 저쪽에 있는 너의 공범은 누구지? 대체 무슨 음모를 꾸미고 있어?" 배리모어 집사의 얼굴에 이제 대놓고 반항하는 표정이 떠올랐다.

"이건 제 일이지 주인님과 관계된 일이 아닙니다. 말씀드릴 생각 없습니다."

"그럼 당장 자네를 해고하겠네."

"좋습니다. 꼭 그러셔야 한다면 저도 어쩔 수 없죠."

"자네는 여기에서 불명예스럽게 쫓겨나는 거야. 맙소사, 부끄러운 줄 알라고! 자네 집안은 바스커빌가에서 100년도 넘게 우리 가문과 같이 살아왔는데, 나를 해하려고 이런 사악한 음모를 꾸밀 줄이야!"

"아닙니다! 그런 게 아니에요. 주인님을 해하려는 게 아니에요!" 여자의 목소리가 들려왔어.

배리모어의 아내가 겁에 질린 남편보다도 더 새파랗게 질린 얼굴로 문가에 서 있더군. 격한 감정에 휘말린 그 표정만 아니었대도, 체격이 큰 여자가 숄을 걸치고 스커트를 입은 모습이 꽤 우스웠을 걸세.

"엘리자, 우린 나가야 해. 이제 다 끝났어. 가서 짐을 꾸려요." 집사가 말했어.

"아, 존, 존, 나 때문에 당신이 이렇게 된 거야? 주인님, 이건 다 저 때문입니다. 모두 제 잘못입니다. 남편은 절 위해 그런 거예요. 제가 그래 달라고 부탁했기 때문입니다."

"그럼 말해 보시게! 이게 다 무슨 일인가?"

"제 가련한 남동생이 황야에서 굶주리고 있습니다. 저희는 차마 동생이 이 저택 앞에서 굶어 죽는 꼴을 보고만 있을 수 없었습니다. 촛불은 음식이 준비됐다는 신호고, 저쪽 불빛은 음식을 가져갈 장소를 보여 주는 신호입니다."

"그럼 부인의 동생은……."

"탈옥수입니다, 주인님. 죄수 셀든이 제 동생입니다."

"아내의 말은 사실입니다. 제 비밀이 아니어서 말씀드릴 수 없었습니다. 이걸로 음모가 있었다고 해도 주인님을 겨냥한 것은 아니라는 사실을 아셨겠지요." 배리모어가 말했다네.

이렇게 해서 한밤의 은밀한 행동과 창가의 불빛에 대한 미스터리가 풀렸지. 헨리 경과 나는 깜짝 놀라서 부인을 바라봤지. 이루 말할 수 없을 정도로 점잖은 이 여자와 전국에서 가장 악명 높은 범죄자가 한 핏줄이라니. 어떻게 그런 일이 있을 수 있지?

"네, 주인님. 제가 결혼하기 전의 성이 셀든이었고, 탈옥수는 제 동생입니다. 동생이 어렸을 때 애지중지 키우면서 해 달란 대로 다 해 줬습니다. 결국 동생은 세상이 자신의 쾌락을 위해 존재하며 무엇이든 자기 맘대로 할 수 있다고 생각하게 되었습니다. 그 애는 클수록 나쁜 친구들을 사귀었고, 악마가 된 그 애는 어머니의 마음을 아프게 했고 우리 집안 이름에 먹칠했습니다. 계속 범죄를 저질렀고 끝도 없이 타락했다가, 신의 자비로 가까스로 단두대행은 면했습니다. 하지만 주인님, 제게는 언제까지나 제가 보살피고 놀아 주던 곱슬머리 동생일 뿐입니다. 그래서 동생이 탈옥한 겁니다. 제가 여기 살고 있으니 탈옥한 동생을 도와주지 않고는 견디지 못할 거라는 사실을 알고 있었던 거죠. 어느 날 밤, 동생이 지칠 대로 지친 채 굶주린 배를 안고 여기로 찾아왔습니다. 간수들에게 쫓기고 있었던 동생을 저희가 어떻게 할 수 있었겠습니까? 저희 부부는 동생을 안으로 불러들여서 먹을 것을 주고 보살펴 주었습니다. 그러던 차에 새 주인님이 오셨고, 동생은 추격이 끝날 때까지 황야에 숨어 있는 것이 가장 안전하다고 생각했습니다. 저희는 이틀 간격으로 창가에서 촛불을 켜서 그 아이가 아직 황야에 있다는 사실을 확인하고, 신호가 오면 남편이 빵과 고기를 가져다주었습니다. 우리는 매일 동생이 떠나기를 바랐지만, 여기에 있는 동안은 그 아이를 버려 둘 수 없었습니다. 주인님, 저는 주님을 믿는 정직한 여인으로서 다 솔직하게 말씀드렸습니다. 그러니 주인님도 이 일에 탓할 사람이 있다면 남편이 아니라 저라는 걸 아실 겁니다. 남편은 오로지 저를 위해서 이렇게 한 겁니다."

진심을 담아 열정적으로 한 부인의 말은 신념에 차 있더군.

"배리모어, 그게 정말인가?"

"예, 주인님. 모두 다 진실입니다."

"음, 아내를 위해서 한 일이니 탓할 수도 없겠군. 내가 했던 말은 잊어 주게. 두 사람 모두 방으로 돌아가게. 이 문제에 대해서는 내일 아침에 더 이야기하도록 하지."

배리모어 부부가 방에서 나간 뒤 우리는 다시 창밖을 내다보았어. 헨리 경이 창문을 활짝 열자 차가운 밤바람이 우리의 얼굴을 두드리더군. 멀리 어둠 속에서 아직도 아주 작고 노란 불빛이 희미하게 빛나고 있었네.

"대단한 놈이군." 헨리 경이 말했어.

"여기에서만 보이는 곳이겠지요?"

"그럴 가능성이 큽니다. 저기까지 거리가 얼마나 될까요?"

"클레프트 바위산 부근 같은데요."

"기껏해야 2, 3킬로미터 정도겠죠."

"그 정도겠군요."

"음, 배리모어가 먹을 것을 날라야 했으니 그렇게 멀지는 않겠네요. 그 악당은 저 불빛 옆에서 기다리고 있을 겁니다. 내가 저놈을 잡으러 가겠습니다!"

나도 같은 생각을 했어. 배리모어 부부가 우리를 믿고 모든 사실을 털어놓은 것이 아니라 어쩔 수 없어서 밝힌 거겠지. 저 사내는 주민들에게 위험한 존재이고, 동정하거나 용서해 줄 가치도 없는 지독한 악당이야. 우리는 이 기회를 빌려서 그가 더는 사람을 해칠 수 없는 곳으로 되돌려 보내는 것으로 우리의 의무를 다하려 했지. 기질이 잔인하고 난폭한 놈이니 우리가 두 손 놓고 있으면 또 다른 희생자가 나올지도 모르니까. 예를 들어, 언제 이웃인 스테이플턴 일가가 그의 습격을 받게 될지도 모르잖아? 아마도 그런 생각에 헨리 경이 녀석을 잡겠다고 발 벗고 나선 건지도 모르고.

"저도 가겠습니다." 내가 말했네.

"그럼 권총을 몸에 지니고 구두를 신으세요. 녀석이 불을 끄고 다른 곳으로 가기 전에 서둘러야겠습니다."

우리는 오 분 만에 저택에서 나와서 원정을 떠났다네. 어두운 관목숲을 헤치고 가는 사이에 가을바람의 희미한 탄식과 떨어지는 낙엽이 바스락거리는 소리를 들었지. 밤공기는 축축하게 썩은 내로 묵직했어. 가끔 달이 잠시 고개를 내밀기도 했지만, 구름이 하늘을 뒤덮은 채 흘러가고 있었고, 우리가 황야로 막 나왔을 때 가랑비가 내리기 시작했지. 황야의 빛은 여전히 반짝이고 있었고.

"무장하셨죠?" 내가 물었어.

"수렵용 말채찍을 가지고 왔습니다."

"놈을 재빨리 포위해야 합니다. 지금 놈은 궁지에 몰려 있으니까요. 기습해서 저항하기 전에 잡아야 합니다."

"왓슨 씨, 홈스 선생님이라면 뭐라고 하실까요? 악마가 활개를 치는 야밤에 이렇게 밖에 나왔으니 말입니다."

헨리 경의 말에 답하듯 거대한 황야의 어둠 속에서 이상한 소리가 들려왔다네. 예전에 그림펜 늪 근처에서 들었던 그 소리였어. 밤의 정적을 타고 실려 온 길고도 깊게 웅얼거리는 소리가 이내 점점 커지면서 울부짖음으로 바뀌었다가 다시 서글픈 신음이 되었다가 사라졌지. 위협적이고 거칠고 귀에 거슬리는 그 소리가 들릴 때마다 밤공기도 같이 고동치는 느낌이었어. 헨리 경이 내 소매를 움켜쥐었고, 어둠 속에서 그의 하얀 얼굴이 희미하게 보이더군.

"맙소사, 저게 뭡니까?"

"모르겠습니다. 황야에서 나는 소리라고 하더군요. 전에도 한 번 들은 적이 있습니다."

그 소리가 사라지자 다시 정적이 우리를 감쌌네. 우리는 귀를 쫑긋 세웠지만 더는 아무런 소리도 들리지 않았어.

"왓슨 씨, 이건 사냥개가 울부짖는 소리입니다." 헨리 경이 말했어.

온몸의 피가 서늘하게 식어 버리는 것 같더군. 경의 갈라진 목소리에서 그가 공포에 휩싸인 걸 알아차렸거든.

"사람들은 저 소리에 대해서 뭐라고들 합니까?" 헨리 경이 물었지.

"누가요?"

"이곳 사람들 말입니다."

“아, 다들 무지한 사람들입니다. 그들이 뭐라 하든 왜 신경을 쓰십니까?”

“말해 주세요, 왓슨 씨. 그들이 뭐라고 했습니까?”

나는 망설였지만, 대답을 회피할 순 없었지.

“바스커빌가의 사냥개가 울부짖는 소리라고 합니다.”

헨리 경은 끙 소리를 내더니 한동안 입을 다물고 있었어.

“틀림없이 개가 짖는 소리였지만 몇 킬로미터 떨어진 곳에서 들려온 듯했습니다.” 경이 마침내 입을 열었지.

“어디에서 그 소리가 나는 건지는 알기 어렵습니다.”

“바람에 실려 높아지기도 하고 낮아지기도 했습니다. 그림펜 늪 쪽에서 들린 것 같지 않았습니까?”

“네, 그렇군요.”

“분명 거깁니다. 왓슨 씨도 저게 개가 울부짖는 소리라고 생각하시죠? 나는 어린애가 아닙니다. 걱정하지 말고 말해 주세요.”

“지난번에 저 소리를 들었을 때 옆에 스테이플턴 씨가 있었습니다. 그는 희귀한 새의 울음소리일지도 모른다고 말했어요.”

“아닙니다, 저건 개예요. 맙소사, 그 전설이 어느 정도는 진실이란 말일까요? 그 사악한 저주 때문에 나도 정말 위험에 빠지게 될까요? 왓슨 씨는 그런 걸 믿지 않으시죠?”

“아뇨, 절대 믿지 않습니다.”

“하지만 런던에서는 웃어넘길 이야기에 지나지 않았는데, 어두운 황야에서 저런 울부짖는 소리를 들으니 마음이 또 달라지네요. 게다가 큰아버님 일도 있고! 쓰러진 큰아버님 옆에 개의 발사국이 있었잖아요. 앞뒤가 다 늘어맞네요. 내가 겁쟁이라 생각하지는 않지만, 아까 그 소리를 듣는 순간 온몸의 피가 얼어붙는 느낌이었어요. 제 손 좀 만져 보세요!"

헨리 경의 손은 정말 대리석처럼 차가웠어.

"내일이면 괜찮아질 겁니다."

"그 소리가 제 머릿속에서 사라질 것 같지 않아요. 이제 우리는 뭘 하면 좋을까요?"

"그만 돌아갈까요?"

"맙소사, 그건 안 됩니다. 우리는 탈옥수를 잡으러 왔으니 반드시 잡아야죠. 우리는 탈옥수를 쫓고, 지옥에서 온 사냥개는 아마 우리를 쫓겠죠. 가자고요! 지옥에서 온 악마가 황야에 풀려났는지 우리 눈으로 확인하게 되겠죠."

우리는 어둠 속에서 여기저기 발이 걸려 비틀거리면서 걸어갔네. 주위에는 검고 험준한 바위산들이 어렴풋이 보이더군. 앞에는 노란 점 같은 작은 불빛이 계속 타오르고 있었지. 칠흑처럼 어두운 밤에 보이는 불빛은 전혀 거리를 가늠할 수 없었어. 가끔은 그 가물거리는 불빛이 저 멀리 지평선 너머에서 빛나는 것처럼 보이기도 했고, 또 가끔은 바로 몇 미터 앞에서 빛나는 듯 보이기도 했다네. 하지만 결국 불빛이 어디에서 흘러나오는지 볼 수 있었고, 실제로 우리가 아주 가까워졌음을 알 수 있었어. 촛농이 흐르는 양초 한 자루가 바위틈 사이에 세워져 있었네. 그 바위들이 바람을 막아 줬고 바스커빌 저택을 제외한 다른 곳에선 보이지 않는 구실을 하더군. 우리는 상대에게 들키지 않게 커다란 화강암을 따라서 다가가 바위 뒤에 숨어서 신호용 불빛을 바라보았네. 그 어떤 생명체의 흔적도 보이지 않는 황야 한가운데서 촛불 하나가 타오르는 광경은 아주 묘하더군. 꼿꼿하게 선 노란 불꽃 하나와 양쪽에서 그 불빛을 받아 희미하게 보이는 바위들이라니.

"이제 어떻게 할까요?" 헨리 경이 속삭였어.

"여기에서 기다립시다. 놈은 분명 불빛 가까이에 있을 겁니다. 잠깐이라도 놈을 볼 수 있는지 한번 보죠."

그 말이 채 끝나기도 전에 사내가 나타났어. 양초가 타고 있는 바위 위로 노랗고 흉악한 얼굴이 불쑥 올라오더군. 여기저기 상처 자국이 있고 비열한 욕망으로 들끓는 끔찍한 짐승 같은 얼굴이었어. 진흙 범벅인 얼굴은 더러웠고, 거친 수염과 헝클어진 머리는 언덕 비탈의 돌집에서 살던 야만인 같더군. 촛불이 반사된 그의 작고 교활해 보이는 눈이 마치 사냥꾼의 발소리를 들은 영악하고 잔인한 짐승처럼 어둠 속을 여기저기 사납게 살펴보더군.

뭔가가 놈의 의심을 불러일으킨 것 같았어. 배리모어만 알고 있는 개인적인 신호를 우리가 주지 못했거나, 아니면 다른 이유로 뭔가 심상치 않다고 생각한 것일까. 어쨌든 그 사악한 얼굴에 떠오른 공포를 볼 수 있었다네. 지금이라도 당장 촛불을 끄고 어둠 속으로 사라지려 할지도 몰랐어. 그래서 내가 앞으로 뛰쳐나갔고 헨리 경도 그렇게 했지. 탈옥수는 그와 동시에 우리에게 욕설을 퍼부으며 돌을 던졌어. 돌은 우리가 숨어 있던 화강암에 부딪혀 부서졌어. 벌떡 일어나서 도망치는 놈의 작고 땅딸막하면서 힘이 세 보이는 몸집이 언뜻 보이더 군. 바로 그때 운 좋게도 달이 구름 밖으로 나왔어. 우리는 언 덕의 능선을 달려 넘어갔고, 탈옥수도 산양처럼 날쌔게 돌 위 를 뛰어서 달려갔어. 운이 좋으면 내 리볼버를 쏴서 멀리 있는 그를 맞출 수도 있을 듯싶었지만, 그건 내가 공격받았을 때를 대비해서 방어용으로 가져온 것이지 무기도 없이 도망치는 상 대를 쏘기 위한 것은 아니잖아.

우리 둘 다 발이 빠르고 이런 상황에 대한 훈련도 잘돼 있 었지만, 도저히 놈을 따라잡을 수 없다는 걸 알았네. 우리는 오랫동안 놈이 달빛을 받으며 도망치다가 점점 더 멀어져서 언덕의 바위 사이로 움직이는 작은 점이 되는 모습을 지켜봤 네. 우리는 기진맥진할 때까지 쫓아갔지만 그와의 거리만 더 벌어졌어. 결국 멈춰서 바위 위에 주저앉아 헐떡거리며 그가 멀리 사라지는 모습을 지켜봤지.

바로 그 순간 가장 기이하고 예상치 못한 광경을 보게 됐 네. 우리는 더 쫓아가 봐야 소용없을 것 같아서 바위에서 일 어나 집에 가려고 돌아섰어. 달은 오른쪽 하늘에 낮게 떠 있 었고 뾰족뾰족한 화강암 바위산 꼭대기가 은빛 달의 밑을 찌 르고 있었네. 그 환한 달빛을 배경으로 마치 흑단으로 만든 조각상처럼 검은 윤곽만 보이는 사내가 바위산 위에 서 있었 어. 그게 환각이라고는 생각하지 말게, 홈스. 내 평생 뭔가를 그렇게 또렷하게 본 건 처음이었으니까. 내가 보기에 그는 키 가 크고 마른 남자였다네. 팔짱을 낀 채 다리를 조금 벌리고 서서 고개를 숙이고 있었어. 마치 그의 앞에 있는 토탄과 화강암으로 이루어진 거대한 야생의 황야에 대해 곰곰이 생각하고 있는 모습이었어. 그는 그 무시부시한 황야의 정령이었을지도 몰라. 탈옥수는 아니었네. 그자는 죄수가 사라진 곳에서 아주 멀리 있었어. 게다가 탈옥수보다 키가 훨씬 컸고. 나는 놀라서 소리를 지르며 헨리 경에게도 보여 주려고 팔을 뻗었네. 하지만 내가 돌아서서 헨리 경의 팔을 잡은 순간 사내는 사라져 버렸어. 화강암 바위산의 날카로운 꼭대기는 여전히 달의 아래를 찌르고 있었지만, 고요한 조각상 같던 그의 흔적은 사라져 버렸지.

나는 그쪽으로 가서 바위산을 조사해 보고 싶었지만, 너무 멀었어. 거기다 헨리 경은 가문에 내려오는 음산한 전설을 떠올리게 하는 그 울부짖는 소리 때문에 신경이 곤두서서 새 모험을 할 기분이 아니었지. 헨리 경은 바위산에 홀로 서 있던 그 낯선 사람을 보지 못해서 그의 기이한 출현과 당당한 태도로 인해 내가 느낀 전율도 느낄 수 없었지.

"분명히 간수였을 겁니다. 놈이 탈옥한 뒤로 황야에 좍 깔렸으니까요." 헨리 경이 이렇게 말했지.

맞는 말일 수도 있었지만, 나는 좀 더 확실한 증거를 찾고 싶었어. 오늘 프린스타운 교도소에 연락해서 탈옥수에 대해서 말할 생각이야. 이제는 그들이 놈을 잡아야겠지. 우리 손으로 잡아 넘기는 승리를 맛보지 못한 건 정말 안타까운 일이지만 말이야. 이게 바로 우리가 어젯밤에 한 모험이라네. 이 정도면 내가 보고서를 아주 잘 썼다는 걸 인정해 주겠지? 내가 보고한 내용이 대부분 우리 사건과는 크게 관련이 없겠지만. 내가 잘못 생각하는 부분이 있을지도 모르지만, 일단은 모든 사실을 자네에게 보고하고 자네가 결론을 내리는 과정에서 어떤 정보들이 가장 좋은지 판단하는 것이 최선일 거로 생각하네. 우리는 확실히 수사에 진척을 보이고 있어. 배리모어 부부에 관해서는 그 행동 동기를 밝혀내서 그 상황이 깨끗하게 정리됐으니 말이야. 하지만 황야는 아직도 그만의 수수께끼들을 품고 있고 거기 있는 기이한 사람들도 여전히 정체를 밝혀내지 못했지. 아마 다음 보고서를 보낼 때쯤이면 이 문제에 대한 답도 어느 정도 발견할 수 있을지도 모르지. 단서라도 잡을 수 있을 것 같네. 자네가 이곳으로 오는 게 최선이겠지만. 어쨌든 며칠 후에 다시 편지를 쓰겠네.

10
왓슨 박사의 일기 발췌

지금까지는 내가 이곳에 온 초기에 셜록 홈스에게 보낸 보고서들을 인용해서 썼다. 하지만 이제부터는 그 방법은 중지하고 당시 내가 쓴 일기를 참고로 기억에 의지해서 이야기하겠다. 일기의 두어 군데만 봐도 내 기억 속에 또렷하게 새겨진 그 사건들의 세세한 부분까지 생생하게 떠오른다. 이제 허사로 돌아간 탈옥수 추적 이후 다음 날 아침 우리가 황야에서 경험한 또 다른 기이한 일들에 대해 전하겠다.

10월 16일

보슬비 내리고 흐릿하게 안개가 낀 날

바스커빌 저택은 떠다니는 짙은 안개에 뒤덮여 있었다. 안개가 걷힐 때면 음울한 황야의 기복, 언덕 비탈을 흐르는 은빛 물줄기들. 젖은 표면에 햇빛이 비칠 때면 희미하게 빛나는 바위들이 나타났다. 저택은 안팎으로 우울했다. 헨리 경은 어젯밤의 흥분에 대한 반작용인지 얼굴이 어두웠다. 나도 마음이 무거웠으며 임박한 위험을 느끼고 있었다. 위험이 항상 우리 옆에 존재하긴 했지만 그게 뭔지 알 수 없으니 더 끔찍했다.

그런데, 정말 아무 이유도 없이 이런 느낌이 드는 걸까? 그간 일어난 사건들을 생각해 보면 어떤 사악한 영향력이 우리 주위에서 작동하고 있음을 알 수 있었다. 찰스 경의 죽음은 이 집안을 둘러싼 전설의 내용과 정확히 일치한다. 그리고 농부들이 황야에서 기이한 동물을 봤다는 말이 여러 번 나왔다. 나도 멀리서 개가 울부짖는 것 같은 소리를 내 귀로 두 번이나 들었다. 그것은 믿을 수 없고 불가능한 일이며, 초자연적인 현상이다. 유령 개가 실제로 발자국을 남기고, 울부짖는 소리로 사방을 가득 채우다니 진지하게 생각해선 안 된다. 스테이플턴이나 모티머 박사라면 그런 미신을 받아들일지도 모른다. 하지만 내게 선천적인 우수성이 하나 있다면, 그것은 상식이다. 나는 상식에 반하는 일은 그 어떤 것도 믿을 수 없다. 그것을 믿는다면 나도 저 농부들과 같은 수준으로 전락하게 된다. 그들은 단순한 마견이 아니라 입과 눈에서 지옥의 불을 내뿜는 개였다고 말해야 만족하는 그런 부류가 아닌가. 홈스라면 그런 공상에 귀도 기울이지 않을 것이고, 나는 그의 대리인이 아닌가? 하지만 그것들은 엄연한 사실이고, 나는 황야에서 그 울부짖음을 두 번이나 들었다. 정말로 거대한 개가 황야를 돌아다니고 있다면, 그것으로 다 설명할 수 있다. 하지만 그런 사냥개를 어디에 숨길 수 있으며, 그 개는 어디에서 먹이를 찾고 어디에서 나타난단 말인가? 그리고 어떻게 그 개를 낮에는 본 사람이 없는 걸까? 사냥개가 실제로 있다고 가정해도 의문은 여전히 무수히 나온다. 개는 논외로 치더라도, 런던에 있었던 그 남자는 뭐란 말인가? 마차에 타고 있는 그 남자, 헨리 경에게 황야에 가지 말라고 경고했던 그 편지는 또 뭐고. 그건 다 인간의 소행이었다. 적어도 그것들은 실제로 일어났지만, 그게 적인지 아군인지는 알 수 없다. 적인지 아군인지 알 수 없는 그 사내는 어디에 있을까? 런던에 머물러 있을까? 아니면 우리를 따라 이곳에 왔을까? 내가 바위산에서 본 그 이상한 사람과 동일인일까?

그 사람은 한 번 본 게 다지만, 내가 기꺼이 사실이라고 맹세할 만한 몇 가지가 있다. 내가 여기에서 이웃들을 다 만나봤지만, 그 누구도 그 사내는 아니었다. 그는 스테이플턴보다 키가 훨씬 더 컸고, 프랭클랜드보다 훨씬 더 말랐다. 집사인 배리모어일지도 몰랐지만, 그는 당시 저택에 있었고 우리 뒤를 밟을 수도 없었다고 확신한다. 그렇다면 런던에서 우리를 미행한 남자가 여기에서도 우리를 감시하고 있다고 생각할 수밖에 없다. 우리는 그를 따돌리지 못한 것이다. 그 남자를 잡을 수만 있다면 결국 이 모든 게 해결될지도 모르는데. 그러니 앞으로는 그 사람에게 총력을 기울이기로 했다.

처음에는 헨리 경에게 나의 이런 계획을 밝히려 했다. 하지만 다시 생각해 보니 혼자서 이 일을 처리하고 최대한 아무에게도 말하시 않는 섯이 현명할 것 같았다. 헨리 경은 아직도 말이 없고 멍해 있었다. 황야에서 들은 그 소리 때문에 신경이 쇠약해질 대로 쇠약해진 것이다. 그런 그가 더 걱정하게 해선 아 되니, 나 혼자서 목적을 이루기 위해 노력하기로 했다.

오늘 아침을 먹고 난 후 작은 소란이 있었다. 배리모어가 헨리 경과 둘만 하고 싶은 이야기가 있다고 해서 서재로 들어가서 한동안 있었다. 당구대가 있는 방에 앉아 있던 나는 언성이 높아지는 걸 몇 번 들어서 무슨 얘기가 오가는지 눈치챌 수 있었다. 시간이 좀 흐른 후에 헨리 경이 문을 열고 나를 불렀다.

"배리모어가 불만이 있답니다. 자기가 자발적으로 비밀을 털어놨는데 우리가 처남의 뒤를 쫓은 것은 공정하지 못하다고 하는군요."

집사는 창백하지만 침착한 얼굴로 우리 앞에 서 있었다.

"제가 너무 흥분해서 말이 막 나간 것 같습니다. 그랬다면 용서해 주십시오. 하지만 두 분이 셀든을 추격하고 오늘 아침에 돌아왔다는 사실을 알고 너무 놀랐습니다. 가엾은 처남이 싸워야 할 적이 차고 넘치는데 제가 그 숫자를 늘린 꼴이 되고 말았으니까요."

"자네가 스스로 그 비밀을 밝혔다면 상황이 달라졌을 거야. 하지만 어쩔 수 없는 상황에서 자네가, 아니 자네의 부인이 말한 것뿐이잖나?" 헨리 경이 말했다.

"주인님이 그 상황을 이용하실 줄은 몰랐죠. 저는 정말 생각도 못 했습니다."

"그는 사람들에게 위험이 되는 존재야. 이 황야에는 외딴집들이 흩어져 있잖아. 그리고 그는 아무렇지도 않게 사람을 해칠 자가 아닌가? 그자의 얼굴을 한번 보니 대번에 알겠더군. 예를 들어 스테이플턴가를 한번 생각해 보게나. 그자에게 맞설 남자라고는 스테이플턴 씨 한 사람뿐이네. 그 사람이 다시 교도소에 들어갈 때까지는 누구도 안전하지 않아."

"처남은 누구의 집에도 침입하지 않을 겁니다. 그 점은 제가 굳게 맹세하겠습니다. 이 나라에서는 두 번 다시 누구도 괴롭히지 않을 겁니다. 주인님, 앞으로 며칠만 있으면 모든 준비가 끝나서 처남은 남아메리카로 떠날 수 있습니다. 제발 부탁드립니다. 주인님. 처남이 황야에 숨어 있다는 사실을 경찰에게 알리지 말아 주십시오. 경찰도 수색을 포기했으니, 처남은 배가 준비될 때까지 조용히 숨어 있을 수 있습니다. 경찰에 알리시면 저희 부부도 처벌받게 됩니다. 제발 이렇게 부탁드리니 경찰에는 아무 말도 말아 주세요."

"왓슨 씨는 어떻게 생각합니까?" 나는 어깨를 으쓱했다.

"그가 무사히 이 나라를 빠져나간다면 납세자들의 부담을 덜어 주는 일이 되겠죠."

"하지만 도망가기 전에 강도질을 할 가능성도 있지 않습니까?"

"그런 미친 짓은 하지 않을 겁니다. 필요한 것들은 저희가 전부 건네줬습니다. 다시 범죄를 저지르면 자기가 숨어 있는 곳이 발각될 테고요."

"그건 맞는 말이군. 배리모어, 그렇다면······."

"감사합니다! 진심으로 감사합니다! 처남이 다시 잡히면 제 아내는 못 살 겁니다."

"왓슨 씨, 우리가 중죄인을 돕고 부추기는 셈이 된 것 같군요? 하지만 이런 사정을 전부 들었으니 경찰에 알릴 수도 없고. 이번 사건은 이것으로 끝내지요. 알았네, 배리모어. 그만 가 봐도 좋아."

집사는 더듬더듬 감사의 말을 하고 나가려고 돌아섰다가 잠시 망설이더니 다시 돌아왔다.

"주인님께서 저희에게 아주 큰 친절을 베푸셨으니 저도 적게나마 은혜를 갚고 싶습니다. 주인님, 제가 아는 게 하나 있어요. 좀 더 빨리 말씀드렸어야 했지만, 경찰 조사가 끝나고 한참 후에야 알게 됐습니다. 이 일은 아직 아무에게도 말하지 않았습니다. 찰스 경이 돌아가신 그날의 일입니다."

헨리 경과 나는 둘 다 자리에서 벌떡 일어났다.

"어떻게 돌아가셨는지 알고 있다는 말인가?"

"아닙니다. 그건 저도 모릅니다."

"그럼 뭐란 말이야?"

"찰스 경이 그 시간에 그 문 앞으로 가신 이유를 알고 있습니다. 어떤 여자를 만나기 위해서였어요."

"여자를 만나기 위해서였다고! 백부님이?"

"그렇습니다."

"그 사람의 이름이 뭔가?"

"이름은 모르지만, 머리글자는 알고 있습니다. 'L. L.'입니다."

"배리모어, 그걸 어떻게 알게 됐나?"

"그날 아침, 찰스 경이 편지 한 통을 받으셨습니다. 그분에게는 언제나 수많은 편지가 왔지요. 워낙 유명하시고 마음도 따뜻한 분으로 소문이 나 있어서 곤경에 처한 사람들이 걸핏하면 그분에게 도움을 청했습니다. 하지만 마침 그날 아침에 온 편지는 한 통밖에 없어서 눈에 띄더군요. 쿰 트레이시의 소인이 찍혀 있었고 여자의 필체였습니다."

"그런데?"

"그 후로 그 편지는 까맣게 잊고 있었는데, 아내가 아니었다면 계속 그랬을 겁니다. 그러다 몇 주 전에 아내가 찰스 경이 돌아가신 뒤 처음으로 경의 서재를 청소했습니다. 그러다 난로 쇠살대 뒤쪽에서 타다 남은 편지를 발견했습니다. 대부분 타 버렸지만 한 페이지의 끝부분이 회색으로 희미하게 남아 있어서 거기 적힌 걸 읽을 수 있었습니다. 저희가 보기엔 편지의 추신 같았는데 이렇게 적혀 있었어요. '제발 신사이신 경에게 부탁드립니다. 이 편지를 태워 버리시고 문으로 10시까지 와 주세요.' 그 밑에 'L. L.'이라는 서명이 있었습니다."

"그 편지를 자네가 가지고 있나?"

"아뇨. 손으로 집어 올리자마자 바스러져 버렸습니다."

"찰스 경이 같은 필체로 된 보낸 다른 편지들을 받으신 적이 있나?"

"그게, 주인님 앞으로 온 편지는 관심을 기울인 적이 별로 없어서요. 그날도 편지가 한 통밖에 안 와서 기억에 남았고요."

"'L. L.'이 누구인지 짐작 가는 사람은 없고?"

"없습니다. 저도 아는 바가 전혀 없어요. 하지만 그 여자의 정체를 알아낸다면 찰스 경의 죽음에 대해 더 많이 알 수 있을 겁니다."

"배리모어, 이렇게 중요한 정보를 왜 이제야 말하는지 이해가 안 되는군."

"바로 뒤에 우리도 처남 일이 생겨서 그만. 다시 말씀드리지만 돌아가신 찰스 경이 저희 부부에게 은혜를 많이 베푸셨던 것처럼, 저희도 경을 진심으로 좋아했습니다. 그런데 이 일을 들먹이면 주인님에게 도움이 되지 않을 것 같았습니다. 여자가 관련된 일이라 조심 또 조심해도 부족하지 않죠. 아무리 훌륭한 분이라 할지라도……."

"그 편지가 큰아버님의 명성에 누가 될지도 모른다고 생각했나?"

"네, 밝혀서 좋을 일이 하나도 없다고 생각했습니다. 하지만 주인님이 저희를 도와주셨으니, 그 일을 계속 입 다물고 있는 건 공정하지 못한 것 같아서요."

"훌륭해, 배리모어. 이제 가 보게나." 집사가 나가자 헨리 경이 나에게 고개를 돌리며 물었다.

"이 새로운 단서를 어떻게 생각하십니까?"

"어둠이 더 깊어진 것 같습니다."

"나도 그렇게 생각합니다. 하지만 우리가 'L. L.'이라는 사람을 찾아낼 수 있다면 이 모든 문제가 해결될 겁니다. 우리가 그 정도 결실은 거둔 셈이죠. 이제 사건의 진상을 알고 있는 여자를 찾아내기만 하면 되는 겁니다. 하지만 어떻게 하면 좋을까요?"

"당장 홈스에게 이 일을 알려야겠습니다. 그가 찾고 있던 단서일지도 모릅니다. 이 이야기를 듣고도 그가 오지 않는다면 제가 그를 잘못 판단한 거겠죠."

나는 당장 내 방으로 가서 홈스를 위해 아침에 들은 이야기에 관한 보고서를 작성했다. 요즘 홈스는 아주 바쁜지 베이커가에서는 편지가 거의 오지 않았고, 오더라도 아주 짧았다. 그는 내가 보낸 정보에 관해 아무런 언급도 하지 않았고 내 임무와 관련해 지시를 내리지도 않았다. 그는 공갈 사건에 힘을 다 쏟고 있는 것 같았다. 하지만 이 새로운 사건이 그의 주의를 끌어서 다시 이 사건에 흥미를 느낄 것이다. 나는 홈스가 여기로 오길 바랐다.

10월 17일

종일 비가 사정없이 쏟아져 빗방울이 담쟁이 잎 위로 구르는 소리가 들려오고, 처마 끝에서도 뚝뚝 떨어졌다. 으스스하고, 춥고, 비를 피할 곳도 없는 황야에 있는 탈옥수 생각이 났다. 불쌍한 인간! 그가 무슨 범죄를 저질렀건 그것에 대해 속죄하고도 남을 만큼 충분히 고통받았다. 그리고 또 다른 사람이 떠올랐다. 마차에 타고 있던 사람의 얼굴. 달 아래 서 있던 사내. 보이지 않는 감시자이자 어둠의 사나이인 그도 역시 이 퍼붓는 비를 맞으며 나와 있을까? 저녁에 나는 비옷을 입고 비에 흠뻑 젖은 황야로 멀리 산책을 나갔다. 내 마음은 어두운 이미지들로 가득 차 있었고, 빗발이 내 얼굴을 때려 대고 바람이 사나운 소리를 내며 귓전을 스치고 있었다. 이 어두운 밤 황야를 헤매다가 늪으로 걸어 들어가는 이들에게 신의 기호가 있기를. 쏟아지던 비 때문에 단단하던 고지대의 땅마저 늪으로 변하고 있었다. 나는 그 외로운 감시자를 봤던 그 검은 바위산까지 갔다. 그 뾰족뾰족한 산꼭대기에서 음울한 구릉지를 둘러보았다. 돌풍이 몰아치는 가운데 쏟아지는 비가 적갈색 대지 위로 흘러가고 있었고, 묵직한 회색 구름이 낮게 깔려 있었다. 구름은 꿈결처럼 아련한 구릉지의 경사면에서 회색 소용돌이를 일으키며 흘러갔다. 멀리 왼쪽으로 안개에 반쯤 가려진 분지가 있었고, 바스커빌 저택의 탑 두 개가 나무들 위로 솟아 있는 풍경이 보였다. 구릉지의 경사면에 빽빽하게 몰려 있는 선사 시대 돌집들을 빼면, 사람이 살고 있다는 흔적은 그 두 개의 탑밖에 없었다. 이틀 전 바로 이 자리에서 본 남자는 흔적도 찾을 수 없었다.

집으로 돌아오는 길에 이륜마차가 나를 추월했다. 울퉁불퉁한 황야의 도로를 달리는 모티머 박사였다. 외진 곳에서 사는 파울마이어라는 농부 집에 왕진을 다녀오는 길이라고 했다. 모티머는 우리에게 신경을 많이 썼고, 거의 매일 바스커빌 저택으로 와서 우리의 안위를 살폈다. 그가 마차로 저택까지 데려다주겠다고 해서 올라탔다. 그는 반려견 스패니얼이 없어져서 걱정을 태산같이 하고 있었다. 그 개는 황무지로 나갔다가 아직 돌아오지 않았다고 했다. 나도 힘껏 위로했지만, 그림펜 늪에서 본 조랑말이 생각났다. 아무래도 그 조그만 개는 돌아오지 않을 것 같았다.

"참, 모티머 박사님. 마차를 타고 다니시니 어지간하면 이곳 사람들은 다 알고 지내시겠어요?" 울퉁불퉁한 길에서 사정없이 흔들리는 마차를 타고 가며 내가 물었다.

"그럼요. 거의 다 알고 있습니다."

"그럼 혹시 머리글자가 'L. L.'이라는 여자분이 있나요?"

그는 잠시 생각했다.

"글쎄요. 집시나 고용인 중에는 간혹 제가 모르는 사람도 있지만, 농부나 지주 중에 그런 머리글자를 가진 사람은 없습니다. 아니, 잠깐만요." 그가 잠시 생각에 잠겼다가 덧붙였다.

"로라 라이언스가 있네요. 머리글자가 'L. L.'입니다. 하지만 그 사람은 쿰 트레이시에 살고 있습니다."

"그 사람이 누구인가요?"

"프랭클랜드의 딸입니다."

"네? 그 괴짜인 프랭클랜드 노인 말입니까?"

"맞습니다. 그녀는 황야에 그림을 그리러 온 라이언스라는 화가와 결혼했어요. 하지만 남편은 나쁜 놈이어서 결국 그녀를 버렸습니다. 그렇다고 남자만 잘못한 건 아닐지도 모른다는 말도 들었어요. 프랭클랜드 씨는 자기에게 허락도 받지 않고 결혼했다는 이유로 딸은 보려고도 안 합니다. 그거 말고도 뭐 다른 이유도 있겠죠. 어쨌든 그녀는 성질 나쁜 아버지와 남편 사이에서 상당히 힘들었습니다."

"지금은 어떻게 살고 있나요?"

"프랭클랜드 씨가 돈을 조금 보내 주는 것 같지만, 워낙 소송에 걸린 게 많아서, 충분하진 않을 겁니다. 딸이 자처한 일이라도 한없이 추락하는 것만은 차마 두고 볼 수 없었겠죠. 그녀에 관한 소문이 퍼지면서 주변에서 정직하게 먹고살 수 있도록 도와주는 사람들이 있었습니다. 스테이플턴과 찰스 경도 도왔고, 저도 작게나마 도왔죠. 그래서 타자 치는 일을 시작할 수 있었습니다."

모티머는 내가 왜 그런 질문을 하는지 알고 싶어 했지만, 나는 가까스로 별말 없이 그의 호기심을 잠재우는 데 성공했다. 어쨌든 우리 비밀을 아는 사람이 하나 더 늘어 봐야 좋을 것 없었다. 내일 아침에는 쿰 트레이시에 가 봐야겠다. 거기에서 수상쩍은 평판이 있는 로라 라이언스 부인을 만날 수 있다면 이렇게 꼬리에 꼬리를 무는 수수께끼에서 하나는 해결할 수 있는 가닥이 잡힐지도 모른다. 나도 확실히 수사 기술이 늘고 있는 모양이다. 모티머가 불편해질 정도로 계속 추궁하기에 아무렇지 않게 프랭클랜드의 두개골 이야기를 꺼냈더니 저택에 도착할 때까지 골상학에 대한 장광설을 들을 수 있었다. 셜록 홈스와 지낸 몇 년이 허송세월만은 아니었던 모양이다.

비바람이 몰아치는 이 우울한 날에 사건이 하나 더 일어났다. 조금 전에 배리모어와 나눈 대화로 때가 되면 아주 유용하게 써먹을 수 있는 좋은 패가 나왔다.

모티머는 저택에 머물러 우리와 같이 저녁 식사를 한 뒤, 헨리 경과 카드놀이를 했다. 집사가 서재에 있던 내게 커피를 가져다줘서 기회를 틈타 몇 가지 물어봤다.

"자네의 소중한 처남은 황야를 떠났는가? 아니면 황야에 숨어 있나?"

"저도 잘 모르겠습니다. 이미 떠났으면 정말 좋겠지만요. 정말 골칫거리니까요! 마지막으로 제가 먹을 것을 가져다준 뒤 연락이 끊겼는데, 그게 사흘 전이었습니다."

"그때 그를 봤나?"

"아니요, 보진 못했지만 다음에 갔더니 음식이 없더군요."

"그럼 분명히 있었겠군."

"다른 사람이 가져가지 않았다면, 아마 그럴 겁니다."

나는 커피잔을 입으로 가져가려다 멈추고 배리모어의 얼굴을 빤히 바라봤다.

"자네는 거기에 또 다른 사람이 있다는 사실을 알고 있었군."

"그렇습니다. 황야에는 한 사람이 더 있습니다."

"본 적 있나?"

"아니요."

"그럼 그 사람에 대해 어떻게 안 거야?"

"일주일쯤 전에 처남이 말해 줬습니다. 그 사내도 숨어 있지만 제 생각에 탈옥수는 아닌 것 같습니다. 아, 정말 마음에 안 들어요. 왓슨 박사님, 솔직히 말해 이런 상황은 너무나 싫습니다." 집사는 갑자기 격렬하게 말했다.

"배리모어, 내 말 잘 듣게! 나도 자네 주인 일이 아니라면 이 문제에 관심 없을 거야. 나는 그저 헨리 경을 도와주러 왔어. 그러니 솔직하게 뭐가 마음에 안 드는지 말해 보게."

배리모어가 잠시 망설였다. 불쑥 그런 소리를 해서 후회하는 것인지, 아니면 자신의 감정을 말로 제대로 표현할 수 없어서 그러는지 알 수 없었다. 그는 비바람이 몰아치는 창밖의 황야를 향해 손을 내저으며 커다란 소리로 말했다.

"저기 어딘가에서 나쁜 일이 벌어지고 있어요. 뭔가 비열한 음모가 진행되고 있다는 건 맹세할 수 있습니다! 주인님이 런던으로 돌아가신다면 정말 기쁠 것 같습니다!"

"뭐가 그렇게 불안한가?"

"찰스 경의 죽음을 보십시오! 검시관이 뭐라고 했건 그것만으로도 끔찍했습니다. 밤이면 황야에 울려 퍼지는 저 소리는 또 어떻고요. 엄청난 대가를 치를 각오를 하지 않고 해가 진 다음에 황야로 나가는 사람은 없습니다. 그곳에 숨어 있는 낯선 사내를 보세요. 그는 지켜보면서 기다리고 있는 겁니다! 그는 뭘 기다리고 있는 걸까요? 그건 대체 무슨 의미일까요? 그건 바스커빌가 사람에게 좋지 않은 일이 일어난다는 의미입니다. 그러니 주인님을 모실 새로운 사람이 들어오면 저는 모든 일을 넘겨주고 기쁜 마음으로 이곳을 떠날 겁니다."

"하지만 그 낯선 사내 말이야. 그에 대해 내게 해 줄 말은 없나? 셀든이 뭐라고 하던가? 사내가 어디에 숨어 있는지, 뭘 하고 있는지 셀든은 알아냈나?"

"한두 번 만난 적은 있지만 도통 속내를 드러내지 않아서 아무것도 알아내지 못했다고 합니다. 처음에는 경찰인 줄 알았지만, 나중에 보니 뭔가 꿍꿍이가 있는 것 같답니다. 겉모습은 신사처럼 보였지만 뭘 하고 있는지는 알 수 없었다네요."

"어디에 산다고 하던가?"

"언덕에 있는 옛집 중 하나에 산다고 했습니다. 옛날 사람들이 살았던 돌집이요."

"음식은 어떻게 구하는 걸까?"

"심부름하는 아이가 하나 있다고 합니다. 그래서 필요한 건 그 아이가 다 가져다준다는 걸 처남이 알아냈습니다. 그 아이는 분명 사내가 원하는 물건을 쿰 트레이시에 가서 살 겁니다."

"잘했네, 배리모어. 다음에 더 이야기 나누세."

집사가 나간 뒤, 나는 어두운 창가로 가서 흐릿한 창문 너머로 빠르게 흘러 다니는 구름과 바람에 흔들려 몸부림치는 나무들을 바라보았다. 실내에서 바라보는 밤도 이토록 거친데, 황야의 돌집은 어떻겠는가? 그는 어떤 증오심을 품고 있기에 이런 밤에 그런 곳에 숨어 있는 것일까! 도대체 어떤 대단한 목적이 있기에 이런 시련을 견디고 있을까! 나를 이토록 괴롭히는 문제의 핵심이 그 황야의 돌집에 있을 것 같았다. 내일이라도 당장 사력을 다해 그 수수께끼의 핵심에 도달하겠다고 나는 결심했다.

11
바위산 위의 남자

　지금까지는 내 일기에서 10월 18일까지의 내용을 발췌하여 사건을 설명했다. 그런데 그때부터 기이한 사건들이 일어나 끔찍한 결말을 향해 내달리기 시작했다. 그 후 며칠에 걸쳐 일어난 일들은 내 기억에 또렷하게 새겨져 있어서, 당시 적은 메모를 보지 않고도 이야기할 수 있다. 우선 아주 중요한 두 가지 사실을 알게 된 그날의 일부터 이야기하겠다. 첫 번째는 쿰 트레이시에 사는 로라 라이언스 부인이 찰스 경에게 편지를 보내서 그가 죽음을 맞이한 그 장소와 그 시간에 만나자고 약속했다는 사실에 관한 이야기이다. 그리고 두 번째는 황야에 숨어 있는 기묘한 남자를 언덕에 있는 돌집에서 찾아냈다는 사실이다. 이 두 가지를 알았으니 내가 어둠 속에 숨어 있는 수수께끼에 빛을 비출 수 없다면 내 용기나 지혜가 부족해서

일 것이다.

지난밤에는 헨리 경에게 라이언스 부인에 대해 새로 알아
낸 사실을 말할 기회가 없었다. 경이 모티머 박사와 함께 밤
늦게까지 카드를 쳤기 때문이다. 하지만 다음 날 아침을 먹
을 때 헨리 경에게 그 사실을 이야기하고, 함께 쿰 트레이시
에 가지 않겠느냐고 물었다. 처음에는 헨리 경도 가겠다고 열
성적으로 대답했지만, 다시 생각해 보니 나 혼자 가는 편이
결과가 더 좋을 것 같았다. 방문에 격식을 갖출수록 캐낼 수
있는 정보는 줄어들 테니까. 그래서 양심의 가책을 받긴 했지
만, 헨리 경을 저택에 남겨 둔 채 나 혼자 새로운 조사를 하
러 떠났다.

쿰 트레이시에 도착했을 때 마부 퍼킨스에게 말을 마구간
으로 데려가 쉬게 하라고 말하고 조사하러 온 그 여자의 집을
찾기 시작했다. 그녀의 집을 찾는 것은 어렵지 않았다. 마을
한가운데 있고 잘 꾸며져 있었다. 가정부가 별 격식을 차리지
않은 채 나를 거실까지 안내해 줬다. 방으로 들어가자 레밍턴
타자기를 치고 있던 여자가 얼른 일어나면서 보기 좋은 미소
를 지었다. 하지만 내가 낯선 사람인 것을 보고 실망한 얼굴로
다시 자리에 앉아 찾아온 용건을 물었다.

라이언스 부인을 본 순간 엄청난 미인이라는 느낌을 받았
다. 눈과 머리카락은 진한 갈색이고, 볼의 주근깨가 좀 많았지
만, 가무잡잡한 피부가 활짝 피어난 것처럼 아름다웠다. 마치
노란 장미꽃 한가운데에 화사한 분홍빛이 숨어 있는 것 같은
볼이었다. 다시 말하지만 감탄이 나오는 미모였다. 하지만 다

시 보니 단점도 있었다. 인상이 그리 좋지 않았고, 표정도 상
스러웠다. 눈은 냉랭했고, 약간 헤벌어진 입술도 옥에 티였다.
하지만 이런 단점들은 돌이켜 생각해 봤을 때 깨닫게 된 것이
었다. 그때는 그저 내가 아주 아름다운 여성 앞에 있으며 그
녀가 내게 방문한 이유를 물었다는 사실만 의식할 수 있었다.
그제야 이 조사를 하는 데 얼마나 세심한 주의를 기울여야
하는지 깨달았다.

"저는 부인의 아버님과 교제하는 기쁨을 누리고 있습니다."

그것은 정말 서툰 소개였고, 그녀는 노골적으로 그런 기색
을 드러냈다.

"저와 아버지 사이에는 아무런 공통점도 없습니다. 저는 아
버지에게 빚진 것도 없고, 아버지 친구라고 해서 제 친구는
아니죠. 돌아가신 찰스 경과 친절한 분들이 안 계셨다면, 무정
한 아버지 때문에 저는 굶어 죽었을지도 모릅니다."

"오늘 이렇게 찾아뵌 것은 바로 찰스 경에 관한 일 때문입
니다."

그녀의 주근깨가 더욱 도드라져 보이기 시작했다.

"무엇을 알고 싶으신 거죠?"

그렇게 묻는 그녀의 손가락이 타자기 위에서 신경질적으로
움직이기 시작했다.

"그분을 알고 계셨죠?"

"제게 큰 친절을 베푸셨다고 말씀드렸을 텐데요? 이렇게 먹
고살 수 있는 것도 그분이 불행한 제 상황에 신경 써 주셨기
때문이에요."

"경과 편지를 주고받은 적이 있었습니까?"

순간 재빨리 고개를 들어 나를 보는 부인의 밝은 갈색 눈에 분노가 번득였다.

"왜 그런 걸 물으시죠?"

"추문을 막기 위해서죠. 지금 제게 대답해 주시지 않으면 이 일이 밖으로 퍼져 나가 걷잡을 수 없이 될 겁니다."

그녀는 창백해진 얼굴로 아무 말도 하지 않았다. 그러다 마침내 상관없다는 듯 반항적인 태도로 고개를 치켜들었다.

"대답해 드리죠. 뭐가 궁금하신가요?"

"찰스 경과 편지를 주고받으셨나요?"

"다정하게 마음 써 주셔서 감사하다는 뜻으로 한두 번 편지를 드린 적은 있었습니다."

"쓰신 날짜들을 기억하십니까?"

"아뇨."

"만나신 적은 있나요?"

"찰스 경이 쿰 트레이시에 오셨을 때 한두 번 뵈었습니다. 남과 잘 어울리지 않는 분이라 선행도 몰래 하는 편을 선호하셨죠."

"그렇게 만난 적도 별로 없고, 편지 왕래가 잦았던 것도 아니라면, 어떻게 부인의 처지를 알고 도움을 주셨습니까? 경에게 도움을 받으셨다면서요."

내 까다로운 질문에 그녀는 망설이지 않고 바로 대답했다.

"몇몇 신사들이 저의 서글픈 이력을 알고 힘을 모아서 도와주셨어요. 찰스 경의 이웃이자 가까운 친구였던 스테이플턴 씨도 그중 한 분이고요. 아주 친절하신 분인데, 찰스 경은 그분을 통해 제 처지를 알게 되신 거죠."

찰스 바스커빌 경이 스테이플턴을 통해 자선을 베풀었다는 사실은 예전부터 알고 있어서 부인이 한 말은 사실 같았다.

"찰스 경에게 만나고 싶다는 편지를 보낸 적이 있습니까?"

내가 계속 묻자 다시 화가 난 라이언스 부인의 얼굴이 벌겋게 달아올랐다.

"정말 어이없는 질문이군요."

"죄송하지만 다시 묻겠습니다."

"그럼 대답하죠. 단 한 번도 없었습니다."

"찰스 경이 돌아가신 날에도요?"

그 순간 붉게 물들었던 얼굴이 송장처럼 창백해졌다. 마른 입술에서 흘러나온 "네."라는 대답도 목소리를 들었다기보다 입모양을 보고 짐작한 것이었다.

"기억이 잘 안 나시나 봅니다. 부인이 보낸 편지의 한 구절을 제가 인용할 수도 있는데요. '제발 신사이신 경에게 부탁드립니다. 이 편지를 태워 버리시고 문으로 10시까지 와 주세요.'라고 적혀 있었죠."

그녀는 기절할 것 같은 표정이었지만 어마어마하게 노력해서 가까스로 정신을 가다듬었다.

"그분은 신사인 줄 알았는데." 그녀는 숨이 가쁜 목소리로 말했다.

"오해하지 마세요. 찰스 경은 분명히 편지를 태웠지만, 가끔은 불타 버린 편지라도 읽을 수 있습니다. 그 편지를 쓰신 걸 인정하시는 거죠?"

"그래요, 내가 썼어요." 부인은 이렇게 소리를 지르더니 폭포수처럼 말을 쏟아 내기 시작했다. "내가 썼다고요. 그걸 내가 왜 부인해야 하죠? 부끄러울 일도 아닌데. 전 그저 경이 도와주시길 바랐어요. 만나서 이야기를 나누면 도움을 받을 수 있을 것 같아서 만나 달라고 부탁했던 겁니다."

"하지만 왜 그런 시간에?"

"그분이 다음 날 런던에 가셔서 몇 달 동안 돌아오지 않을 수도 있다는 사실을 제가 뒤늦게 알았으니까요. 그리고 그보다 이른 시간에는 제가 나갈 수 없는 이유가 있었고."

"왜 저택이 아니라 정원에서 만나자고 했습니까?"

"그런 시간에 혼자 사시는 분의 집에 여자 혼자서 방문할 수 있을 거라고 생각하시나요?"

"그렇군요. 거기에 가셨을 때 무슨 일이 있었죠?"

"전 가지 않았습니다."

"라이언스 부인!"

"정말 안 갔어요. 맹세할 수 있어요. 저는 거기에 가지 않았어요. 사정이 생겨서요."

"그게 뭐였는데요?"

"개인적인 일이라 대답할 수 없습니다."

"그렇다면 찰스 경이 돌아가신 그 시간, 그 장소에서 만나자고 약속하긴 했지만 지키지는 못했다는 말인가요?"

"예, 맞아요."

나는 질문을 바꿔 가면서 몇 번이고 물어봤지만 더는 아무런 대답도 들을 수 없었다.

 오랜 시간을 들였지만 이렇다 할 성과를 거두지 못한 이번 방문을 끝내기 위해 내가 자리에서 일어나 말했다.

 "부인은 지금 부인이 알고 계신 사실을 전부 말하지 않아서 큰 책임을 질 수도 있고, 곤경에 처할 수도 있습니다. 제가 경찰의 힘을 빌리면 지금 부인이 얼마나 위태로운 처지에 있는지 알게 되실 겁니다. 부인이 그렇게 떳떳하다면 애초에 왜 그날 찰스 경에게 편지를 보냈다는 사실을 부인하셨습니까?"

 "괜한 오해를 사서 추문에 휘말리게 될까 봐 두려워서 그랬어요."

 "편지를 태워 달라고 찰스 경에게 그렇게 강요한 이유는요?"

 "편지를 읽으셨다면 당신도 알 텐데요."

 "전문을 읽진 않았습니다."

 "일부를 인용까지 하셨잖아요."

 "전 추신을 인용했을 뿐입니다. 그 편지는 앞서 말한 것처럼 불에 타서 나머지는 읽을 수 없었습니다. 다시 묻겠습니다. 찰스 경이 돌아가신 날에 쓴 편지를 태워 달라고 왜 그렇게 강조한 겁니까?"

 "그건 아주 사적인 일이라니까요."

 "그럴수록 경찰 조사는 피해야죠."

 "그렇다면 말씀드리죠. 저의 불행한 과거에 대해서 들으셨다면, 제가 경솔하게 결혼했다가 후회한 사실도 알고 계실 테죠."

 "거기까진 들었습니다."

"제 결혼 생활은 그 혐오스러운 남편에게 매일 괴롭힘을 당하는 날의 연속이었어요. 하지만 법은 남편의 편이라서, 그가 언제라도 다시 같이 살자며 저를 끌고 가지 않을까 두려웠죠. 찰스 경에게 편지를 보낸 것은 어느 정도 비용을 치르면 제가 다시 자유의 몸이 될 수 있다는 사실을 알았기 때문이에요. 그건 제게 마음의 평화, 행복, 자기 존중, 그 모든 걸 의미했죠. 찰스 경이 관대하신 분이란 걸 알고 있었기 때문에 직접 부탁하면 틀림없이 도와주실 거라고 생각했죠."

"그런데 왜 가지 않은 겁니까?"

"그사이에 다른 분의 도움을 받았기 때문이에요."

"그렇다면 왜 찰스 경에게 편지로 그 사정을 설명하지 않았습니까?"

"다음 날 아침, 신문에서 그분이 돌아가셨다는 사실을 알게 돼서 보내지 않았던 거예요."

그녀의 대답은 앞뒤가 척척 맞아떨어져서 내가 아무리 질문을 퍼부어도 그녀를 흔들 수 없었다. 내가 할 수 있는 일이라고는 부인이 정말 이혼 소송을 냈는지, 그리고 그게 그 참극이 일어날 즈음이었는지 확인해 보는 정도가 고작이었다.

부인이 정말 바스커빌 저택에 갔으면서 안 갔다고 우기는 것 같지는 않았다. 거기까지 가려면 이륜마차를 타야 했을 것이고, 쿰 트레이시로 돌아왔을 때는 이른 새벽이었을 것이다. 그런 장시간에 걸친 외출을 몰래 할 수는 없었다. 부인의 말이 진실이거나 아니면 적어도 일부는 진실이라는 소리다. 나는 당혹스럽고 낙심해 그 집에서 나왔다. 여기 온 목적을 이

루려고 애를 쓸 때마다 나타나는 두꺼운 벽에 다시 부딪힌 느낌이었다. 어쨌든 그녀의 표정과 태도를 생각하면 할수록 뭔가 감추고 있다는 느낌이 들었다. 왜 부인의 얼굴이 그렇게 창백해졌을까? 왜 더는 어쩔 수 없어질 때까지 필사적으로 사실을 감추려 했을까? 왜 그 비극이 일어났을 때, 입을 다물고 있었을까? 분명 그녀가 내놓은 해명으로 봐서 그녀가 무고한 것처럼 느껴지진 않았다. 하지만 그녀에게서 더는 나올 것이 없었기에, 황야의 돌집들 사이에서 찾아야 하는 또 다른 단서로 돌아가야 했다.

하지만 그쪽도 모호해 보이긴 마찬가지였다. 마차를 타고 돌아오면서 고대인의 유적이 있는 구릉이 계속 나타났다가 사라지는 풍경을 바라보며 그 사실을 깨달았다. 배리모어가 한 말이라곤 그 낯선 남자가 저기 버려진 집 중 하나에 숨어 있다는 것뿐이었다. 그런데 이 황야에는 수백 개가 넘는 돌집이 흩어져 있었다. 하지만 나는 그 사람이 '검은 바위' 위에 서 있는 것을 본 경험이 있으니 찾을 수 있을 것이다. 그러니 거기를 중점적으로 조사하면 된다. 그 부근에 있는 돌집부터 뒤지다 보면 내가 원하는 것이 나올 것이다. 만약 그 남자가 돌집에 있다면, 필요할 경우 권총을 들이대고라도 그자의 정체가 무엇이며 왜 그렇게 오랫동안 우리를 미행했는지에 대해 직접 듣고 말겠다. 리젠트가에서는 혼잡한 인파 속으로 도망칠 수 있었지만, 인적이 드문 이 황야에서는 그럴 수 없을 것이다. 만약 돌집을 찾았는데 사내가 안에 없다면 그가 돌아올 때까지 아무리 오래 걸리더라도 기다리겠다. 홈스도 런던에서 그자를 놓쳤다. 스승의 적을 제자가 잡는다면 얼마나 뿌듯하겠는가.

이번 조사에서는 행운의 여신이 연거푸 우리를 외면하다 마침내 내 손을 들어 줬다. 그 행운의 전령은 다름 아닌 프랭클랜드 씨였다. 회색 구레나룻을 기르고 얼굴이 불그스레한 그 노인은 길가로 열리는 정원 문 앞에 서 있었는데, 쿰 트레이시에서 돌아오던 내가 그 앞을 지나친 것이다.

"안녕하세요, 왓슨 박사." 노인이 기대도 안 했는데 유쾌하게 인사했다.

"말들도 좀 쉬게 할 겸 안으로 들어가서 포도주로 축배 한 잔 듭시다."

그가 딸을 어떻게 대했는지 듣고 난 후라 노인에 대한 감정이 좋지는 않았지만, 퍼킨스와 마차를 저택으로 돌려보내고 싶었는데 마침 좋은 기회였다. 나는 마차에서 내려서 퍼킨스에게 저녁 식사 전까지는 걸어서 돌아가겠다고 헨리 경에게 전해 달라고 부탁했다. 그리고 프랭클랜드 씨를 따라 식당으로 들어갔다.

"오늘은 내게 아주 근사한 날이오. 나만의 축제일인 셈이지." 그가 껄껄 웃으며 말했다. "재판 두 건 다 승소했어요. 즉, 인근에 사는 사람들에게 법은 법이고, 법에 호소하는 걸 두려워하지 않는 사람도 있다는 점을 가르쳐 준 거야. 내가 미들턴 영감의 땅 한가운데, 그것도 현관에서 100미터도 떨어지지 않은 곳의 통행권을 획득했어요. 어떻게 생각해요? 왓슨 박사, 이제 그 거물들도 평민이 가진 토지에 대한 권리를 함부로 짓

밟을 수 없다는 사실을 알게 돼서 당황하겠지! 그리고 내가
페른워디 사람들이 소풍 오는 숲을 출입 금지 지역으로 만들
어 버렸어. 그 극악무도한 인간들은 토지 소유권이 있다는 생
각조차 못 하는 것 같아. 멋대로 몰려와서 종이랑 병을 함부
로 버리고 가거든. 두 사건 모두 내가 이긴 거로 판결이 났소,
왓슨 박사. 존 몰런드 경이 자기 소유의 토끼 사육장에서 총
질을 해 대서 주변 사람들에게 피해를 줬다고 소송을 걸어 이
긴 후로 이런 승리의 날은 처음이요."

"대체 어떻게 그렇게 하셨습니까?"

"이 책들을 읽어 봐요. 그럴 가치가 있다니까. 몰런드 소송
에 관한 내용인데 200파운드가 들었지만, 내가 승소했지."

"그래서 뭐 좋아진 게 있습니까?"

"아무것도 없어요, 박사. 난 사적인 이익을 보기 위해 소송
을 건 적은 한 번도 없다고 당당하게 말할 수 있어요. 그저 시
민의 의무를 지키기 위해 하는 거지. 예를 들어 오늘 밤 페른
워디 사람들은 나를 본떠 만든 인형을 불태울 테지. 전에도
한번 그런 부끄러운 짓을 하지 못하게 해 달라고 경찰에 부탁
한 적이 있었어. 왓슨 박사, 그런데 주 경찰이란 인간들은 가
증스럽게도 보호받아야 할 내 권리를 지켜 주지 않더군. 그 건
으로 페른워디 인간들에게 소송을 걸어 놨으니 어디 한번 두
고 보라지. 나를 그런 식으로 모욕하면 후회할 일이 생길 거라
고 했는데, 이미 내 말이 실현됐거든."

"어떻게요?" 내가 물었다.

노인이 다 안다는 표정을 지어 보이며 말했다.

"내게 녀석들이 알고 싶어 환장하는 정보가 있거든. 하지만 나는 어떤 식으로도 그 악당들을 돕는 일은 하지 않을 거요."

나는 처음에는 이런 뒷담화에서 벗어날 길을 찾았지만, 이 제 더 듣고 싶은 마음이 들기 시작했다. 청개구리 기질이 있는 이 괴팍한 노인은 내가 조금이라도 관심을 보이면 분명 입을 닫아 버릴 것이다.

"밀렵이라도 보셨나요?" 나는 무심하게 말했다.

"하하, 이 친구 보게. 그보다는 훨씬 더 중대한 일이에요! 황야로 도망간 죄수라면 어떻소?"

나는 그를 빤히 바라보다가 말했다. "설마 어디에 있는지 아 시는 건 아니겠지요?"

"정확한 장소는 모르지만, 경찰이 체포할 수 있도록 도울 수는 있어요. 그 탈옥수를 잡으려면 먹을 것을 어디서 구하 는지 알아내서 그것으로 추적하면 된다고 생각해 본 적은 없소?"

그는 분명 불편할 정도로 진실에 가까워지고 있는 것처럼 보였다.

"아마 그럴 것 같네요. 하지만 탈옥수가 황야의 어디쯤 있 는지 어떻게 아십니까?"

"내 눈으로 음식을 날라다 주는 사람을 봤으니까."

배리모어를 생각하자 심장이 철렁했다. 남의 일에 참견하기 좋아하고 심술궂은 이 노인이 이 일에 끼어들었으니 심각한 상황이었다. 하지만 노인의 다음 말을 듣고는 마음이 가벼워 졌다.

"한 소년이 그자에게 음식을 나른다는 걸 알게 되면 당신
도 놀랄 거요. 내가 지붕 위에 설치한 망원경으로 매일 그 아
이를 보고 있거든. 녀석은 매일 같은 시간에 같은 길을 지나가
니, 탈옥수 말고 누구에게 가겠냔 말이요."

정말 다행이다! 하지만 나는 궁금한 기색을 비치지 않으려
고 꾹 참았다. 소년이라! 배리모어도 어떤 소년이 그 낯선 사
내에게 물품을 공급한다고 말했다. 프랭클랜드가 우연히 발견
한 것은 그 낯선 사내에게로 가는 길이었지, 탈옥수에게로 가
는 길이 아니다. 노인의 정보를 빼낼 수만 있다면, 장시간 돌집
을 뒤지고 다니는 고생을 하지 않아도 될지 모른다. 하지만 지
금은 별 관심도 없고, 믿을 수도 없다는 반응을 보이는 것이
가장 좋은 작전이었다.

"그보다는 양치기 아들이 황야에 있는 아버지에게 식사를
가져다줄 가능성이 더 크지 않습니까?"

자기 의견에 조금만 반대해도 이 늙은 독재자는 벌컥 화를
냈다. 노인은 회색 눈에 독기를 품은 채 잿빛 수염을 성난 고
양이처럼 곤두세우며 말했다.

"아니라니까!" 노인은 넓게 펼쳐진 황야를 손으로 가리켰다.
"저쪽에 검은 바위산 보이시오? 그 건너편에 가시나무 덤불이
있는 낮은 언덕 보여요? 저기는 황야에서도 바위가 가장 많은
곳이오. 양치기가 저런 곳에 양들을 풀어놓겠어요? 정말 말도
안 되는 소리를 하는구려."

나는 잘 알지도 못하면서 멋대로 말했다고 순순히 사과했
다. 그런 내 태도에 흡족한 노인이 술술 입을 열었다.

"내가 그렇게 생각한 데는 확실한 증거가 있기 때문이란 걸 박사도 알게 될 거요. 내가 짐을 짊어지고 가는 아이를 한두 번 본 게 아니야. 하루에 한 번, 때로는 두 번도 봤는데…… 잠깐만, 왓슨 박사. 내가 지금 잘못 본 거요? 저 언덕 비탈에 지금 뭔가 움직이고 있는 것 같은데."

몇 킬로미터나 떨어진 곳이었지만 우중충한 녹색과 회색 풍경 속에 있는 작고 검은 점이 확실하게 보였다. 프랭클랜드가 계단으로 달려가며 말했다.

"어서 와요, 선생, 어서! 와서 직접 확인해 봐요!"

삼각대 위에 올려 둔 고성능 기계인 망원경이 평평한 지붕에 놓여 있었다. 노인이 그걸 들여다보고는 흡족해서 소리를 질렀다.

"빨리 와요, 왓슨 박사. 서두르지 않으면 언덕 너머로 지나가 버린다니까!"

거기에 정말 조그만 짐을 어깨에 짊어진 작은 소년이 천천히 언덕 위로 올라가고 있었다. 정상에 올라서자 누더기를 걸친 초라한 소년의 모습이 차갑고 푸른 하늘을 배경으로 뚜렷하게 보였다. 소년은 누군가에게 쫓기는 사람처럼 은밀하게 주위를 둘러보더니 언덕 너머로 사라졌다.

"와! 내 말이 맞죠?"

"그렇군요. 남몰래 심부름을 온 것 같군요."

"그게 무슨 심부름인지는 시골 순경이라도 알아낼 수 있을 거요. 하지만 나는 입도 벙긋 안 할 거야. 왓슨 박사도 절대 말하지 말아요. 한마디도 해서는 안 돼! 알겠죠!"

"말씀하신 대로 하겠습니다."

"그 인간들은 내게 창피를 줬어. 창피를 줬다고. 이번 고소로 사실이 밝혀지면 온 국민이 들고일어날 거요. 어쨌든 나는 어떤 식으로든 경찰을 돕지 않을 거요. 마을의 멍청이들이 내 인형이 아니라 나를 화형에 처한다 해도 콧방귀도 안 뀔 놈들이 바로 경찰이니까. 이런, 벌써 가는 건 아니겠죠! 이 위대한 승리를 축하하며 술병이 빌 때까지 마시다 가야지!"

나는 노인의 간청을 뿌리쳤고, 바스커빌 저택까지 같이 걸어가겠다고 노인이 고집을 피우는 걸 간신히 막았다. 나는 그가 보이는 곳까지만 길을 따라 걸은 후 황무지로 들어가서 아까 그 소년이 사라진 바위산으로 향했다. 매사 순조로운 이 상황에서 행운의 여신이 가져다준 이 절호의 기회를 피곤하거나 인내심이 부족하다는 이유로 놓칠 순 없었다.

언덕 정상에 올랐을 때는 해가 이미 저물기 시작했고, 내 밑에 있는 긴 비탈들 모두 한쪽은 금빛이 도는 푸른색으로 반짝이고 있었지만, 반대쪽은 회색 그늘이 드리워져 있었다. 멀리 하늘과 맞닿은 윤곽선에 연무가 낮게 깔려 있었고, 밸리버와 빅슨, 이 두 바위산이 연무를 뚫고 환상적인 자태를 드러냈다. 드넓은 황야에는 아무 소리도 아무 움직임도 없었다. 갈매기인지 마도요인지 알 수 없는 커다란 회색 새 한 마리가 푸른 하늘 위로 높이 날아갔다. 푸르고 거대한 하늘과 그 밑의 불모지 사이에 살아 있는 것이라고는 나와 그 새밖에 없는 것 같았다. 그 황량한 풍경, 쓸쓸한 정서, 미스터리와 내가 맡은 임무의 절박함에 어느새 내 마음이 서늘해졌다. 소년의 모습은 어디에서도 찾아볼 수 없었다. 단지 발아래 구릉 사이에 오래된 돌집들이 동그랗게 늘어서 있었고, 그 한가운데 비바람을 피할 수 있을 만큼 지붕이 남아 있는 집이 있었다. 그걸 보자 가슴이 뛰기 시작했다. 바로 저곳에 그 의문의 사내가 숨어 있을 것이 분명했다. 드디어 내가 그의 은신처를 찾아냈다. 이제 곧 사내의 비밀을 손에 넣게 될 것이다.

나는 앉아 있는 나비를 향해 잠자리채를 들고 살금살금 다가가는 스테이플턴처럼 조심스럽게 그 돌집에 다가갔다. 기쁘게도 역시나 사람이 사는 집이었다. 바위 사이로 희미하게 난 길이 문으로 이용하는 듯한 다 무너져 가는 구멍이 뚫린 곳까지 이어져 있었다. 안은 한없이 고요했다. 의문의 사내가 여기에 숨어 있을까? 아니면 황야를 돌아다니고 있을까? 모험에 대한 긴장으로 온몸이 따끔거리는 느낌이었다. 나는 담배를 던지고 권총을 손에 쥔 채 재빨리 문으로 가서 안을 들여다보았다. 집 안은 비어 있었다.

하지만 잘못 쫓아온 게 아니라는 증거가 사방에 널려 있었다. 여기에 분명히 그 남자가 살고 있었다. 신석기 시대 사람이 한때 누워 잠을 청했을 돌바닥 위에는 담요 몇 장이 돌돌 말려서 방수용 자루에 들어 있었다. 조그만 난로 안에는 불을 피우고 남은 재가 수북이 쌓여 있었다. 그 옆에 조리 도구와 물이 반쯤 담긴 양동이가 있었다. 빈 깡통들로 봐서 여기에 산 지 꽤 된 것 같았다.

바둑판무늬로 비치는 희미한 빛에 눈이 익자 구석에 작은 접시와 반쯤 남아 있는 술병이 보였다. 한가운데 식탁으로 쓰는 듯한 평평한 돌이 있었고, 그 위에 천으로 싼 작은 꾸러미가 있었다. 분명 아까 망원경으로 봤을 때 소년이 어깨에 짊어지고 있던 그 꾸러미일 것이다. 그 안에는 빵 한 덩이, 우설 통조림 한 개, 복숭아 통조림 두 개가 들어 있었다. 조사를 하고 음식들을 다시 싸려던 순간, 꾸러미 밑에서 뭔가 적힌 쪽지를 보고 가슴이 철렁했다. 나는 그걸 집어서 읽었다. 연필로 갈겨 쓴 글씨로 이렇게 적혀 있었다.

왓슨 박사가 쿰 트레이시에 갔음.

나는 한동안 그 쪽지를 손에 쥐고 이 짧은 메시지에 대해 생각했다. 그렇다면 이 의문의 사내가 감시하던 대상은 헨리 경이 아니라 나였다는 뜻인가? 그 사내는 직접 미행한 게 아니라 그 소년을 써서 내 뒤를 밟았고, 이것이 소년의 보고서였다. 아마 내가 황야에 발을 들인 순간부터 일거수일투족을 감시하고 보고하는 대상이 됐을지도 모른다. 언제나 눈에 보이지 않는 힘이 존재하고, 정교한 그물이 지극히 섬세하고 노련하게 우리를 죄어 오고 있다는 걸 느끼긴 했다. 그러나 그 그물이 너무나 가벼웠던 나머지 마지막 순간에야 걸렸단 걸 깨달은 것이다.

나는 보고서가 더 있을지도 모른다는 생각에 돌집 안을 뒤지기 시작했다. 하지만 다른 보고서는 흔적도 없었고, 이런 기묘한 곳에서 사는 사내의 성격이나 의도를 보여 줄 만한 물건도 발견되지 않았다. 다만 이 사내가 지극히 검소하게 살고 있으며 편안한 생활은 전혀 개의치 않는다는 사실만 알게 됐다. 그간 쏟아졌던 비를 생각하며 구멍이 숭숭 뚫린 이 집 지붕을 보니 이렇게 사람이 살기 힘든 곳에서 지내는 사내의 의지가 얼마나 강한지 알 수 있었다. 그는 우리에게 흉악한 적일까? 아니면 수호천사일지도 모른다. 그것을 알아내기 전까지는 이 돌집을 떠나지 않겠다고 나는 결심했다.

밖에선 태양은 낮게 기울어지고 있었고 서쪽 하늘은 주황색과 금색으로 불타오르고 있었다. 저물어 가는 해가 멀리 그림펜 늪지대에 흩어져 있는 조그만 늪을 붉게 물들였다. 바스커빌 저택의 탑 두 개도 보이고, 멀리 그림펜 마을에서 희미한 연기가 피어오르고 있었다. 언덕에 가려 보이지는 않지만, 그 사이에 스테이플턴의 집이 있었다. 황금빛 저녁 햇살 속의 모든 풍경이 고요하고 온화하며 아름다웠다. 하지만 눈으로는 그런 풍경을 보면서도, 내 마음은 임박한 상대와의 만남을 생각하며 불안과 공포로 떨고 있었다. 신경이 곤두섰지만 굳은 의지를 품고 돌집의 어두운 구석에 앉아 주인이 돌아오기를 끈기 있게 기다렸다.

마침내 그의 소리가 들렸다. 구두로 돌을 밟는 철컥철컥 날카로운 소리가 멀리서 들렸다. 한 걸음, 한 걸음 점점 더 가까워지고 있었다. 나는 가장 어두운 구석으로 물러나서 주머니 속에 있는 권총의 공이치기를 뒤로 당겼다. 의문의 사내가 모습을 드러내면 그때 나올 생각이었다. 긴 침묵이 흘렀다. 그가 멈췄다는 뜻이었다. 그러다 다시 발소리가 다가오더니 오두막 입구에 그림자가 떨어졌다.

"아름다운 저녁이야. 내 친구 왓슨. 안보다는 밖이 훨씬 더 편할 거야."

내가 너무나 잘 아는 목소리였다.

12
황야에서의 죽음

순간 숨이 멎는 것 같았고, 내 귀를 믿을 수 없었다. 가까스로 정신을 가다듬고 목소리가 돌아온 순간, 영혼을 무겁게 짓누르던 책임감이 휙 날아가 버린 느낌이었다. 저렇게 냉정하고 신랄하며 빈정대는 듯한 목소리는 세상에 단 하나밖에 없었다.

"홈스! 홈스지!" 내가 외쳤다.

"나오게. 제발 권총은 조심해 주고." 홈스가 말했다.

상체를 수그려 그 거친 문틀 밑을 통과해 밖으로 나오자 홈스가 바위 위에 걸터앉아 있었다. 놀란 내 얼굴을 바라보는 그의 잿빛 눈동자가 즐거워서 춤을 추듯 움직였다. 그는 조금 말랐고 지쳐 보였지만, 햇빛에 구릿빛으로 그을리고 바람에 시달려 거칠어진 모습은 여전히 예리하고 기민해 보였다. 트위드 슈트와 모자를 쓴 그의 모습은 황야를 여행하는 사람 같아 보였다. 그러나 고양이만큼 깔끔한 성격이라 이런 환경에서 용케도 베이커가에 있을 때처럼 깔끔하게 면도했고 리넨 셔츠도 깔끔하기 그지없었다.

"내 평생 누군가를 보고 이렇게 기뻤던 적은 없네." 나는 홈스의 손을 꼭 쥐며 말했다.

"이렇게 놀랐던 적도 없겠지?"

"그것도 그렇지."

"나도 자네만큼이나 놀랐어. 자네가 이 임시 은신처를 찾아낼 줄은 상상도 못 했고, 그 안에 있으리라곤 더 몰랐네. 입구에서 스무 걸음 떨어진 곳에 와서야 알았어."

"발자국을 보고 알았겠지?"

"아니야, 왓슨. 아무리 나라고 해도 세상의 수많은 발자국 중에서 자네의 발자국을 찾아낼 순 없어. 나를 정말 속이고 싶다면 담배 가게부터 바꿔야 해. '옥스퍼드가, 브래들리'라는 상표가 찍힌 꽁초를 보고 내 친구 왓슨이 왔다는 걸 알았으니까. 저기 길옆에 꽁초가 보일 거야. 이 텅 빈 돌집 안으로 뛰어들기 직전에 버렸겠지?"

"정확하네."

"그럴 줄 알았어. 그리고 자네가 감탄이 나올 정도로 인내심이 강하다는 건 알고 있었으니 안에서 총을 들고 주인이 돌아올 때까지 기다리고 있을 거라고 확신했네. 그런데 자네는 내가 정말 범죄자인 줄 알았나?"

"누군지는 몰랐지만, 반드시 밝혀내겠다고 생각했어."

"훌륭해, 왓슨! 그런데 나를 어떻게 찾아냈나? 탈옥수를 쫓던 날 밤에 봤나? 그때 내가 경솔하게 달을 등지고 서 있을 때?"

"그래, 그때 봤어."

"그래서 돌집을 샅샅이 뒤진 끝에 여기까지 온 거로군?"

"아니. 심부름하는 아이를 본 사람이 있었어. 그래서 어디를 찾아봐야 할지 알 수 있었지."

"그 망원경을 가진 늙은 신사겠지? 처음에는 렌즈 너머로 반짝이는 게 뭔지도 몰라봤다네."

홈스가 일어나서 집 안을 들여다보았다.

"아하, 카트라이트가 먹을 것을 가져다 놨군. 이 쪽지는 뭐지? 그래서 자네 쿰 트레이시에 다녀왔나?"

"그랬어."

"로라 라이언스 부인을 만나러?"

"그렇지."

"잘했네! 우리는 같은 방향을 향해 수사하고 있었군. 조사 결과를 합쳐 보면 그 사건을 꽤 선명하게 알아낼 수 있을 거야."

"자네가 와 줘서 정말 기뻐. 내가 맡은 책임은 너무나 막중하고 수수께끼는 도통 풀리지 않아서 스트레스가 이만저만이 아니었거든. 그런데 대체 자네가 어떻게 여기에 있는 건가? 그리고 여기에서 뭘 하고 있었어? 나는 자네가 베이커가에서 협박 사건을 해결하고 있는 줄 알았는데."

"자네가 그렇게 생각해 주길 바랐지."

"그럼 자네는 날 믿지 못해서 이용한 거로군? 나는 그래도 내가 이만하면 잘하는 줄 알았는데, 홈스." 울컥해진 내가 소리쳤다.

"내 소중한 친구. 자네는 다른 여러 사건과 마찬가지로 이번에도 아주 중요한 역할을 해 줬어. 내가 자네를 속인 것처럼 보였다면 용서해 주게. 사실 자네를 위해서도 내가 이렇게 행동한 걸세. 그리고 자네가 위험하다는 판단이 들어서 직접 여기 와서 사건을 조사하게 됐지. 내가 헨리 경과 자네와 함께 있었다면 내 생각도 자네와 같았을 거야. 그리고 내가 있다는 것이 알려지면 가공할 힘을 가진 우리의 적도 경계를 늦추지 않았겠지. 덕분에 나는 자유롭게 움직일 수 있었다네. 내가 저택에서 지냈다면 그렇게 하지 못했을 걸세. 이 사건에서 아무도 내 존재를 모르기 때문에, 중요한 순간 전력을 쏟아부을 수 있지."

"하지만 왜 나에게까지 숨겼던 건가?"

"밝혀 봤자 우리에게 도움이 될 건 없고 그러다 내가 발각됐을 거야. 자네는 이 사건에 관해 나와 이야기를 나누고 싶어 할 거고, 또 정이 많아서 이런저런 편의용품을 갖다주고 싶어 했을 걸세. 그렇게 쓸데없는 위험에 노출되는 거지. 그래서 카트라이트를 이리로 데려왔네. 속달 우편 취급 회사에 있던 그 아이 기억날 거야. 그 녀석이 빵이나 깨끗한 옷 같은 간단한 생필품을 가져다주고 있어. 이보다 더 바랄 수는 없지 않겠나? 카트라이트는 열심히 돌아다니면서 내 눈과 발이 되어 주고 있어. 아주 큰 도움이 된다네."

"그렇다면 내 보고서는 아무짝에도 쓸모가 없었겠군!"

보고서를 쓸 때의 고통과 완성했을 때의 뿌듯함이 떠올라

목소리가 떨렸다. 그러자 홈스는 주머니에서 편지 뭉치를 꺼냈다.

"여기에 자네 편지가 있네. 보게. 수도 없이 읽었어. 내가 이런저런 준비를 끝내주게 해서 하루 정도 늦기는 해도 다 놓치지 않고 받았어. 이렇게 까다로운 사건을 예리한 지성으로 열심히 조사해 줘서 대단히 훌륭해."

나는 아직도 홈스가 나를 속였다는 사실 때문에 속상했지만, 그의 따뜻한 칭찬에 분노가 사라졌다. 그가 한 말이 다 맞고, 그가 황야에 와 있다는 사실을 몰랐던 게 우리 목적을 위해선 최선이라고 느끼게 됐다.

"그러니 훨씬 낫군." 내 얼굴의 그늘이 걷힌 걸 보고 홈스가 말했다.

"이제 로라 라이언스 부인을 만난 결과를 들려주게. 자네가 그녀를 만나기 위해 거기에 갔다는 사실은 쉽게 짐작할 수 있었어. 이 사건과 관련해서 쿰 트레이시에 사는 사람 중에서 우리에게 도움이 될 사람은 그녀밖에 없다는 사실을 알고 있었으니까. 사실 자네가 오늘 가지 않았다면 아마 내일 내가 갔을 거야."

해는 이미 저물었고 어둠이 황야에 내려앉기 시작했다. 날이 추워져서 우리는 돌집 안으로 들어가 불을 피웠다. 주위를 물들이는 황혼 속에서 홈스와 함께 앉아 라이언스 부인과 나눈 이야기를 들려주었다. 홈스가 대단한 흥미를 느껴서 그가 만족할 때까지 두 번씩 이야기해야 했던 부분도 있었다.

"이건 아주 중대한 일일세. 복잡하기 짝이 없었던 이번 사건에서 좀처럼 메워지지 않았던 부분을 이것으로 메울 수 있게 됐어. 아마 자네도 알겠지만, 그 부인과 스테이플턴이라는 사람은 아주 친밀한 관계야." 내가 이야기를 마쳤을 때 홈스가 말했다.

"그건 몰랐네."

"그건 정말 확실해. 그 둘은 만나기도 하고, 편지를 주고받기도 하고, 둘이 완전히 뜻이 통했지. 좋았어, 이걸로 강력한 무기가 우리 손에 들어온 셈일세. 이걸 이용해서 그의 아내를 떼어 놓을 수만 있다면……"

"그의 아내라니?"

"자네가 지금까지 내게 준 정보에 대한 대가로 나도 하나 알려 주지. 여기에서는 스테이플턴의 동생으로 통하는 여자가 사실은 그의 아내일세."

"맙소사, 홈스! 그게 사실인가? 그렇다면 왜 헨리 경이 그녀에게 반했는데도 그자는 그냥 놔두고 있는 거지?"

"헨리 경이 사랑에 빠진다 해도 상처받는 건 경밖에 없으니까. 헨리 경이 그녀를 만지지 못하도록 그가 철저히 감시하고 있는 건 자네도 봐서 알지? 다시 말하지만, 그 여자는 아내이지 여동생이 아닐세."

"하지만 왜 그렇게 공을 들여 속이는 건가?"

"스테이플턴은 자기 아내가 자유로운 몸일 때 훨씬 더 이용 가치가 클 거라는 점을 내다본 거지."

지금까지 표현하지 않았던 내 직감과 희미한 의혹이 갑자기 그 박물학자를 중심으로 형체를 갖추기 시작했다. 밀짚모자를 쓰고 잠자리채를 손에 든 그 무표정하고 창백한 남자 안에 숨은 뭔가 끔찍한 것이 보이는 것 같았다. 웃는 얼굴 속에 살의를 숨긴 채, 무한한 참을성과 교활함을 갖춘 사내의 모습이었다.

"그렇다면 우리의 적은 스테이플턴인가? 런던에서 우리를 미행했던 것도 그 사람이고?"

"나는 그렇게 수수께끼를 풀었네."

"그렇다면 그 경고 편지는 아내가 보냈겠군!"

"그렇지."

오랫동안 내 이를 갈게 했던 괴물 같은 악당, 어둠 속에서 절반만 모습을 드러낸 채 나머지 반은 짐작만 할 수 있었던 그가 희미하게 형체를 드러냈다.

"정말 확실한가, 홈스? 그 여자가 아내라는 사실은 어떻게 알았나?"

"스테이플턴이 자네를 처음 만났을 때 깜박하고 진짜 경력을 잠깐 이야기했거든. 나중에 굉장히 후회했을 거야. 그 사람은 정말로 잉글랜드 북부에서 교사로 근무한 적이 있어. 세상에 교사보다 더 조사하기 쉬운 직업도 없어. 교사 소개소라는 곳이 여러 군데 있어서 단 한 번이라도 교사였던 사람의 신원은 쉽게 알아낼 수 있지. 옛날 어떤 학교가 끔찍한 환경 때문에 문을 닫게 됐어. 그 학교 주인 이름은 스테이플턴은 아니었지만, 아내와 함께 사라져 버렸네. 스테이플턴이 말한 것과 일치하지. 사라진 사람이 곤충학에 열정을 품은 사람이란 사실을 알게 됐을 때 누군지 알게 됐지."

어둠이 서서히 걷히고 있었지만, 그래도 여전히 어두웠다.

"만약 그 여자가 진짜 부인이라고 해도, 그게 로라 라이언스 부인과 무슨 상관인가?"

"거기에서 자네 조사가 빛을 발했네. 자네가 라이언스 부인과 이야기를 나눈 덕분에 이떤 상황인지 확실히게 보였어. 니는 라이언스 부인이 남편과 이혼을 도모한다는 사실은 모르고 있었어. 그렇다면, 그녀는 스테이플턴이 독신인 줄 알고 그와 결혼하려고 하는 것이 분명하네."

"부인이 속은 걸 알게 되면?"

"그럼 우리 편이 생기는 거지. 내일 당장 우리 둘이 부인을 찾아가 보자고. 그런데 왓슨, 자네가 보호해야 할 사람에게서 너무 멀리 떨어져 있지 않나? 자네가 있어야 할 곳은 바스커빌 저택이야."

서쪽 하늘에도 마지막까지 남은 저녁노을이 사라지고, 황야에 밤이 내려왔다. 자줏빛 하늘에 별들이 희미하게 반짝이고 있었다. 나는 자리에서 일어나면서 물었다.

"마지막으로 하나만 물어보겠네. 이제 우리 사이에 비밀이 있을 필요는 없겠지? 이게 다 뭔가? 스테이플턴은 대체 무엇을 바라는 거야?"

홈스가 어두운 목소리로 대답했다.

"살인일세, 왓슨. 아주 교묘하게 계획된 정교하고 냉혹한 살인일세. 자세한 얘기는 묻지 마. 스테이플턴이 헨리 경에게 쳐 놓은 그물을 잡아당기려는 것처럼, 나도 그자에게 쳐 놓은 그물을 조이고 있네. 자네가 도와줘서 그는 이제 거의 내 손아

귀에 들어왔어. 단, 우리에게 위협이 되는 위험이 하나 남았어. 우리 준비가 끝나기 전에 스테이플턴이 먼저 칠지도 몰라. 앞으로 하루, 잘해야 이틀 후면 이 사건을 마무리할 거야. 그때까지는 헨리 경을 다정한 엄마가 아픈 아이를 돌보듯 바짝 붙어서 보호해 주게. 오늘 자네는 임무를 달성했지만, 한편으로는 자네가 헨리 경 곁을 떠나지 않았으면 하는 마음도 있었어. 앗!"

끔찍한 비명이 들려왔다. 고요한 황야에서 갑자기 공포와 고통으로 가득 찬 외침이 오랫동안 울려 퍼졌다. 그 무시무시한 비명에 내 몸의 피가 얼어붙는 듯했다.

"맙소사! 저게 뭐야? 저게 무슨 뜻이야?" 내가 헉 소리를 내며 부르짖었다.

홈스가 벌떡 일어났다. 돌집의 문을 배경으로 그의 검고 탄탄한 몸의 윤곽이 보였다. 그는 어깨를 구부리고, 머리를 앞으로 쑥 뺀 채 어둠 속을 들여다봤다.

"쉿, 조용히!" 홈스가 속삭였다.

그 외침은 너무나 격렬했기 때문에 크게 들렸지만, 사실은 멀리 어두운 황야 어딘가에서 들려온 듯했다. 다시 비명이 우리 귀에서 폭발했는데 이번에는 좀 더 가깝고 좀 더 크고 좀 더 절박하게 들렸다.

"어디지?" 홈스가 속삭였고, 그 떨리는 목소리로 강철 같은 홈스도 영혼까지 흔들리는 걸 알 수 있었다.

"저쪽인 것 같아." 나는 어둠 속을 손가락으로 가리켰다.

"아니, 이쪽이야."

다시 고통에 찬 비명이 고요한 밤을 휩쓸고 지나갔다. 그 외침은 점점 커졌고 점점 더 가까워졌다. 그리고 새로운 소리가 그것과 섞여서 들렸다. 굵게 으르렁거리는 소리는 음악적이면서도 동시에 위협적으로 들렸다. 그 소리가 마치 낮고 잔잔하게 중얼거리는 파도 소리처럼 올라갔다 내려가기를 반복했다.

"그 사냥개! 가세, 왓슨! 맙소사, 우리가 이미 늦어 버린 건 아닐까?" 홈스가 외쳤다.

홈스는 황야를 향해 재빨리 달리기 시작했고, 나도 그 뒤를 따라갔다. 이번에는 우리 바로 앞에 있는, 여기저기 갈라진 땅에서 최후의 절망적인 비명이 울리더니, 뭔가 무거운 물건이 쓰러지는 것처럼 쿵 소리가 들렸다. 우리는 멈춰 서서 귀를 기울였다. 바람 한 점 불지 않는 답답한 밤의 묵직한 침묵을 깨는 그 어떤 소리도 나지 않았다.

나는 홈스가 마치 정신이 딴 데 팔린 사람처럼 이마에 손을 대는 모습을 봤다. 그는 땅에 발을 쾅쾅 굴러 댔다.

"놈에게 당했어, 왓슨. 우리가 너무 늦었어."

"아니야, 분명 그럴 리가 없어!"

"가만히 있었던 내가 바보였어. 왓슨, 자네가 경을 돌봐야 할 임무를 소홀히 해서 이런 일이 벌어졌어! 만약 최악의 사태가 벌어졌다면 우리가 놈에게 복수하겠어!"

우리는 아무것도 보이지 않는 어둠 속에서 바위에 부딪히기도 하고, 가시금작화 덩굴을 헤치고 지나서, 숨을 헐떡거리며 언덕을 올랐다가 내려가면서, 그 끔찍한 소리가 들려온 방향을 향해 달려갔다. 높은 곳에 올라갈 때마다 홈스는 간절한 얼굴로 주위를 둘러보았지만, 황야는 짙은 어둠에 잠겨 있었고, 그 음울한 곳에서 움직이는 건 하나도 없었다.

"보이는 게 있나?"

"아니."

"잠깐, 저게 뭐지?"

낮은 신음이 우리 귀에 들렸다. 그러다 왼쪽에서 다시 들렸다! 그쪽은 돌이 흩어져 있는 비탈이 내려다보이는 바위 절벽이었다. 그 뾰족뾰족한 비탈에 어떤 검고 비정상적인 물체가 날개를 펼친 독수리처럼 축 늘어져 있었다. 서둘러 내려가 보니 그 희미한 윤곽이 확실한 형체로 드러났다. 어떤 남자가 땅에 얼굴을 댄 채 쓰러져 있었는데 고개가 안쪽으로 끔찍한 각도로 꺾여 있었고, 마치 공중제비를 돌리던 것처럼 어깨와 몸이 둥글게 굽어 있었다. 너무나도 기괴한 그 모습에 조금 전에 들은 그 신음이 그의 영혼이 빠져나가는 소리였다는 사실도 나는 깨닫지 못했다. 우리가 그 옆에 구부정하게 앉았을 때, 그 시커먼 사람은 꼼짝도 하지 않았고 아무 소리도 나지 않았다. 홈스가 사내에게 손을 대서 안아 일으키려다가 공포에 찬 비명을 질렀다. 그가 성냥에 불을 붙이자 그의 피묻은 손가락들과 피해자의 으깨진 머리에서 천천히 흘러내린 핏물이 웅덩이를 이루고 있는 모습도 드러났다. 그 성냥불에 비친 뭔가를 보고 우리는 비탄에 잠겼다. 그것은 헨리 바스커빌 경의 시체였다!

우리는 그 붉은 트위드 슈트를 잊을 수가 없었다. 그것은 베이커가에서 우리가 처음 만난 날 아침, 헨리 경이 입고 있던 바로 그 옷이었으니까. 그것을 분명하게 본 순간, 마치 우리의 영혼에서 희망이 빠져나가 버린 것처럼 성냥불이 흔들리면서 꺼졌다. 홈스가 신음했다. 어둠 속에서 그의 얼굴이 허옇게 보였다.

"그 짐승! 그 짐승이야! 아, 홈스! 헨리 경이 이렇게 되도록 내버려 둔 나를 절대 용서할 수 없네." 나는 주먹을 쥐고 외쳤다.

"아니, 자네보다는 내 잘못이 더 커, 왓슨. 사건을 완벽하게 해결하려다가 의뢰인의 목숨을 내동댕이치고 말았어. 탐정 일을 시작한 이래 가장 큰 충격을 받았어. 하지만 도무지 알 수가 없군. 왜일까? 내가 그렇게 경고했는데도 경은 왜 혼자서 황야에 나왔을까?"

"헨리 경의 비명을 우리 귀로 듣다니……. 맙소사, 그 비명! 그 소리를 듣고도 왜 그를 구할 수 없었을까? 그를 뒤쫓아 죽게 만든 악마 같은 개는 어디에 있을까? 지금 이 부근의 바위 사이에 숨어 있을지도 모르네. 그리고 스테이플턴, 그자는 어디에 있지? 그가 꼭 대가를 치르도록 하겠어."

"그는 대가를 치를 거야. 내가 그렇게 만들고 말겠어. 큰아버지와 조카가 살해당했어. 큰아버지는 그것을 본 것만으로도 마견이라고 착각해서 겁에 질려 죽었어. 조카는 그것을 피하려고 정신없이 도망치다 죽었고. 하지만 이제 우리는 그자와 개가 관계가 있다는 점을 입증해야 하네. 아까 그 소리 말고는 그 개가 정말 있다는 증언조차 할 수 없는 상황이야. 헨리 경이 추락해서 죽은 것만은 확실하네. 하지만 맙소사, 정말 교활하기 짝이 없는 놈일세. 하지만 내일까지 놈을 꼭 잡고 말겠어!"

우리는 비통한 마음을 품은 채 그 망가진 시신 옆에 섰다. 오랫동안 고생했는데 너무나 갑작스러운 이 참극에 우리는 멍해져 있었다. 그러다 달이 떴을 때 우리는 가엾은 친구가 굴러떨어진 바위 절벽 위로 기어올랐다. 정상에서 우리는 절반은 은색 달빛이 비치고, 절반은 어둠에 잠긴 황야를 내려다봤다. 몇 킬로미터나 떨어진 머나먼 그림펜 쪽에서 노란 불빛 하나가 계속 반짝였다. 그것은 황야에 외따로 떨어진 스테이플턴의 집에서 흘러 나오는 불빛이었다. 나는 그 불빛을 바라보면서 주먹을 흔들며 외쳤다

"왜 당장 놈을 잡아선 안 되는 거지?"

"우리 조사로는 부족해. 그자는 극도로 경계심이 강한 데다 교활하거든. 우리가 알고 있는 사실이 중요한 게 아니라 우리가 뭘 입증할 수 있느냐가 관건이야. 한 발만 삐끗해도 놈은 잽싸게 도망칠 거야."

"이제 우리는 뭘 해야 하나?"

"내일은 해야 할 일이 많네. 오늘 밤에는 저 가엾은 친구에게 마지막 예우를 표하는 거밖에 없어."

우리는 절벽 밑으로 내려가서 달빛을 받아 은빛으로 빛나는 바위 사이에 누워 있는 시커먼 시신에 다가갔다. 고통에 뒤틀린 손발을 보자 가슴이 찢어질 것 같고, 눈에는 눈물이 고여 흐릿해졌다.

"사람을 불러야겠네, 홈스! 우리 둘이서는 시신을 저택까지

도저히 옮길 수가 없겠어. 맙소사, 자네 미쳤나?"

홈스가 소리를 지르면서 시신 위로 허리를 숙였다. 그러다 이제는 덩실덩실 춤을 추면서 내 손을 잡아 비틀고 있었다. 이 사람이 근엄하고 자제심이 강한 내 친구란 말인가? 이건 분명 숨어 있던 광기일 것이다!

"수염이야! 턱수염! 이 사람은 턱수염이 있어."

"턱수염이라고?"

"이 사람은 헨리 경이 아니야. 이 사람은…… 이런, 내 황야의 이웃, 탈옥수로군!"

우리가 허겁지겁 시신을 똑바로 눕히자 차갑고 선명한 달빛 아래 피가 뚝뚝 떨어지는 수염이 보였다. 튀어나온 이마, 움푹 들어간 야수 같은 눈을 보자 의심의 여지가 없었다. 그는 바위틈에 켜 둔 촛불 속에서 나를 노려보던 사내, 범죄자 셀든이 분명했다.

그 순간 이 상황이 분명하게 이해됐다. 집사인 배리모어에게 자신의 헌 옷을 줬다던 헨리 경의 말이 기억났다. 베리모어는 처남의 탈주를 돕기 위해 그것을 셀든에게 준 것이다. 구두, 셔츠, 모자 등 다 헨리 경이 쓰던 것이었다. 이 일은 여전히 어두운 비극이었지만, 어쨌든 이자는 이 나라 법에 따라 사형을 당하고도 남을 자였다. 나는 홈스에게 이 이야기를 들려줬고, 내 마음은 감사와 환희로 가득 찼다.

"그럼 이 사람은 이 옷 때문에 죽은 거군. 틀림없이 그 개에게 헨리 경의 소지품 냄새를 맡게 했겠지. 십중팔구 호텔에서 사라진 구두였을 거야. 그래서 개가 이자를 뒤쫓았던 거지. 하지만 이상한 점이 한 가지 있네. 어둠 속에서 셸든은 개에게 쫓긴다는 사실을 어떻게 알았을까?"

"개가 쫓아오는 소리를 들었겠지."

"황야에서 개의 소리를 들었다고 해서 대담한 탈옥수가 그렇게 공포에 사로잡혀서 다시 잡힐지도 모르는데 도와달라고 미친 듯이 비명을 질렀을까? 그가 지른 비명으로 봐서 개가 자기를 쫓고 있다는 걸 깨닫고 상당히 오래 도망친 것 같은데. 개가 온 건 어떻게 알았지?"

"그보다 더 모르겠는 건, 우리가 추측한 것이 다 맞다고 쳐도 왜 그 사냥개가……."

"난 아무것도 추측하지 않아."

"어쨌든 왜 하필 오늘 밤에 개를 풀어놓은 걸까? 항상 풀어놓지는 않는 것 같은데. 헨리 경이 황야에 있다고 생각하지 않았다면 스테이플턴이 개를 풀어놓았을 리가 없을 텐데?"

"내 의문은 그보다 더 까다롭지만, 자네 의문에 대한 답은 금방 찾을 수 있을 것 같네. 내 의문은 영원히 미스터리로 남을지도 모르지만. 어쨌든 지금 문제는 이 불쌍한 사내의 시신을 어떻게 해야 하느냐는 거야. 이대로 놔두면 여우와 까마귀의 먹잇감이 되고 말 텐데."

"돌집에 옮겨 두고 경찰에 연락하면 어떨까?"

"좋은데. 거기까지는 우리 둘이 옮길 수 있을 거야. 와우, 왓슨, 저게 누구야? 본인이 직접 나섰군. 정말 간도 크지. 자네의 의심이 드러날 말은 한마디도 하지 말게. 절대로. 안 그러면 내 계획은 다 허사가 되고 마네."

누군가 황야를 지나 우리에게 다가오고 있었다. 흐릿하고 붉은 담배 불빛이 보였다. 달빛을 받은 그의 키가 삭고 말쑥한 몸과 경쾌한 걸음걸이를 볼 수 있었다. 박물학자는 우리를 본 순간 멈춰 섰다가 다시 우리를 향해 걸어왔다.

"아니, 왓슨 박사님이 아니십니까? 이런 밤중에 황야에서 뵙게 될 줄은 몰랐습니다. 아니, 맙소사. 이게 뭡니까? 누가 다쳤나요? 설마 우리의 친구인 헨리 경은 아니겠지요!" 스테이플턴이 서둘러 내 옆을 지나가 시신 위로 허리를 숙였다. 헉, 하고 숨을 들이마시는 소리가 들렸고 그의 손가락에서 담배가 떨어졌다.

"누구, 이게 누구죠?" 그가 더듬거리며 물었다.

"셀든입니다. 프린스타운 교도소에서 탈옥한 자죠."

스테이플턴은 고개를 돌려 송장처럼 창백한 얼굴로 우리를 바라봤지만, 초인적인 노력을 기울여 놀라움과 실망을 이겨 냈음을 알 수 있었다. 그는 홈스와 나를 사나운 시선으로 바라봤다.

"맙소사! 이 무슨 충격적인 일이란 말입니까! 이자는 어떻게 죽었죠?"

"이 바위 절벽에서 떨어져 목이 부러진 듯합니다. 우리가 황야를 산책하고 있는데 비명이 들렸습니다."

"저도 들었습니다. 그래서 여기까지 와 본 겁니다. 헨리 경이 걱정돼서요."

"왜 헨리 경을 걱정하시는 거죠?" 나는 이렇게 물어보지 않을 수 없었다.

"오늘 밤에 헨리 경을 초대했는데 오시지 않아서 놀랐거든요. 그래서 경이 안전하신지 자연스럽게 걱정이 됐다가 황야에서 비명을 들은 겁니다. 그런데," 그의 시선이 내 얼굴에서 홈스 얼굴을 바쁘게 오갔다. "혹시 비명 말고 다른 소리는 듣지 못했습니까?"

"아뇨. 당신은 들었나요?" 홈스가 말했다.

"저도 못 들었습니다."

"그렇다면 왜 그런 질문을 하는 겁니까?"

"아, 선생님도 농부들이 유령 사냥개가 나타난다고 떠드는 이야기들을 아실 겁니다. 밤이면 황야에서 울부짖는 소리가 들린다고요. 혹시 오늘도 그 소리가 들렸나 해서요."

"그런 소리는 전혀 듣지 못했습니다." 내가 대답했다.

"그렇다면 이 사내는 왜 죽었을 거라고 보십니까?"

"발각될 지도 모른다는 두려움과 불안 때문에 미쳐 버렸겠지요. 그렇게 정신 나간 상태로 황야를 달리다가 결국 절벽에서 떨어져서 목이 부러진 것 같습니다."

"그게 가장 타당한 이론일 것 같군요." 스테이플턴은 그렇게 말하고 한숨을 쉬었는데 내 생각에는 안도의 한숨 같았다.

"셜록 홈스 선생님은 어떻게 생각하십니까?"

내 친구가 고개를 숙여 찬사를 표했다.

"제가 누구인지 알아채시다니 예리한 분이군요."

"왓슨 박사님이 오신 다음부터 우리는 홈스 선생님이 오시기만을 기다리고 있었거든요. 마침 오시자마자 이런 비극을 보게 됐네요."

"정말 그렇습니다. 나도 왓슨의 이론이 맞는다고 생각합니다. 내일 안 좋은 기억을 안고 런던으로 돌아가겠군요."

"오, 내일 돌아가십니까?"

"네, 그럴 생각입니다."

"홈스 선생님이 오셨으니 우리를 골치 아프게 한 사건들에 대한 단서를 찾으셨기를 바랍니다."

홈스는 어깨를 으쓱했다.

"바란다고 해서 항상 성공할 수만은 없죠. 수사에 필요한 건 사실이지 전설이나 소문이 아닙니다. 그래서 이번 사건은 만족스럽지 않군요."

홈스는 솔직하면서도 극히 무심한 투로 말했다. 스테이플턴은 계속 홈스를 뚫어지게 바라보다가 잠시 후에 내게로 시선을 돌렸다.

"이 사람을 우리 집으로 옮기고 싶지만 그러면 동생이 무서워할 테니 그럴 순 없겠네요. 얼굴을 덮어 두면 아침까지는 괜찮을 겁니다."

그래서 그렇게 하기로 했다. 자기 집에 들렀다 가라는 스테이플턴의 권유를 거절하고, 홈스와 나는 바스커빌 저택을 향해 출발했다. 뒤돌아보니 넓은 황야를 천천히 걸어가는 스테이플턴의 모습이 보였다. 그의 뒤에는 은빛으로 반짝이는 경사면에 너무나 참혹한 죽음을 맞이한 사내가 검은 얼룩으로 남아 있었다.

13
그물을 치다

"마침내 놈이 거의 우리 손아귀로 들어왔어." 황야를 같이 걸어가면서 홈스가 말했다. "정말 배짱 하나는 알아줘야 할 사내군! 자신이 꾸민 음모에 엉뚱한 사람이 당했다는 사실을 알게 되면 보통 넋이 나가 버릴 텐데 그 와중에 정신을 차리고 사태를 수습하다니. 왓슨, 런던에서도 말한 적이 있지만 정신 바짝 차리고 상대해야 할 무서운 놈이야."

"그자가 자네를 봐 버려서 유감이군."

"처음에는 나도 그렇게 생각했어. 하지만 내게서 아무것도 알아낸 게 없잖나."

"자네가 온 걸 알고 놈이 계획을 변경할까?"

"전보다 더 경계하거나 아니면 될 대로 되라는 식으로 행동할지도 모르지. 대부분의 영악한 범죄자처럼, 놈도 자기 머리를 과신해서 우리를 완벽하게 속였다고 생각할지도 몰라."

"왜 놈을 당장 잡아들이면 안 되나?"

"왓슨, 자네는 타고난 행동가군. 자네는 본능적으로 항상 활기차게 움직여야 직성이 풀리지. 하지만 한번 이렇게 생각해 보자고. 우리가 오늘 밤 저자를 체포했다고 치세. 그런다고 그게 우리에게 무슨 득이 되나? 그자가 범인이란 걸 입증할 수 있는 게 하나도 없잖아? 그래서 놈이 악마처럼 교활하다는 거야! 만약 저자를 대신해서 움직이는 사람이 있다면 증거를 한두 개 잡을 수도 있지만, 그 거대한 개를 잡아들여도 그게 주인의 목을 묶을 끈이 되지는 않아."

"우리에겐 실제 사건이 생겼잖아?"

"아니, 범죄의 기미도 보이지 않잖아. 있는 거라고는 추측과 짐작뿐이야. 이런 이야기와 증거를 법정에서 제시하면 우리는 웃음거리가 될걸세."

"찰스 경이 죽었잖아."

"외상이 하나도 없는 시체로 발견됐지. 자네와 나는 찰스 경이 공포로 인해 죽었다는 사실을 알고, 그 공포의 원인도 알고 있어. 하지만 멍청한 배심원 열두 명은 어떻게 납득시킬 건가? 개가 있었다는 증거는? 이빨 자국은 어디 있는데? 물론 우리는 사냥개가 시신에는 덤벼들지 않는다는 것을 알고 있지. 찰스 경은 개가 달려들기 전에 죽었고. 하지만 그 모든 사실을 다 입증해야 하는데, 우린 그럴 만한 처지가 아니야."

"그렇다면 오늘 밤에 있었던 일은 어떤가?"

"오늘 일도 다를 거 없어. 사냥개와 탈옥수의 죽음을 연결

할 게 없으니까. 우린 그 개를 보지도 못했고. 소리는 들었지만, 개가 그 사내를 뒤쫓았다는 사실을 증명할 길이 없어. 동기도 없고. 아니, 친구, 지금은 범죄가 일어났다는 사실마저 입증할 수 없다는 점을 감수해야 해. 그걸 입증하려면 어떤 위험이든 받아들일 각오를 해야 하고."

"그럼 이제 어떻게 할 건가?"

"로라 라이언스 부인에게 사정을 잘 설명해서 부인이 우리를 도와주기를 간절히 바라고 있네. 내게도 계획이 있어. 내일 일은 내일 생각하기로 하지. 어쨌든 내일이 가기 전에 결국 내가 승기를 잡을 수 있기를 바라고 있네."

더는 홈스에게서 아무 말도 들을 수 없었다. 그는 생각에 잠긴 채 바스커빌 저택의 문 앞에 이를 때까지 묵묵히 걸었다.

"같이 들어갈 거지?"

"그래, 더 이상 숨어 있을 이유가 없지. 한 가지만 부탁함세, 왓슨. 헨리 경에게 사냥개 이야기는 하지 말게나. 셀든의 죽음은 자네가 스테이플턴에게 말한 내용 그대로 전하자고. 그러면 내일 헨리 경이 시련을 겪어야 할 때 좀 더 굳건하게 대처할 수 있을 테니까. 자네 보고서에 나온 것처럼 내 기억이 맞는다면, 헨리 경은 내일 스테이플턴 남매와 저녁을 같이 먹겠지."

"맞아. 나도 초대받았어."

"그럼 자네는 무슨 핑계든 만들어서 헨리 경을 혼자 가게 해. 그건 어렵지 않을 거야. 이제 너무 늦지 않았다면 저녁 식사에 참석하도록 하지. 우리 둘 다 시장하니까 말이야."

헨리 경은 셜록 홈스의 얼굴을 보고 놀라기보다는 기뻐했다. 최근 며칠 동안 여러 사건이 일어났으니 홈스가 런던에서 와 주기를 기대했기 때문이다. 하지만 홈스가 짐도 가져오지 않았고, 그 이유도 설명하지 않아서 헨리 경은 이상하게 생각한 것 같았다. 헨리 경과 내가 당장 홈스에게 필요한 것들을 챙겨 주고 늦은 저녁을 먹으면서 오늘 있었던 일 중에 헨리 경이 알아야 할 것들만 추려서 이야기해 주었다. 다만 그전에 나는 배리모어 부부에게 셀든의 죽음을 알리는 괴로운 일을 해야 했다. 배리모어 집사는 안도했을지도 모르지만, 배리모어 부인은 앞치마에 얼굴을 묻고 통곡했다. 온 세상 사람들에게 셀든은 폭력적인 사람이자 반은 짐승이고 반은 악마인 자였지만, 그녀에게는 어렸을 때부터 변함없이 귀여운 고집쟁이이자 자신을 따르던 동생이었다. 자신의 죽음을 슬퍼해 줄 여자가 하나도 없는 남자야말로 진짜 악마일 것이다.

"오늘 아침에 왓슨 씨가 외출한 뒤로 집에서 쭉 우울하게 지냈습니다. 약속을 지켰으니 칭찬 좀 해 주시죠. 혼자 외출하지 않겠다고 약속하지 않았다면, 좀 더 즐거운 저녁 시간을 보냈을 텐데요. 스테이플턴 씨가 놀러 오라고 전갈을 보냈거든요."

"분명히 즐거운 저녁이 되었을 겁니다. 그건 그렇고, 아까 절벽에서 떨어져 목이 부러져 죽은 사람이 헨리 경인 줄 알고 우리가 무척 슬퍼했던 사실은 모르시겠군요." 홈스가 건조하게 대꾸했다.

헨리 경이 놀라 눈을 둥그렇게 떴다. "어째서 그런 일이 일어났죠?"

"그 가엾은 사내가 경의 옷을 입고 있었거든요. 그 옷을 건네준 집사가 경찰에 연행될지도 모르겠습니다."

"그럴 일은 없을 겁니다. 내 기억으로 내 것이란 표시는 없었으니까요."

"그렇다면 다행이군요. 사실, 경도 아주 운이 좋았어요. 이번 일은 여러분 모두 경찰 조사를 받을 수 있었어요. 양심적인 형사라면 이 집 사람들을 모두 체포했을지도 몰라요. 왓슨의 보고서가 유죄를 입증하는 결정적인 단서가 되겠죠."

"사건 수사는 어떻게 되어 가고 있습니까? 엉망으로 뒤엉킨이 사건을 풀 만한 실마리를 잡으셨습니까? 나나 왓슨 씨는여기에 온 뒤로 사건에 대해 더 잘 알게 된 것 같지도 않습니다." 헨리 경이 물었다.

"머지않아 상황을 좀 더 분명하게 설명할 수 있을 겁니다. 굉장히 난해하고 복잡한 사건이었고, 몇 가지 밝혀야 할 점이있지만. 곧 해결될 것 같습니다."

"이미 왓슨 씨에게 들으셨겠지만, 우리도 기이한 일을 하나겪었습니다. 황야에서 사냥개의 소리를 들었어요. 그러니 모든 걸 터무니없는 미신으로만 치부할 순 없습니다. 미국 서부에 있을 때 개를 키워 봐서 개 짖는 소리는 잘 압니다. 선생님이 그 개에 재갈을 물리고 사슬로 묶어 놓을 수만 있다면, 맹세컨대 역사상 최고의 탐정이 되실 겁니다."

"경이 도와주신다면 제가 그 개에게 재갈을 물리고 사슬로묶어 놓겠습니다."

"뭐든 말씀만 하시면 그대로 하겠습니다."

"아주 좋습니다. 한 가지 청이 있는데, 이유는 묻지 말고 내 말대로 해 주세요."

"그렇게 하겠습니다."

"경이 그렇게 해 주시면 우리의 사소한 문제는 곧 해결될 겁니다. 분명……." 홈스는 갑자기 말을 멈추고 내 머리 위 허공을 뚫어져라 바라봤다.

램프 불빛이 홈스의 얼굴을 비추었다. 뭔가에 몰두해서 미동도 없이 딱딱하게 굳어 버린 그 얼굴은 그리스 조각 같았다. 그 얼굴에 강한 경계심과 기대가 스쳐 지나갔다.

"무슨 일이야?" 나와 헨리 경이 동시에 물었다.

고개를 숙인 홈스의 얼굴을 보자 그가 마음속에서 솟구치는 강한 감정을 억누르고 있다는 사실을 알 수 있었다. 그의 표정은 여전히 차분했지만, 그 눈이 기쁨으로 빛나고 있었다. 그가 정면의 벽에 나란히 걸려 있는 초상화를 가리키며 말했다.

"그림에 감탄하느라 정신없었던 점을 용서해 주십시오." 홈스는 식당 맞은편 벽에 죽 걸려 있는 초상화들을 향해 손을 흔들어 보이며 말했다. "왓슨은 내가 미술에는 문외한이라고 말하지만, 그건 그저 질투일 뿐입니다. 그림을 보는 관점이 다른 거죠. 저 초상화들은 정말 훌륭하네요."

"흠, 그렇게 말씀해 주셔서 기쁩니다." 헨리 경이 놀란 표정으로 내 친구를 바라봤다. "이 그림들에 대해 잘 아는 척하진 않겠습니다. 전 그림보다는 말이나 소를 더 잘 보니까요. 홈스 선생님이 이런 것에 관심이 있는 줄은 몰랐습니다."

"좋은 작품은 보면 알 수 있죠. 지금 제 눈앞에 근사한 작품들이 있네요. 저쪽에 푸른 비단옷을 입은 부인은 틀림없이 넬러²⁾의 그림이겠죠? 그리고 가발을 쓴 뚱뚱한 신사는 레이놀즈³⁾의 솜씨로군요. 전부 가족들의 초상화인 모양입니다."

"네, 다 그렇습니다."

"이름을 다 알고 있나요?"

"배리모어가 가르쳐 줬고 제가 또 잘 배웠답니다."

"손에 망원경을 들고 있는 사람은 누구입니까?"

"바스커빌 해군 소장입니다. 서인도제도에서 로드니 제독 밑에서 근무했습니다. 파란 코트를 입고 두루마리를 들고 있는 분은 윌리엄 바스커빌 경입니다. 윌리엄 피트 수상 시대에 하원에서 의장을 지냈죠."

"그럼 저의 맞은편에 보이는 저 기사는 누구입니까? 레이스가 달린 검은 벨벳으로 만든 옷을 입고 있는 사람이요."

"아하, 저 사람이야말로 선생님이 알 권리가 있는 사람이죠. 바로 이 모든 재앙의 원인 제공자인 사악한 휴고입니다. 바스커빌가의 전설을 시작한 사람이니 잊으려 해도 잊을 수가 없습니다."

나는 놀라움과 흥미가 섞인 눈빛으로 그 초상화를 바라보았다.

"세상에! 이렇게 봐서는 조용하고 온순해 보이는데요. 하지

---

2) 고드프리 넬러(Godfrey Kneller, 1646~1723). 독일 출신의 영국 초상화가.
3) 조슈아 레이놀즈(Joshua Reynolds, 1723~1792). 영국 화가. 1784년에 수석 궁정 화가로 임명되었다.

만 눈에 악마가 깃들어 있군요. 난 좀 더 건장하고 악당처럼 생긴 사람일 줄 알았습니다." 홈스가 말했다.

"이것은 분명 휴고의 초상화입니다. 그림 뒤에 이름과 1674년이라는 연도가 적혀 있거든요."

홈스는 더는 말하지 않았지만, 늙은 술고래의 초상화에 매료되었는지 식사하면서 계속 그 그림을 뚫어져라 바라봤다. 시간이 좀 흐른 후에 헨리 경이 자기 방으로 돌아가고 난 뒤에야 그가 무슨 생각을 했는지 알 수 있었다. 홈스는 침실에서 초를 가져오더니 나를 식당으로 다시 데려가 낡고 오래된 그 초상화를 촛불로 비췄다.

"뭔가 보이는 거 없나?"

나는 깃털 장식이 달린 챙이 넓은 모자, 어깨까지 늘어뜨린 곱슬머리, 하얀 레이스가 달린 깃에 둘러싸인 보수적이고 엄숙한 얼굴을 들여다보았다. 잔인한 외모는 아니었지만 굳게 다문 얇은 입술과 차갑고 옹졸해 보이는 눈은 깐깐하면서도 냉정하고 엄격해 보였다.

"자네가 아는 누군가와 닮지 않았나?"

"턱선이 헨리 경과 비슷한 것 같은데."

"그냥 짐작해 보는 거지 뭐. 하지만 잠깐만 기다리게!" 의자 위로 올라간 홈스는 왼손에 든 초로 그림을 비추며 오른손을 들어 커다란 모자와 긴 곱슬머리를 가렸다.

"아니, 이건!" 나는 놀라 소리를 질렀다.

캔버스 속에서 갑자기 스테이플턴의 얼굴이 튀어나왔다.

"하, 이제야 보이나 보군. 나는 장식품이 아니라 사람의 얼굴만 관찰하는 훈련을 해 왔네. 변장한 사람의 정체를 알아차리는 능력은 범죄 수사관이 가장 먼저 갖춰야 할 자질이지."

"하지만 이건 정말이지 놀라워. 스테이플턴의 초상화라고 해도 되겠어."

"그렇지. 육체와 영혼에 다 나타나는 격세 유전의 흥미로운 예로 봐도 좋겠어. 일족의 초상화를 조사해 보면 정말로 환생을 믿게 된다니까. 스테이플턴은 분명 바스커빌가의 사람일 걸세."

"재산 상속을 노리고 꾸민 음모일까?"

"그렇지. 우연히 이 그림을 보게 된 덕분에 우리는 가장 뻔하면서도 찾기 힘들었던 연결 고리를 찾아냈네. 드디어 놈을 잡았어, 왓슨. 놈을 잡았다고. 내가 감히 말하는데, 내일 밤이 되기 전에 녀석은 자기가 잡은 나비들처럼 우리의 그물에 걸려 날개를 펄럭이고 있을 걸세. 놈에게 핀을 찔러서 코르크에 고정하고 그 밑에 카드를 써서 베이커가에 있는 표본에 추가해 주겠어."

그림 앞에서 돌아서면서 홈스로서는 드물게도 큰 소리로 웃음을 터뜨렸다. 그가 웃는 모습은 자주 볼 수 없었지만, 그럴 때마다 누군가에겐 불운이 찾아왔다.

다음 날 아침, 나는 일찍 일어났지만, 홈스는 좀 더 일찍 일어나 있었다. 내가 옷을 갈아입고 있는데 마차가 다니는 진입로로 집으로 돌아오는 홈스의 모습이 보였다.

"오늘은 바쁜 하루가 될 거야." 그는 그렇게 말하면서 기뻐서 손을 비볐다. "이미 그물은 쳐 뒀으니 이제 끌어올리기만

하면 돼. 오늘이 지나기 전에 턱이 날렵한 커다란 꼬치고기가 걸릴지, 아니면 그물을 뚫고 도망칠지 알 수 있을 걸세."

"벌써 황야에 다녀왔나?"

"그림펜에 가서 프린스타운 교도소에 셀든의 죽음을 알리고 왔다네. 그 일로 자네들이 말썽에 휘말리는 일은 없을 거라고 내 약속하지. 나의 충직한 부하인 카트라이트에게도 연락했어. 내가 무사하다는 사실을 알리지 않으면, 주인의 무덤 곁을 떠나지 않는 충실한 개처럼 그 돌집에 틀어박혀 있을 테니."

"다음은 뭘 해야 하지?"

"헨리 경을 만나야지. 아, 저기 오고 있군!"

"홈스 선생님, 안녕하십니까? 선생님은 참모와 전투 계획을 세우는 장군처럼 보이는군요." 헨리 경이 말했다.

"정확하게 보셨습니다. 왓슨은 명령을 기다리고 있지요."

"저도 그렇답니다."

"좋아요. 오늘 밤 우리 친구인 스테이플턴 가족과 저녁을 먹기로 하신 걸로 아는데요?"

"홈스 선생님도 같이 가시면 좋겠습니다. 스테이플턴가 사람들은 손님을 환영하는 분들이고, 선생님을 뵈면 아주 좋아할 겁니다."

"유감스럽게도 나와 왓슨은 런던으로 돌아가야 합니다."

"런던이요?"

"네, 지금으로서는 여기보다는 런던에서 조사하는 편이 나을 것 같아서요."

헨리 경은 눈에 띄게 낙심한 얼굴이었다.

"이 사건이 해결될 때까지 여기에 머물러 주시길 바랐는데. 이 저택과 황야는 홀로 있는 사람에게 별로 유쾌한 곳은 아닙니다."

"너무 걱정하지 마세요. 나를 전적으로 믿으시고 내가 말한 대로 하시면 됩니다. 스테이플턴가 사람들에게는 우리가 같이 가고 싶었지만 급한 일이 생겨서 런던으로 가게 되었다고 전해 주세요. 데번셔로 곧 돌아오길 바란다는 사실도요. 이 사실을 잊지 말고 꼭 전달해 주시겠어요?"

"선생님이 그렇게 하라고 하신다면야."

"달리 대안이 없습니다, 헨리 경."

헨리 경의 얼굴이 어두워진 것을 보니 우리가 자기를 버렸다고 생각해서 깊게 상처 받은 것 같았다.

"언제 출발하실 겁니까?"

헨리 경이 차갑게 물었다.

"아침 식사를 마치면 바로 출발할 겁니다. 마차를 타고 쿰 트레이시까지 가지만, 돌아오겠다는 표시로 왓슨의 짐을 여기에 남겨 두고 가겠습니다. 왓슨, 스테이플턴 씨에게 초대에 응하지 못해서 미안하다는 짧은 편지를 써서 경에게 전해 달라고 하지."

"나도 두 분과 같이 런던으로 가고 싶습니다. 왜 나만 여기 다트무어에 남아 있어야 합니까?" 헨리 경이 말했다.

"여기가 경이 있어야 할 곳이기 때문입니다. 내 말대로 하겠다고 약속하지 않았습니까? 여기 계십시오."

"알겠습니다. 그렇다면 여기에 있죠."

“한 가지 더! 메리핏 저택까지는 마차로 가되 도착하면 마차를 돌려보내세요. 스테이플턴가 사람들에게 집에 갈 때는 경은 걸어서 가겠다고 하세요.”

“황야를 걸어서 통과하란 말입니까?”

“네.”

“하지만 그것만은 절대로 하지 말라고 그동안 자주 경고하셨잖아요.”

“오늘 밤에는 그렇게 해도 안전합니다. 경이 용기 있고 정신력이 강한 분이라고 제가 믿지 않았다면 이런 말씀을 드리진 않았을 겁니다. 하지만 꼭 그렇게 해 주셔야 해요.”

“그럼 그렇게 하지요.”

“그리고 목숨을 소중히 여기신다면 메리핏 저택에서 돌아오실 때는 그림펜 도로로 난 길 말고 다른 길로 가면 안 됩니다. 그것이 경에게 꼭 맞는 길입니다.”

“말씀하신 대로 하겠습니다.”

“아주 좋아요. 저도 오후에는 런던에 도착해야 하니 아침 먹고 바로 출발하겠습니다.”

나는 홈스의 계획을 듣고 깜짝 놀랐다. 어젯밤에 홈스가 스테이플턴에게 내일 런던으로 떠날 예정이라고 말한 것은 기억하고 있었다. 다만 그 여행에 나도 동행하리라고는 생각지도 못했다. 그리고 홈스 자신이 결정적인 순간이라고 말한 시기에 우리 둘 다 여기를 떠나도 되는 이유를 이해할 수 없었다. 하지만 무조건 그를 따르는 것 말고는 다른 방법이 없었다. 그래서 우리는 침울해 보이는 헨리 경에게 작별을 고하고, 두 시간 뒤에 쿰 트레이시역에 도착해 마차를 돌려보냈다. 작은 소년이 플랫폼에서 우리를 기다리고 있었다.

"선생님, 시키실 일이 있나요?"

"카트라이트, 너는 이 기차를 타고 런던으로 돌아가라. 도착하면 바로 내 이름으로 헨리 바스커빌 경에게 전보를 보내. 내가 수첩을 놓고 왔으니 찾으면 등기 우편으로 베이커가에 보내 주기를 바란다고."

"네, 알겠습니다."

"그리고 역 사무실에 가서 내게 온 전보가 있는지 물어보고."

소년은 전보 한 통을 가지고 돌아왔다. 홈스가 내게 건네준 전보는 다음과 같았다.

전보 받았음. 서명하지 않은 체포 영장을 가지고 5시 40분에 도착 예정임. — 레스트레이드

"이건 오늘 아침에 내가 보낸 전보의 답장이야. 레스트레이드 형사는 가장 유능한 형사지. 우린 그의 도움이 필요할지 몰라. 그건 그렇고 왓슨, 어제 자네의 지인이 된 로라 라이언스 부인을 찾아가서 만나 보는 게 좋을 것 같네."

홈스의 작전이 드러나기 시작했다. 그는 헨리 경을 이용해서 스테이플턴가 사람들에게 우리가 정말로 런던에 갔다고 믿게 하고, 우리가 가장 필요한 순간 그곳에 다시 나타날 것이다. 그리고 헨리 경이 스테이플턴가 사람들에게 런던에서 온 전보를 언급하면 그들은 더는 의심하지 않을 것이다. 턱이 날

렴한 꼬치고기 주위로 던진 그물이 서서히 좁혀 들어가는 모습이 눈에 보이는 것 같았다.

로라 라이언스 부인은 자기 사무실에 있었다. 셜록 홈스는 솔직하고 단도직입적으로 이야기를 꺼내 그녀를 당황하게 했다.

"나는 돌아가신 찰스 바스커빌 경의 죽음을 조사하고 있습니다. 여기 내 친구 왓슨 박사에게 부인이 말씀하신 내용을 들었습니다. 그리고 그 일과 관련해서 부인이 뭔가 숨기고 있다는 말도 들었고요."

"제가 무엇을 숨기고 있다는 겁니까?" 부인이 반항적으로 물었다.

"찰스 경에게 밤 10시에 문 앞으로 와 달라고 부탁했다는 사실은 인정하셨죠? 우리는 찰스 경이 그 시간, 그 장소에서 사망한 사실을 알고 있습니다. 부인은 그 둘 사이의 관계를 숨기셨더군요."

"아무 관계 없으니까요."

"그렇다면 정말 어마어마한 우연의 일치였겠군요. 하지만 우리는 결국 관계가 있었다는 사실을 증명할 수 있습니다. 라이언스 부인에게는 솔직하게 말씀드리고 싶군요. 우리는 이 사건을 살인 사건이라고 보고 있습니다. 그 증거를 보니 부인의 친구인 스테이플턴 씨뿐만 아니라 그의 아내도 사건에 연루된 것 같더군요."

라이언스 부인이 의자에서 벌떡 일어났다.

"그 사람 아내요?"

"그건 더는 비밀이 아닙니다. 그의 누이동생이라고 알려진 사람이 사실은 그의 아내입니다."

그녀는 의자에 털썩 주저앉았다. 두 손으로 의자의 팔걸이를 움켜쥐고 있었는데, 너무 힘껏 잡아서 분홍색 손톱이 하얗게 변했다.

"그 사람 아내! 그 사람 아내라니! 그 사람은 결혼하지 않았어요." 부인이 말했다.

셜록 홈스가 어깨를 으쓱했다.

"증거를 보여 줘요! 증거를 내놓으라고요! 그럴 수만 있다면!"

그녀의 눈에서 피어오르는 사나운 열기가 말보다 더 많은 걸 이야기하고 있었다.

"제가 준비해 왔습니다. 이 사진은 사 년 전 요크셔에서 찍은 겁니다. 뒤에 '밴덜러 부부'라고 적혀 있지만 남자가 누군지는 바로 알아보실 수 있겠죠? 부인이 보신 적이 있다면, 여자도 누군지 아실 거고. 이 세 장의 서류는 당시 세인트 올리버 사립 학교를 경영하고 있던 밴덜러 부부에 대한, 믿을 만한 사람들의 증언입니다. 읽어 보시면 이 두 사람의 정체를 확실히 알게 될 겁니다." 홈스가 주머니 속에서 서류 몇 장을 꺼내면서 말했다.

라이언스 부인은 서류를 대충 훑어보더니 고개를 들어 우리를 바라보았다. 절망한 그녀의 얼굴은 굳어 있었다.

"홈스 선생님, 이 사람은 제가 남편과 이혼하면 결혼하자고 청혼했습니다. 이 악당이 하는 말마다 거짓말만 해서 저를 속인 겁니다. 제게 한 말 중에 진실은 단 한마디도 없었군요. 하지만 왜 그랬을까요? 왜? 지금까지 그게 다 저를 위한 일인 줄 알았는데. 하지만 이제 보니 저는 그저 그의 도구에 지나지 않았던 거예요. 저를 그렇게 무참하게 속인 사람을 감쌀 필요는 없겠죠. 나쁜 짓을 저지른 남자를 제가 왜 보호해 줘야 하나요? 자, 뭐든 물어보세요. 이제 제가 숨길 일은 없어요. 한 가지는 맹세할게요. 그 편지를 쓸 때 저에게 그토록 큰 친절을 베풀어 주신 찰스 경에게 위험이 닥치리라고는 꿈에도 생각지 못했어요."

"부인의 말씀은 다 믿습니다. 부인이 그 일들을 장황하게 설명하시는 건 괴롭겠지요. 그러니 내가 그 이야기를 하는 편이 부인에겐 훨씬 쉽겠죠. 제가 잘못 알고 있는 부분은 부인이 바로잡아 주세요. 편지를 써서 보내라고 한 사람은 스테이플턴이죠?" 홈스가 말했다.

"네. 그 사람이 불러 주는 대로 받아썼어요."

"찰스 경이라면 부인이 이혼하는 데 필요한 법적 비용을 대 줄 테니 경에게 도움을 받으라고 스테이플턴이 말했겠지요?"

"정확해요."

"부인이 편지를 보낸 뒤에는 약속 장소에 못 가게 설득했겠지요?"

"그 사람이 이렇게 말하더군요. 다른 사람이 이혼 비용을 대는 것은 자기 자존심이 허락하지 않는다고요. 자기는 가난하지만, 우리 사이를 가로막는 장애물을 제거하기 위해서라면 전 재산을 털어서라도 마련하겠다고 했어요."

"그는 이랬다가 저랬다가 변덕이 심한 성격 같아 보이네요. 그리고 경의 사망 기사를 읽기 전까지 그에게서 아무 연락도 없었습니까?"

"네."

"그리고 찰스 경과의 약속에 대해서는 아무에게도 말하지 말라고 했겠죠?"

"그랬어요. 경의 죽음이 아주 기이했기 때문에, 편지 내용이 밝혀지면 제가 의심받게 될 거라고 말했어요. 저에게 겁을 줘서 입을 다물게 한 거죠."

"그렇군요. 하지만 부인도 한편으로 의심하고 있었죠?"

라이언스 부인이 망설이다가 고개를 숙였다.

"저는 그가 어떤 사람인지 알고 있었어요. 하지만 저를 속이지만 않았어도 저도 입을 다물겠다는 약속을 지켰을 겁니다."

"전체적으로 봐서 부인은 정말 운 좋게 도망친 겁니다. 부인은 스테이플턴을 마음대로 휘두를 수 있었고, 스테이플턴도 그 사실을 알고 있는데도 부인은 아직 살아 있습니다. 이 몇 달 동안 부인은 지극히 위태로운 시간을 보낸 겁니다. 이제 우리는 가 봐야겠습니다, 부인. 조만간 다시 연락드리겠습니다." 홈스가 말했다.

"사건이 점점 마무리되면서 난제들이 하나씩 풀리기 시작하는군." 런던에서 출발한 급행열차를 기다리며 홈스는 이런 말을 했다. "현대에 일어난 사건 중에서도 가장 독특하고 세상을 놀라게 한 범죄 사건을 내가 곧 하나의 완성된 이야기로 풀어낼 수 있을 것 같네. 범죄학을 공부하는 학생들이라면 1866년에 소러시아 고드노에서 일어난 사건을 유사한 사건으로 떠올릴 거야. 물론 노스캐롤라이나주에서 일어난 앤더슨 살인 사건과도 비슷하고. 하지만 이번 사건은 그만의 특징이 몇 가지 있어. 우리에겐 아직까지도 그 교활한 사내의 범행이라는 증거가 없으니까 말일세. 하지만 오늘 밤 침대에 들기 전에 사건이 해결되지 않는다면 나야말로 놀랄 걸세."

런던에서 출발한 급행열차가 굉음을 내며 역 안으로 들이왔다. 얼굴이 불도그처럼 생긴 키가 작고 강단 있는 체격의 사내가 일등 객차에서 뛰어내렸다. 우리는 악수했다. 홈스를 바라보는 레스트레이드 형사의 눈에는 존경의 빛이 어린 것으로 보아, 홈스와 함께 일을 시작한 후 많이 배운 모양이었다. 나는 홈스가 형사를 비웃으면서 멋진 추리를 선보였을 때 형사가 굴욕을 느끼면서도 자극받았던 경우들을 떠올릴 수 있었다.

"재미있는 사건이라도 있습니까?" 레스트레이드가 물었다.

"몇 년 만에 터진 큰 사건이죠. 출발하기 전까지 아직 두 시간 정도가 남았으니 저녁부터 먹읍시다. 그리고 나서 당신의 목에 들어앉은 런던의 안개를 빼내고 다트무어의 맑은 밤공기를 마시게 해 드리죠. 레스트레이드 씨, 거기엔 가 본 적이 없다고요? 아, 그렇다면 황야의 첫 방문을 잊을 수 없을 겁니다."

14
바스커빌가의 사냥개

그걸 결점이라고 할 수 있을지는 모르겠지만, 어쨌든 셜록 홈스의 결점 중 하나는 마지막 순간까지 계획을 다른 사람에게 밝히기를 극도로 싫어한다는 점이다. 부분적으로는 능수능란하게 분위기를 장악하고 주위 사람들을 놀라게 하고 싶은 성격 때문이기도 하고. 한편으로는 만약의 경우를 대비하는 직업상의 신중함 때문이기도 했다. 하지만 그래서 홈스의 대리인이나 조수로 활동하는 사람들은 괴로울 수밖에 없다. 나는 그런 고통을 여러 번 겪었지만, 그날 밤 그 기나긴 마차 여행처럼 고통스러운 적은 없었다. 거대한 시련이 우리 앞에 펼쳐져 있었다. 드디어 최후의 한 수를 놓을 때가 왔는데도, 홈스는 아무 말도 하지 않았다. 나는 그저 홈스가 이제 어떻게 할지 추측해 볼 따름이었다. 마침내 차가운 바람이 우리의 얼굴을 후려치고, 우리가 가는 좁은 길 양쪽으로 어둡고 텅 빈 공간이 보여서 우리가 황야에 다시 돌아왔다는 걸 알게 됐을 때 나는 기대에 차서 떨기 시작했다. 말이 한 걸음 한 걸음 걸을 때마다, 마차 바퀴가 한 바퀴씩 돌아갈 때마다 궁극의 모험에 가까워지고 있었다.

임대한 마차에 딸린 마부가 있어서 수사 이야기는 할 수 없었다. 그래서 다들 감정적으로 복받치고 기대에 차서 신경이 곤두선 상황에서도 시시한 이야기밖에 할 수 없었다. 그렇게 억지로 자제하고 있다가 프랭클랜드 씨의 집 앞을 지나서 우리가 활약하게 될 저택에 가까워지고 있다는 사실을 알게 되자 나는 안도했다. 우리는 현관까지 마차를 타고 가지 않고 오솔길 입구에서 내렸다. 마부에게 돈을 지불하고 마차를 쿰 트레이시로 돌려보낸 다음, 우리는 메리핏 저택을 향해서 걷기 시작했다.

"레스트레이드, 무기는 가지고 왔습니까?"

키가 작은 형사가 미소를 지었다.

"바지를 입으면 뒷주머니가 있고, 뒷주머니가 있으면 거기에는 늘 무엇인가를 넣어 둡니다."

"좋아요! 우리도 비상사태에 대비했습니다."

"홈스 선생님, 이번 사건은 대단히 말을 아끼시네요. 대체 어떤 게임을 하시는 겁니까?"

"기다리는 게임입니다."

"아이고! 대단히 유쾌해 보이는 곳은 아니군요." 레스트레이드 형사가 음울한 언덕의 비탈과 그림펜 늪을 뒤덮은 거대한 안개의 호수를 바라보며 몸서리쳤다. "저기 우리 앞에 있는 집의 불빛이 보입니다."

"저기는 메리핏 저택이자 우리의 목적지입니다. 소리 나지 않게 걷고 말소리도 낮추세요."

우리는 마치 그 저택에 가야 하는 것처럼 조심스럽게 길을 따라 나아갔다. 하지만 저택에서 200미터쯤 떨어진 곳에 도착했을 때, 홈스가 우리를 멈춰 세웠다.

"여기가 좋겠어요. 오른쪽에 있는 요 바위들이 우리를 잘 숨겨 주겠군요." 홈스가 말했다.

"그럼 여기에서 기다리는 건가?"

"그래. 우리는 여기에서 매복할 거야. 레스트레이드 씨, 당신은 이 움푹 파인 곳에 몸을 숨기세요. 왓슨, 자네는 저 집에 들어가 봤지? 각 방의 위치를 우리에게 말해 줄 수 있나? 이쪽 끝에 있는 격자창은 어디 창인가?"

"부엌 창인 것 같아."

"그 너머에 불이 환하게 밝혀 있는 방은?"

"분명 식당일 거야."

"덧문이 열려 있군. 자네가 이곳 사정을 가장 잘 알고 있으니, 가만히 다가가서 그들이 뭘 하고 있는지 보고 와 주게. 하지만 제발 들키진 말고!"

나는 살금살금 오솔길을 따라 걸어가서 성장이 멈춘 나무들이 있는 과수원을 둘러싼 낮은 담장 밑에 몸을 숨겼다. 그 담의 그늘을 따라서, 창에 커튼을 치지 않아 안이 잘 보이는 위치까지 갔다.

방 안에는 헨리 경과 스테이플턴의 모습만 보였다. 둥근 탁자 앞에 앉아 있는 그들의 옆얼굴만 보였다. 둘 다 담배를 피우고 있었고, 그들 앞에는 커피와 포도주가 있었다. 스테이플턴이 활기차게 이야기하고 있었지만, 헨리 경은 창백한 얼굴로 밍하니 앉아 있있다. 불길한 황야를 혼자 길어서 돌아가야 한다는 생각에 마음이 무거운 모양이었다.

　내가 지켜보고 있는 동안 스테이플턴이 일어나서 방을 나가고, 헨리 경은 다시 잔을 채우고 의자에 등을 기댄 채 담배를 피웠다. 삐걱거리며 문이 열리는 소리가 나더니 곧이어 자갈 위를 걷는 구두 소리가 크게 들렸다. 그 소리는 내가 쭈그리고 앉아 있는 담의 맞은편으로 난 길을 따라갔다. 박물학자가 과수원 한쪽 구석에 있는 창고 문 앞에 멈춰 서는 모습이 보였다. 자물쇠를 열쇠로 여는 소리가 나더니 안으로 들어갔는데 기이하게도 몸싸움을 하는 것 같은 소리가 들려왔다. 그는 창고 안에서 일이 분 있다가 바로 나와서 다시 열쇠로 잠그고 내 옆을 지나 집으로 들어갔다. 그가 손님과 다시 만나는 모습을 본 뒤에, 나는 조용히 친구들이 기다리고 있는 곳으로 돌아가서 내가 본 것을 말했다.

　"부인이 안 보였다고?" 내가 보고를 마쳤을 때 홈스가 물었다.

　"그래."

　"그 방을 빼면 불이 켜진 곳은 부엌밖에 없는데, 그렇다면 여자는 어디에 있단 말이야?"

　"나도 잘 모르겠어."

　앞에서도 말했지만, 그림펜 늪에는 하얀 안개가 짙게 깔려 있었다. 그 안개가 천천히 우리가 있는 곳으로 흘러와서 낮지만 두꺼운 벽처럼 쌓이기 시작했다. 달빛을 받은 안개의 벽이 거대한 얼음판처럼 반짝거렸고 멀리 있는 바위산의 표면은 마치 얼음판에 박힌 바위처럼 보였다. 느릿느릿한 안개의 움직임을 바라보며 홈스가 초조하게 중얼거렸다.

"이쪽으로 안개가 오고 있어, 왓슨."

"상태가 심각해질 것 같나?"

"아주 심각해. 지금 지상에서 내 계획을 망쳐 버릴 수 있는 유일한 건 바로 저 안개야. 벌써 밤 10시가 다 되어 가니 헨리 경이 금방 나올 거야. 저 안개가 길을 다 덮어 버리기 전에 나오지 않으면 우리의 성공은 둘째치고 경의 목숨이 위험해질 거야."

밤하늘은 맑고 선명했다. 별이 차갑게 반짝이고 환한 빛을 뿜어내는 반달이 주위 풍경을 부드럽게 적시고 있었다. 은빛으로 반짝이는 밤하늘을 배경으로 크고 시커먼 메리핏 저택의 톱니 모양의 지붕과 우뚝 솟은 굴뚝이 뚜렷하게 대조됐다. 낮은 창문에서 흘러나오는 넓적한 황금색 빛줄기가 과수원을 지나 황야까지 뻗어 나왔다. 갑자기 불이 하나 꺼졌다. 하인들이 부엌에서 나간 것이다. 이제 남은 건 두 남자가 있는 식당에 켜 놓은 램프 불빛뿐이었다. 거기에서 살의를 품은 주인과 아무것도 모르는 손님이 담배를 태우며 여전히 이야기를 나누고 있었다.

황야를 절반쯤 덮은 하얀 양모 같은 안개가 점점 더 저택을 향해 다가오고 있었다. 벌써 엷은 안개가 불이 켜진 네모

14 바스커빌가의 사냥개

난 창 부근에서 희미하게 일렁이고 있었다. 과수원의 저쪽 담은 이미 안개에 사라졌고, 나무들만 하얀 안개의 소용돌이에 감긴 채 서 있었다. 우리가 지켜보는 동안 안개가 메리핏 저택을 양쪽에서 감싸고 천천히 굴러가면서 점점 더 두꺼운 벽으로 변해 갔고, 2층과 지붕은 안개 바다에 떠 있는 기이한 배처럼 보였다. 홈스는 눈앞에 있는 바위를 손으로 세게 치고 발을 동동 구르며 초조해했다.

"경이 십오 분 안에 나오지 않으면 길이 완전히 안개로 뒤덮일 거야. 삼십 분만 더 있으면 우리 앞에 있는 손도 안 보이겠어."

"좀 더 높은 곳으로 올라가는 건 어떻겠나?"

"그래, 그게 좋겠어."

계속 흘러오는 안개 벽에 밀려난 우리는 메리핏 저택에서 800미터쯤 떨어진 곳까지 물러났다. 그래도 두텁고 하얀 안개 바다가 환한 달빛에 반짝이며 가차 없이 흘러왔다.

"우린 너무 멀리 왔어. 헨리 경이 우리가 있는 곳에 다다르기 전에 습격당하게 놔둘 순 없어. 어떤 대가를 치르더라도 이제 더는 물러날 수 없어."

홈스가 그렇게 말하고 무릎을 꿇더니 땅바닥에 귀를 갖다 댔다. "다행이야. 헨리 경이 오는 소리가 들려."

빠르게 걷는 발소리가 황야의 정적을 깼다. 우리는 바위틈에 숨어서 은빛으로 물든 우리 앞의 안개 벽을 지켜봤다. 발소리가 점점 가까워지더니, 커튼을 젖히고 나오듯 우리가 기다리던 사람이 안개를 헤치고 나왔다. 갑자기 별들이 반짝이는 맑고 선명한 밤하늘 밑으로 나오자 놀랐는지 헨리 경은 주위를 둘러보았다. 그러고는 서둘러 좁은 길을 따라서 우리가 있는 바위 앞을 지나 긴 언덕길을 오르기 시작했다. 헨리 경은 불안해하는 사람처럼 끊임없이 뒤를 돌아보았다.

"쉿! 조심해! 그게 오고 있어!" 홈스의 목소리가 들렸고, 이어서 권총의 공이치기를 뒤로 당기는 날카로운 소리가 들렸다.

슬금슬금 기어 오는 짙은 안개 어딘가에서 타닥타닥 발소리가 희미하지만 끊이지 않고 들려왔다. 안개가 우리가 엎드려 숨어 있는 곳에서 45미터도 떨어지지 않은 곳까지 쳐들어왔다. 우리 셋은 그 안개 속에서 어떤 끔찍한 것이 튀어나올지 몰라 긴장한 채 노려봤다. 나는 바로 옆에 있는 홈스의 얼굴을 힐끗 봤다. 그의 얼굴은 창백했지만 의기양양한 표정이었고, 달빛을 받은 눈은 반짝이고 있었다. 하지만 갑자기 그 눈이 앞으로 튀어나올 듯하더니 그대로 굳었고, 입은 경악해서 떡 벌어졌다. 그 순간 레스트레이드가 겁에 질려 소리를 지르더니 땅바닥에 얼굴을 갖다 댔다. 나는 벌떡 일어나서, 힘이 빠진 손으로 권총을 잡았지만, 안개 속에서 튀어나온 무시무시한 것을 보고는 모든 생각이 정지됐다. 그것은 개였다! 석탄처럼 새까맣고 거대한 사냥개였지만, 지금까지 한 번도 본 적이 없는 기이한 생명체였다. 벌어진 주둥이에서는 불이 뿜어져 나왔고 눈은 이글이글 타는 것처럼 환하게 빛났고, 콧잔등에서 목덜미까지는 불꽃이 일렁거리고 있었다. 아무리 정신 나간 사람의 말도 안 되는 악몽이라고 해도, 안개 속에서 튀어나온 그 개의 검고 흉포한 얼굴보다 더 사납고 간담이 서늘하며 악마 같은 형상의 생물은 상상할 수 없었을 것이다.

그 거대하고 검은 생물은 몸을 들썩이며 헨리 경의 뒤를 쫓고 있었다. 우리는 그 악마 같은 괴물을 보고 공포에 마비된 나머지 그 짐승이 우리 앞을 지나칠 때까지 얼이 빠져 있었다. 그러다 정신을 차린 홈스와 내가 동시에 권총을 발사했다. 흉측한 울부짖음이 들려온 걸 보니 적어도 한 발은 맞은 듯했다. 하지만 그 개는 멈추지 않고 계속 달렸다. 저 멀리까지 갔던 헨리 경이 뒤를 돌아보는 모습이 보였다. 달빛이 비친 그의 얼굴은 하얗게 질려 있었고, 겁이 나서 두 손을 들어 올린 채, 그를 쫓아오는 무시무시한 존재를 무력하게 노려보고 있었다.

하지만 개의 고통스러운 비명을 듣고 우리는 두려움을 바람에 날려 보냈다. 그가 상처를 입은 연약한 존재라면 이 세상에 존재하는 생물이 분명하고, 우리가 그에게 상처를 입혔다면 죽일 수도 있을 것이다. 그날 밤 홈스처럼 빨리 달리는 사람은 처음 보았다. 나도 꽤 잘 달린다는 소리를 듣지만, 나와 작은 체구의 형사 사이의 거리만큼이나 홈스와 나 사이의 거리도 엄청나게 벌어져 있었다. 우리가 미친 듯이 달리는 동안 앞쪽에서 헨리 경의 비명이 연거푸 들려왔고, 개가 으르렁거리는 소리도 잇따라 들려왔다. 내가 도착한 순간 그 야수가 헨리 경에게 몸을 날려 땅바닥에 쓰러뜨린 다음, 그 목을 물어뜯으려 했다. 그 순간 홈스가 괴물의 옆구리에 다섯 발의 총알을 연속으로 발사했다. 그 거대한 개는 마지막으로 고통에 찬 울부짖음을 내뱉고 허공을 한번 물어뜯더니 쓰러져서 네 다리로 격렬하게 허공을 긁다가 옆으로 축 늘어졌다. 나는 그

자리에 서서 숨을 헐떡이며 섬뜩한 빛을 발하는 짐승의 머리를 총구로 눌렀다. 하지만 방아쇠를 당길 필요는 없었다. 그 거대한 개는 이미 숨이 끊어져 있었다.

헨리 경은 의식을 잃은 채 쓰러져 있었다. 우리가 그의 옷깃을 찢어 속을 살펴봤다. 경이 하나도 다치지 않고 무사하다는 걸 눈으로 확인하자 홈스의 입에서 감사의 기도가 흘러나왔다. 벌써 헨리 경의 눈꺼풀이 가볍게 떨렸고, 조금씩 몸을 움직이려 애썼다. 레스트레이드 형사가 브랜디가 든 병을 경의 입에 대자, 그는 두려움이 가득한 눈으로 우리를 올려다보았다.

"맙소사! 그게 뭐였죠? 대체 그게 뭐였습니까?" 그가 속삭였다.

"그게 뭐든 죽었습니다. 우리가 바스커빌가의 유령을 완전히 해치운 겁니다."

눈앞에 쓰러져 있는 그 짐승은 단순히 크기나 힘만으로도 무시무시하다고 할 수 있었다. 그 개는 순종 블러드하운드도 아니었고, 순종 마스티프도 아니었다. 아무래도 그 둘의 잡종 같았다. 몸은 비쩍 말랐지만, 얼굴은 사나워 보였고, 몸집은 작은 암사자만 했다. 죽어서 움직이지 못하는 지금도 거대한 턱에서 푸른 불꽃이 뚝뚝 떨어지는 것 같았고, 움푹 들어간 작고 잔인한 눈 주위도 동그스름하게 빛이 났다. 내가 희미하게 빛을 발하는 콧잔등에 손을 댔다가 떼어 보니 내 손가락에서도 연기가 나면서 어둠 속에서 희미하게 빛났다.

"인이야." 내가 말했다.

"대단히 교묘하게 잔꾀를 부렸군." 홈스가 죽은 개의 냄새를 맡으면서 말했다.

"개가 냄새를 맡는 데 방해가 될 만한 것들은 전부 지워 버렸어. 헨리 경, 이런 무시무시한 일을 당하게 해서 정말 죄송합니다. 사냥개가 나올 줄은 알고 있었지만, 이런 괴물일 줄은 몰랐어요. 거기다 안개 때문에 놈을 맞을 대비를 할 시간도 거의 없었고요."

"선생님이 제 목숨을 구하셨습니다."

"그전에 먼저 위험에 빠뜨렸지요. 일어날 기운이 나십니까?"

"브랜디 한 모금만 더 주십시오. 그러면 일어날 수 있을 것 같습니다. 자! 나 좀 도와주세요. 이제 어떻게 하실 생각입니까?"

"경은 여기 있으세요. 오늘은 더 이상 모험할 만한 상태가 아닙니다. 조금만 기다리시면 우리 중 한 사람이 돌아와서 저택까지 동행하겠습니다."

헨리 경은 비틀거리며 일어나려 했지만, 아직도 얼굴이 허옇게 질려 있었고 손발을 떨고 있었다. 바위가 있는 곳까지 데려다 앉히자 그는 덜덜 떨면서 두 손으로 얼굴을 감싸 쥐었다.

"지금은 여기 계셔야겠어요. 우리는 나머지 일을 처리해야 하는데, 한시가 급해요. 증거를 손에 넣었으니 이제 놈을 잡기만 하면 끝납니다." 홈스가 말했다.

"놈이 저 집에 있을 가능성은 거의 없어. 총소리를 듣고 다 끝난 걸 알았을 거야." 우리가 다시 길을 따라 돌아가는 사이에 홈스가 말했다.

"거리도 꽤 멀고, 안개에 총성이 묻혔을 수도 있지 않을까?"

"놈은 개를 다시 데려가야 하니까 분명 따라 나왔을 거야.

그건 확실해. 아, 지금쯤이면 이미 떴을 거야! 하지만 집을 뒤져서 확인해 보자고."

현관이 열려 있어서 우리가 뛰어 들어가 방마다 뒤지고 다녔다. 복도에서 우리와 마주친 늙은 하인은 놀라서 덜덜 떨었다. 불이 켜진 방은 식당밖에 없었지만, 홈스가 램프에 불을 붙여 구석구석 집 안을 뒤지며 돌아다녔다. 우리가 찾는 남자는 흔적도 보이지 않았다. 하지만 2층에 올라가자 방문 하나가 잠겨 있었다.

"저 안에 누가 있어요! 움직이는 소리가 들립니다. 문을 열어야겠어요!"

레스트레이드 형사가 외쳤다. 희미한 신음과 바스락거리는 소리가 들려왔다. 홈스가 구둣발로 자물쇠를 차자 문이 열렸다. 우리 모두 권총을 들고 방으로 뛰어들었다.

하지만 우리가 찾는 끝까지 발악하고 저항하는 악당은 없었다. 대신 너무나 뜻밖의 기괴한 물체를 보고 놀란 우리는 한동안 멍하니 서서 그걸 빤히 바라볼 수밖에 없었다.

방 안은 조그만 박물관처럼 만들어져 있었고, 벽에는 유리 뚜껑이 달린 상자들이 늘어서 있었다. 그 안에는 나비와 나방의 표본이 가득 담겨 있었다. 이 위험하고 정신 나간 사내가 취미를 즐기기 위해 모은 수집품들이었다. 방 한가운데에 낡고 벌레 먹은 대들보를 지탱하기 위해 세운 기둥이 있었는데 거기에 한 사람이 묶여 있었다. 시트로 전신을 감싸 놔서 얼핏 보기에는 남자인지 여자인지도 알 수가 없었다. 목에 수건을 걸어 기둥 뒤에 묶어 놓았다. 그리고 또 다른 수건 한 장이 얼굴 아래쪽을 덮고 있었고, 그 위에 슬픔과 수치심과 끔찍한 의분으로 가득 찬 검은 눈이 우리를 마주 보고 있었다. 우리는 재빨리 입에 물린 수건을 풀고 시트를 벗겨 냈다. 스테이플턴 부인이 바닥으로 쓰러졌다. 그녀의 아름다운 얼굴을 숙이자 목에 채찍으로 맞아 벌겋게 부어오른 자국이 있었다.

"짐승 같은 놈! 레스트레이드 씨, 브랜디 좀 주세요! 부인을 의자에 앉히세! 기절했어. 끔찍한 일을 당해 기진했어." 홈스가 외쳤다.

부인이 다시 눈을 떴다.

"그 사람은 안전한가요? 무사히 빠져나갔나요?" 그녀가 물었다.

"그자는 우리에게서 도망칠 수 없어요, 부인."

"아니, 아니요. 제 남편에 관해 묻고 있는 게 아니에요. 헨리 경은? 무사하신가요?"

"네."

"그럼, 개는?"

"죽었습니다."

그녀는 길게 안도의 한숨을 쉬었다.

"신이시여, 감사합니다! 정말 감사합니다! 아, 그 천벌을 받을 악당! 그 사람이 절 어떻게 대했는지 보세요!"

그녀가 옷소매를 걷어 올렸다. 팔 여기저기에 얼룩덜룩한 멍 자국을 보고 우리는 깜짝 놀랐다.

"하지만 이건 아무것도 아니에요. 아무것도 아니라고요! 그 사람은 제 마음과 영혼을 더럽히고 고문했어요. 그가 나를 사랑하고 있다는 희망에 매달리는 동안에는 아무리 나쁜 일에 이용당하고, 쓸쓸하게 방치되고, 속아도 견딜 수 있었습니다. 하지만 이제는 알겠어요. 전 그저 그의 하수인이자 도구였다는 걸." 그녀는 서럽게 울기 시작했다.

"이제 그자에게 남은 호의는 없겠죠, 부인? 그자를 어디에서 찾을 수 있는지 말해 주세요. 그 사람의 악행을 한 번이라도 도와주신 적이 있다면, 속죄의 의미로 우리를 좀 도와주세요."

"그가 도망갈 곳은 거기밖에 없어요. 늪의 한가운데 있는 섬인데 거기에 전에 주석을 캐던 폐광이 있어요. 거기에서 그 사냥개를 키웠고, 은신처도 만들어 놨어요. 거기로 도망쳤을 거예요."

하얀 양털 같은 안개의 벽이 창문을 어루만지고 있었다. 홈스가 램프를 들어 창을 비췄다.

"보세요. 오늘 밤 이런 안개 속에서 그림펜 늪으로 가는 길을 찾을 수 있는 사람은 없어요." 홈스가 말했다.

그녀가 웃으면서 손뼉을 쳤다. 그 눈과 이에 대단히 즐거운 기색이 감돌았다.

"어찌어찌 들어갈 수는 있다고 해도 절대 돌아오지는 못할 거예요. 이런 밤에 길 안내용으로 박아 놓은 얇은 막대기를 어떻게 찾아내겠어요? 그 사람과 나는 늪지를 빠져나갈 수 있게 같이 막대기를 박아 놓았거든요. 오늘 그것을 다 뽑아 버릴 수만 있다면 얼마나 좋을까요! 그러면 당신은 그를 확실하게 잡을 수 있을 텐데요!"

안개가 걷힐 때까지 추격해 봤자 소용없어 보였다. 그래서 메리핏 저택은 레스트레이드 형사에게 맡기고, 홈스와 나는 헨리 경과 함께 바스커빌 저택으로 놀아왔다. 스테이플턴가의 진실을 헨리 경에게 더는 숨길 수 없었다. 하지만 그는 사랑하는 여인의 정체를 알게 된 뒤에도 용감하게 그 타격을 받아들였다. 하지만 그날 밤에 일어난 사건에 충격을 받아 신경이 극도로 쇠약해지는 바람에 아침이 오기도 전에 결국 쓰러졌다. 의식이 혼미해진 채 고열에 시달리는 헨리 경을 모티머 박사가 보살폈다. 그 후, 헨리 경은 불운한 저택의 주인이 되기 전과 같은 건강하고 활기찬 몸을 되찾기 위해 모티머 박사와 함께 세계 일주 여행을 떠나기로 했다.

이제, 나는 서둘러 이 기이한 이야기의 결말을 이야기하고자 한다. 오랫동안 우리를 괴롭혔던 어두운 공포와 모호한 추측들이 결국 굉장히 비극적으로 끝났다. 그 거대한 개가 죽은 다음 날 아침, 안개가 걷히고, 우리는 스테이플턴 부인의 안내를 받아 그들이 발견한 늪지를 빠져나갈 수 있는 길까지 갔다. 남편이 도망간 길을 아주 열심히 기쁜 마음으로 가르쳐 주는 그녀를 보고 있자니 그동안 얼마나 두려움에 떨며 살았는지 깨닫게 됐다. 우리는 단단한 토탄질의 흙이 가늘게 뻗어 있는 길로 이뤄진 좁은 반도 위에 부인을 놔두고 앞으로 나아갔다. 가늘게 뻗은 길이 끝나는 곳에서부터 여기저기 박아 놓은 작은 막대기가 낯선 사람의 접근을 막는 더러운 수렁들과 초록색 거품이 낀 구덩이들 사이에 자란 골풀 다발들로 지그재그 이어지는 길을 가리켰다. 무성하게 자란 갈대들과 미끈미끈한

파란 골풀에서 피어오르는 썩은 내와 묵직하고도 불쾌한 유독 가스가 우리 얼굴을 뒤덮었다. 우리는 몇 번이나 발을 헛디뎌 표면이 부들부들 떨리는 검은 늪에 허벅지까지 빠져들었다. 그럴 때마다 몇 미터에 걸친 주위의 늪지가 우리의 발 주위에서 부드럽게 흔들렸다. 걸음을 뗄 때마다 구두 굽에 끈적끈적한 진흙이 들러붙었다. 그리고 늪 속으로 발이 들어갈 때마다 악의를 감추고 있는 손이 우리를 저 불쾌하고 무시무시한 수렁 속 깊이 끌고 들어갈 것 같은 느낌이 들었다. 늪은 그정도로 엄청난 힘으로 우리를 잡아당겼다. 그러다 이 위험한 길을 우리보다 먼저 지나간 사람의 흔적을 딱 하나 발견했다. 진흙 가운데 무성하게 자라난 황새풀 사이에 시커먼 물체 하나가 튀어나와 있었다. 홈스가 그것을 잡으려다가 길에서 벗어나는 바람에 허리까지 빠져들었다. 우리가 그를 끌어내지 않았다면 홈스는 두 번 다시 단단한 땅을 밟지 못했을 것이다. 그는 낡고 검은 구두 한쪽을 치켜들었다. 구두 안쪽 가죽에 '메이어스 구둣방, 토론토시'라는 마크가 찍혀 있었다.

"진흙 목욕을 한 보람이 있었군. 헨리 경이 잃어버린 구두야." 홈스가 말했다.

"스테이플턴이 도망가다 버렸겠지."

"바로 그거야. 놈은 개가 헨리 경을 추적하는데 이걸 쓰고 나서도 계속 가지고 있었던 거야. 다 끝장났다는 사실을 알고 도망칠 때도 여전히 손에 쥐고 있었고. 그러다 여기서 던져 버린 거지. 녀석이 적어도 여기까지는 무사히 왔다는 게 확실하군."

하지만 그 후에 일어난 일은 짐작은 할 수 있어도 확실히 는 알 수는 없었다. 게다가 늪지에서는 누군가 발을 디뎌도 재빨리 스며들어 그걸 지워 버렸으므로 더 이상 발자국을 찾을 가능성도 없었다. 드디어 늪지에서 벗어나 좀 더 딱딱한 땅 위로 올라선 다음부터 우리는 열심히 살폈다. 하지만 수사에 도움이 될 만한 흔적은 하나도 찾지 못했다. 늪지가 우리에게 들려준 이야기가 진실이라면, 스테이플턴은 어젯밤 밤안개를 헤치고 도망쳤지만 그가 바라던 은신처인 섬에는 다다르지 못했다는 뜻이 된다. 저 거대한 그림펜 늪의 한가운데 어딘가에 그 냉혹하고 잔인한 사내가 빨려 들어가 영원히 묻힌 것이다.

스테이플턴이 그 흉포한 개를 숨겨 놨던 늪지 한가운데의 섬에 남은 흔적은 많았다. 우리는 커다란 마차 바퀴와 쓰레기로 반쯤 차 있는 수직 갱도를 보고 폐광의 위치를 찾아냈다. 폐광 주위에는 옛날 광부들이 지냈던 무너져 가는 오두막이 여기저기에 있었다. 그들은 주위를 둘러싼 늪지의 악취를 견디지 못해 이곳을 떠났을 것이다. 한 오두막에 못에 박힌 쇠사슬과 갉아먹은 뼈다귀들이 이곳저곳에 널려 있었다. 거기에서 개가 갇혀 있었던 모양이었다. 그 뼈다귀 사이에 갈색 털이 들러붙은 두개골 하나가 있었다.

"개야! 어이쿠, 털이 곱슬곱슬한 스패니얼이군. 가련한 모티머 박사는 다시는 자기 반려견을 볼 수 없겠어. 여기에 우리가 알아내지 못한 수수께끼는 없을 거야. 스테이플턴은 개는 숨길 수 있었어도, 짖지 못하게 할 순 없었어. 그래서 낮에도 그 기분 나쁜 소리가 들려왔던 거지. 급할 때는 메리핏 저택의 창고에 숨겨 두었겠지만, 그건 항상 위험했지. 그래서 그 모든 노력의 결실을 거둘 수 있을 것으로 예상한 최후의 날에 용기를 내서 데리고 나간 거야. 이 깡통 속에 든 풀 같은 건 개에게 바른 발광 물질일 거야. 이건 물론 바스커빌가에 내려오는 악마의 사냥개 전설을 이용해서, 연로한 찰스 경을 겁줘 죽게 하려고 그랬겠지. 황야의 어둠 속에서 그런 괴물에게 쫓겼다면, 그 가련한 탈옥수가 비명을 지르며 도망쳤던 것도 놀랄 일이 아니야. 헨리 경도 그랬고 우리도 다를 바 없었지. 정말로 교묘한 책략이야. 자신이 노리는 상대를 죽음으로 몰아갈 수 있는 데다가, 농부들이 황야에서 그 개를 봤다 해도 누가 감히 정체를 밝히려고 애쓰겠나? 자기 혼자만 본 것도 아니고 여럿이 봤는데 말이야. 왓슨, 런던에서도 이야기했지만 다시 말하는데, 우리는 저기 늪 속에 누워 있는 사내만큼 위험한 녀석을 추적해 본 적은 없어." 홈스는 여기저기 초록색 수초가 무성하게 자라난 거대한 늪지를 긴 팔로 쓸어 보였다. 늪지는 끝없이 이어지다가 적갈색 비탈이 있는 황야로 이어졌다.

15
회상

    축축한 밤안개가 자욱한 11월 말, 홈스와 나는 베이커가에 있는 거실에서 활활 타오르는 난로를 둘러싸고 앉아 있었다. 비극적인 결말로 끝난 데번셔 사건 이후 홈스는 극히 중대한 사건 두 건을 수사했다. 첫 번째 사건에서 홈스는 넌패러일 클럽의 유명한 카드 사기 사건과 관련된 업우드 대령의 흉악한 범죄를 밝혀냈고, 두 번째는 불운한 M 부인을 변호했다. 몽팡지에 부인은 수양딸인 카레르 양을 살해했다는 혐의를 받고 있었는데, 그 딸은 육 개월 후에 뉴욕에서 멀쩡히 살아 있을 뿐만 아니라 결혼까지 한 상태로 발견됐다.

    까다롭고 중요한 사건을 연속해서 해결했기 때문에 홈스는 기분이 아주 좋은 상태였다. 그래서 나는 홈스가 바스커빌 사건의 미스터리를 구체적으로 설명하도록 유도할 수 있었다.

나는 그때까지 좋은 기회가 오길 기다리고 있었다. 왜냐하면
홈스는 절대 한 번에 두 사건을 맡지 않고, 그의 명석하고 논
리적인 두뇌를 조사 중인 사건 외에 지난 사건의 추억을 떠올
리는 데 쓰고 싶어 하지 않는다는 사실을 잘 알고 있었기 때
문이다. 그러던 중 신경 쇠약을 치료하기 위해 권유받은 긴 여
행을 떠나기 전에 헨리 경이 모티머 의사와 함께 런던에 들렀
다. 그날 오후 두 사람이 홈스를 찾아왔기에 자연스럽게 바스
커빌 사건이 화제로 떠올랐다.

"그 사건은 말일세, 스테이플턴이라는 가명을 썼던 사내의
시각에서 보면 아주 간단명료해. 하지만 처음 우리는 사건 초
기에 그의 동기를 알 수도 없었고, 단편적인 사실밖에 몰라서
굉장히 복잡하게 보였던 거야. 그 후에 스테이플턴 부인과 이
야기를 두어 번 한 덕분에 내 머릿속이 완전히 정리돼서 이제
그 사건에 대해서는 모르는 게 하나도 없다네. 내 사건들의 색
인 카드에서 'B'로 시작하는 항목을 찾아보면 메모가 몇 장
있을 거야."

"그보다는 자네가 직접 기억나는 대로 대체 이 사건이 어떻
게 된 건지 말해 주면 좋겠는데."

"그러지. 하지만 나도 다 기억한다고 장담할 순 없어. 정신
을 극도로 집중한 뒤에는 이상하게도 지나간 일은 잊어버리거
든. 자신이 맡은 사건을 철저히 조사해서 전문가와도 능수능
란하게 논쟁을 벌일 수 있는 법정 변호사도 재판이 끝나고 한
두 주가 지나면 그 사건을 완전히 잊어버리는 것처럼 말이야.
나도 그런 식이라서 새 사건이 옛 사건에 대한 기억을 지우지.

마치 카레르 양 사건 때문에 바스커빌 저택에 관한 기억이 희미해진 것처럼 말이야. 내일 또 다른 사건이 내 관심을 끌면 이번에는 그 프랑스 미녀와 악명 높은 업우드 대령에 관한 기억이 사라질 거야. 하지만 그 사냥개 사건에 대해서는 최대한 기억나는 대로 말해 보겠네. 내가 빠뜨린 게 있으면 자네가 짚어 주고.

내가 조사해 봤는데 그 초상화는 분명 거짓말을 하지 않았어. 그 사내가 정말 바스커빌가의 혈통이었던 거지. 그는 로저 바스커빌의 아들이었어. 즉 찰스 경의 동생인 로저는 영국에서 악명을 날리는 바람에 남아메리카로 도망쳤고, 거기서 독신으로 살다 죽었다고 알려졌지. 하지만 사실은 결혼해서 아들이 하나 있었어. 그게 바로 스테이플턴이었는데, 이름도 아버지와 같은 로저였어. 그는 코스타리카의 미녀인 베릴 가르시아라는 여성과 결혼하고, 거액의 공금을 횡령한 뒤 밴덜러라고 이름을 바꾸고는 영국으로 도망 왔어. 그리고 요크셔 동쪽에서 학교를 설립했지. 왜 교직을 택했냐 하면, 귀국하는 배에서 폐병을 앓는 교사를 알게 되었기 때문이지. 그는 그 교사의 재능을 이용해서 교육 사업을 성공시켰지. 하지만 프레이저라는 그 교사가 죽은 후에 처음에는 순조로웠던 학교 운영에 문제가 생겼고, 결국에는 아주 악평에 시달려 문을 닫았어. 밴덜러 부부는 이름을 스테이플턴이라고 바꾸고, 남은 재산을 챙겼지. 스테이플턴은 곤충학에 취미가 있어서 미래에 대한 계획을 품은 채 남부로 왔어. 내가 대영 박물관에서 조사해 보니까 그는 그 분야에서 잘 알려진 권위자이기도 해서

요크셔에 있을 때 그가 최초로 발견해서 묘사한 어떤 나방에는 밴덜러라는 학명을 붙이기도 했더군.

이제부터 그의 삶에서 아주 흥미진진한 시기로 접어들게 되네. 그는 보아하니 이런저런 조사를 한 끝에 단 두 사람만 없어지면 거액의 재산을 손에 넣을 수 있다는 사실을 알았어. 데번셔에 처음 왔을 때는 모든 게 아직 모호했을 거야. 하지만 주위 사람들에게 아내를 동생이라고 소개한 걸 보면 틀림없이 처음부터 나쁜 의도를 품고 있었던 거지. 이미 그녀를 미끼로 삼으려고 생각하고 있었고. 다만 구체적으로 어떻게 음모를 짜야 할지는 확실하지 않았던 거지. 하지만 결국에는 그 재산을 손에 넣을 작정이었고, 그러기 위해 어떠한 수도 다 쓰고, 어떤 위험이든 다 감수할 각오를 했어. 그가 제일 먼저 한 일은 조상 대대로 내려온 저택에서 최대한 가까운 곳에 집을 장만한 것이고, 그다음 찰스 바스커빌 경을 비롯한 주위 사람들과 친구가 됐어.

연로한 찰스 경이 자기 입으로 그에게 가문의 저주인 사냥개에 관한 이야기를 들려줬지. 그렇게 자기 죽음을 자초한 셈이야. 스테이플턴은(앞으로는 이렇게 부를게.) 노인의 심장이 약해서 충격을 받으면 죽을 수도 있다는 사실을 알고 있었어. 모티머 박사에게서 들었겠지. 그리고 찰스 경이 미신을 믿고 있으며, 그 으스스한 전설을 진심으로 믿고 있는 것도 알았네. 머리가 기가 막히게 좋은 스테이플턴은 그 즉시 찰스 경을 없애면서도 진짜 살인범의 정체는 들키지 않을 방법을 생각해 냈어.

그렇게 생각해 낸 아이디어를 그는 굉장히 솜씨 좋게 해냈어. 평범한 모략가였다면 사나운 사냥개를 쓰는 것으로 만족했겠지. 그런데 인공적인 수단을 써서 그 개가 진짜 마견처럼 보이게 한 건 정말 천재적이었지. 그 개는 런던의 풀햄가에 있는 로스 앤 맹글스라는 상점에서 샀더군. 거기 있는 개 중에서 가장 사납고 거친 개를 골랐어. 그 개를 데리고 노스 데번 열차를 탄 뒤, 사람들의 소문을 피하려고 오랫동안 황야를 걸어서 집으로 돌아갔네. 그는 이미 곤충 채집하느라 그림펜의 늪에 들어갈 방법을 알고 있었기 때문에, 개를 몰래 안전하게 키울 장소도 찾아 놨지. 거기에 개를 가둬 두고 기회가 오길 기다린 거야.

하지만 기회가 금방 오진 않았어. 그 노신사를 밤에 자택 밖으로 도통 꾀어낼 수가 없었던 거지. 스테이플턴은 개를 데리고 노인을 기다린 적도 몇 번 있었지만 전부 허사였어. 그렇게 몇 번 허탕을 쳤을 때 그자가…… 아니, 그자가 아니라 그자의 공범이 농부들의 눈에 띈 거야. 그래서 다시 악마개의 전설이 진짜였다는 소문이 난 거지. 스테이플턴은 아내가 찰스 경을 유혹해서 파멸의 길로 이끌어 주길 바랐지만, 뜻밖에도 아내는 순순히 남편을 따르지 않았어. 노신사를 감정적으로 얽어매서 남편에게 넘길 수 있도록 애쓰려 하지 않았던 거야. 그는 아내를 협박하고 유감스럽게도 심지어 폭력을 행사하기까지 했지만, 그녀는 말을 듣지 않았다고 해. 그건 절대 할 수 없다고 해서 한동안 스테이플턴은 교착 상태에 빠지게 됐지.

그러다 드디어 방법을 찾아냈어. 그와 친해진 찰스 경이 불행한 로라 라이언스 부인을 도울 때, 스테이플턴을 대리인으로 내세운 거야. 그는 독신이라고 주장하면서 그녀의 마음을 사로잡았지. 그리고 지금 남편과 이혼이 성립되면 라이언스 부인과 결혼할 생각이 있는 것처럼 여지를 줬어. 그런데 갑자기 찰스 경이 모티머 박사의 의견에 따라 바스커빌 저택을 떠나려 하는 바람에 그의 계획이 위태로워졌지. 그도 겉으로는 모티머 박사의 의견에 동조하는 척했지만 말이야. 당장 계획을 실행하지 않으면 상대가 그의 손에서 벗어날 위기가 닥친 거지. 그래서 라이언스 부인에게 압력을 넣어 찰스 경이 런던으로 떠나기 전날 밤에 만나 달라는 편지를 쓰도록 해. 그런 다음에 허울만 좋은 이유를 붙여서 부인이 약속을 지키지 못하게 하지. 이렇게 그가 바라던 기회를 잡은 거야.

저녁에 마차로 쿰 트레이시에서 돌아온 스테이플턴은 때맞춰 개를 지옥의 사냥개로 분장한 후 찰스 경이 기다리고 있을 문까지 서둘러 갔어. 주인이 부추긴 개는 나무 문을 뛰어넘어서 그 불운한 찰스 경을 쫓았고, 그는 비명을 지르며 주목 오솔길을 따라 뛰었지. 거기는 무성하게 자란 나무들이 어두운 터널을 이룬 길이잖아. 그런 곳에서 거대한 검은 괴물이 입에서 퍼런 불을 내뿜고, 눈가에 불꽃을 튀기며 미친 듯이 쫓아오는 광경이 얼마나 무서웠겠어. 찰스 경은 길이 끝나는 곳까지 와서 공포와 심장 발작으로 쓰러져 죽었지. 그는 흙을 밟으며 도망갔지만 개는 길옆에 있는 잔디 위를 달렸어. 그래서 개의 흔적은 없고 경의 발자국만 보였던 거야. 쓰러져 움직이지 않는 찰스 경을 본 개는 아마 가까이 다가가서 냄새를 맡았다

가, 죽은 걸 알고 돌아가 버렸지. 모티머 박사가 실제로 봤다
던 개의 발자국은 그때 찍힌 거고. 개 주인은 개를 불러서 데
리고 서둘러 그림펜 늪의 은신처로 갔고, 경찰은 사건의 수수
께끼를 풀 수 없었고, 그곳 사람들은 두려워했고, 결국 우리가
수사를 맡게 된 거지.

찰스 경의 죽음에 관한 이야기는 이걸로 마무리하지. 정말
사악하고 교활하기 짝이 없는 범행이었다네. 진범을 잡아 고
발하기가 거의 불가능했으니까. 유일한 공범인 사냥개는 절대
로 주인을 배신하지 않을 거고, 기괴하면서도 기발한 범행 수
법이 큰 효과를 거둔 거지. 이 사건에 관계된 두 여자, 스테이
플턴 부인과 로라 라이언스 부인은 스테이플턴이 범인일지도
모른다고 의심했다네. 스테이플턴 부인은 남편이 찰스 경에 대
해 음모를 꾸미고 있고 개가 있다는 사실도 알고 있었지. 라이
언스 부인은 그런 건 몰랐지만 약속 시간에 찰스 경이 죽었다
는 사실과 오직 스테이플턴만이 그 약속을 알고 있었다는 사
실을 절대 잊을 수 없었어. 하지만 스테이플턴은 이 두 여자들
에게 강한 영향력을 미치고 있어서 두려울 게 없었지. 이렇게
해서 계획의 전반부는 달성했지만, 더 어려운 후반부가 남아
있었지.

스테이플턴은 캐나다에 상속자가 있다는 사실을 몰랐을
가능성이 커. 어쨌든 곧 친구인 모티머 박사에게 그 이야기를
들었고, 그곳으로 오게 될 헨리 바스커빌 경에 대한 자세한 이
야기도 들었지. 처음에는 캐나다에서 온 청년을 굳이 데번셔
까지 내려오게 할 것 없이 런던에서 죽일 수 있을 거라 생각했

어. 그는 찰스 경에 덫을 놓기를 거부한 아내를 믿을 수 없었고, 부인을 자기 시야에서 떨어진 곳에 오래 있게 하면 영향력을 잃을까 봐 걱정되기도 했어. 그래서 아내를 데리고 런던에 온 거야. 난 두 사람이 크레이븐가에 있는 멕스버러 호텔에 묵었다는 사실을 알게 됐지. 거긴 사실 카트라이트가 나를 대신해서 증거를 찾기 위해 돌아다녔던 호텔 중 한 군데였지.

스테이플턴은 아내를 호텔 방에 가두고 턱수염을 붙여 변장한 후 모티머 박사를 미행해서 베이커가에 왔다가 노섬벌랜드 호텔까지 미행했다네. 스테이플턴 부인은 남편의 계획을 어렴풋이 감지하고 있었지만, 자기를 학대하는 남편이 무서워서 위험에 처한 사람에게 차마 경고의 편지를 쓸 수 없었어. 편지가 남편의 손에 들어가면 자기도 무사할 수 없었으니까. 부인은 결국 우리가 알고 있듯이 글자를 오려서 메시지를 만들어야겠다고 생각했고, 주소를 쓸 때는 필적을 바꾼 거야. 그렇게 헨리 경은 최초의 경고를 받은 거야.

한편 스테이플턴은 헨리 경이 몸에 지니고 있던 물건이 필요했어. 사냥개가 헨리 경을 추적하려면 개에게 냄새를 맡게 할 물건이 필요했거든. 행동력과 대담함을 타고난 스테이플턴은 즉시 그 일을 해치웠어. 분명 호텔의 구두닦이나 하녀를 매수해서 구두를 훔쳐 오게 했겠지. 하지만 처음 손에 넣은 구두는 새것이라 아무 쓸모가 없었지. 그래서 원래대로 갖다 놓고 다른 구두를 손에 넣었어. 여러모로 유익한 사건이었지. 그것으로 이 사건에 진짜 개가 연루되어 있다는 사실을 알 수 있었거든. 새로 산 구두에는 관심이 없고 어떻게 해서든 낡은 구두를 손에 넣으려고 혈안인 상황을 달리 설명할 수가 없잖아? 사건이 상도를 벗어나고 기괴해 보일수록 좀 더 주의 깊게 조사해 볼 필요가 있어. 사건을 복잡하게 만드는 점을 제대로 과학적으로 생각해 보면, 바로 그것이 사건을 해결하는 열쇠가 될 가능성도 크고.

다음 날 아침, 헨리 경과 모티머 박사가 우리를 찾아왔을 때도 스테이플턴은 마차로 둘을 미행했네. 우리 집과 내 얼굴을 알고 있었다는 점, 그리고 그의 전반적인 행동을 보고 나는 스테이플턴이 바스커빌 사건만 저지른 게 아닐 거란 생각이 들었어. 지난 삼 년 동안 영국 서부에서 대형 강도 사건이 네 건 발생했는데, 모두 범인이 잡히지 않았어. 마지막 사건은 지난 5월 포스크턴 저택에서 일어났는데 복면을 쓴 단독범이 시동에게 얼굴을 들켜 버린 걸 알고 놀라 인정사정없이 쏴 버린 점이 좀 특이했지. 나는 스테이플턴이 이런 식으로 점점 줄어드는 자금을 모았다고 생각해. 그는 몇 년 동안 이런 극단적인 짓을 저지른 아주 위험한 인간이었어.

그날 아침 스테이플턴이 우리를 성공적으로 따돌린 점이나 대담하게 마부를 통해 나를 알고 있다는 사실을 알린 점으로 봐서 그자가 임기응변에 능하다는 사실을 알 수 있었지. 그는 그때 내가 사건을 맡았다는 사실을 알고 런던에서 헨리 경을 해치울 가능성은 없다고 생각한 거야. 그래서 다트무어로 돌아가 헨리 경이 오길 기다린 거지."

"잠깐만! 자네는 이 사건을 순서대로 정확하게 설명하고 있긴 한데, 한 가지가 빠졌어. 주인이 런던에 있는 동안 그 개는 어떻게 됐지?"

"그것도 생각해 봤어. 중요한 문제니까. 스테이플턴에게는 분명 친구가 있었을 거야. 다만 자기 계획을 다 밝혀서 약점을 잡히는 짓은 하지 않겠지만. 메리핏 저택에 늙은 하인이 하나 있었는데 그의 이름이 앤서니였어. 앤서니가 스테이플턴 부부와 인연을 맺은 것은 몇 년 전 부부가 학교를 운영하던 때였어. 그러니까 앤서니는 주인 남매가 실은 부부라는 사실도 알고 있었을 거야. 이 노인은 사라져서 이 나라를 탈출했어. 영국에 앤서니라는 이름은 흔하지 않지만, 안토니오라는 이름은 스페인이나 스페인어를 사용하는 나라들에 가면 흔히 볼 수 있어. 그 노인도 스테이플턴 부인처럼 영어를 잘했지만, 억양에서 혀 짧은 소리가 들리더군. 난 그림펜 늪지에서 이 노인이 스테이플턴이 표시해 둔 막대기를 따라 걸어가는 모습을 봤어. 그러니까 주인이 없을 때는 그가 개를 돌봤을 거야. 하지만 그는 그 개를 왜 키우는지는 몰랐을 거야.

스테이플턴 부부가 데번셔로 돌아간 다음에 바로 헨리 경과 자네가 그곳으로 간 거야. 그때 내가 뭘 했는지 간단히 이야기할게. 오린 활자를 붙여 놓은 편지를 조사할 때, 내가 편지지에 어떤 투명무늬가 찍혔는지 꼼꼼하게 조사한 적이 있었지? 눈앞에 편지를 댔을 때, 희미하게 화이트 재스민 향기가 났어. 범죄 수사 전문가라면 향수 75가지 정도는 구분할 줄 알아야 하지. 그리고 내가 맡았던 여러 사건 중에서 향기를 즉시 알아차린 덕분에 해결할 수 있었던 건이 몇 건 있었어. 그 향기를 맡는 순간 이 사건에 여자가 연루되어 있음을 알았지. 그때부터 스테이플턴 남매에게 관심을 기울이게 됐지. 이런 단서들을 통해 서부로 가기 전부터 개가 있음을 확신했고, 범인도 어느 정도 감을 잡을 수 있었지.

스테이플턴을 감시하는 게 내 일이 됐어. 하지만 자네들과 함께 있으면 그는 나를 굉장히 경계할 테고. 그래서 자네를 포함해 사람들을 다 속이고, 런던에 있는 척하면서 은밀하게 그곳으로 간 거야. 내가 자네가 상상한 것처럼 그렇게 크게 고생하진 않았어. 그리고 수사를 하려면 그런 사소한 고통 정도는 무시해야 하고. 나는 꼭 필요할 때만 현장 가까이에 있는 황야의 돌집에서 머물렀고 대부분은 쿰 트레이시에서 지냈지. 카트라이트를 데려갔는데, 그 아이가 시골 소년으로 변장하고 날 아주 많이 도와줬어. 녀석이 음식과 깨끗한 옷가지를 가져다줬지. 내가 스테이플턴을 감시할 때는 카트라이트가 자주 자네를 주시하고 있었고. 그래서 나는 모든 상황을 제대로 파악할 수 있었던 거야.

자네가 보낸 보고서는 베이커가에 도착하는 즉시 쿰 트레이시로 가도록 했다고 내가 말했지? 자네의 보고서는 내게 큰 도움이 됐어. 특히 스테이플턴이 우연히 말했던 과거의 진짜 경력이 아주 큰 역할을 했지. 덕분에 스테이플턴 일가의 신원을 알아냈고, 내가 어떤 상황에 있는지 알게 됐으니까. 이 사건에 탈옥수와 배리모어 부부가 끼어들면서 복잡해지기 시작했다네. 그것도 자네가 아주 효율적으로 처리해 줬지. 다만 나도 따로 조사해서 같은 결론을 내렸지만.

자네가 황야에서 나를 발견했을 때 나는 이미 이 사건의 전모를 완벽하게 파악한 상태였어. 하지만 놈을 고소할 만한 확실한 증거가 없었어. 그날 밤, 스테이플턴은 헨리 경을 살해하려다 결국 탈옥수가 죽고 말았지만, 그것도 그가 헨리 경을 노린 걸 입증할 단서는 아니었네. 놈을 현행범으로 잡는 거 말고 다른 방법은 없었어. 그러기 위해 헨리 경을 미끼로 써서 홀로 얼핏 보기에 무방비한 상태로 황야에 내보내야 했네. 그렇게 해서 사건을 해결하고 스테이플턴을 파멸로 몰아갔지만 우리 의뢰인은 상당한 충격을 받았지. 헨리 경을 그런 위험에 드러나게 한 건, 솔직히 말해 내가 수사를 제대로 하지 못해서 그런 거야. 하지만 개가 그렇게 온몸이 마비될 정도로 무시무시할 줄은 전혀 예상하지 못했어. 게다가 안개가 너무 짙어서 개가 갑자기 뛰쳐나오기 전까지 짐작도 하지 못했고. 수사에 성공한 대가를 치른 셈이지만, 전문의와 모티머 박사가 헨리 경의 상태는 일시적일 거라고 했으니 그나마 다행이지. 헨리 경은 긴 여행을 통해 신경 쇠약에서 회복될 거고, 상처받은 마음도 나아지겠지. 헨리 경은 진심으로 그 여자를 깊게 사랑하고 있었으니, 이 암울한 사건에서 그녀에게 속았다는 사실이 가장 슬펐을 거야.

이제 이 사건에서 스테이플턴 부인이 맡은 역할만 설명하면 끝나는군. 스테이플턴이 부인에게 큰 영향을 미친 건 사실이야. 하지만 그에 대한 부인의 감정이 사랑이었는지 아니면 두려움이었는지는 확실하지 않아. 어쩌면 둘 다였을지도 모르고. 사랑하면서도 두려워할 수 있으니까. 어쨌든 적어도 스테이플턴은 그것 덕분에 부인을 효과적으로 움직일 수 있었지. 그녀는 남편의 명령에 따라 여동생인 척했지만, 살인을 도우라는 명령에는 반발했어. 스테이플턴은 자기가 휘두르는 힘에 한계가 있다는 사실을 깨달았고. 그녀는 남편의 이름을 밝히지 않으면서 헨리 경에게 몇 번이나 위험을 경고하려 했어. 스테이플턴도 질투심을 느꼈던 것 같아. 헨리 경이 그녀의 마음을 사려 했을 때, 그게 자신이 의도했던 일인데도 미친 듯이 화를 내면서 둘 사이에 끼어들고 말았지. 그걸 계기로 그때까지 아주 영악하게 자제하고 있던 불같은 성질이 드러나고 말았지. 어쨌든 스테이플턴은 둘이 친해지게 해서 헨리 경을 종종 메리핏 저택으로 찾아오도록 했어. 그러다 보면 조만간 바라던 기회를 잡을 거라고 생각한 거지. 하지만 사건이 일어난 그날 밤 갑자기 그녀가 반항했어. 탈옥수의 죽음에 관해 뭔가 알게 됐고, 헨리 경이 식사하러 오는 날 저녁에 개가 창고에 있다는 사실을 알았기 때문이지. 그녀가 남편이 계획하고 있는 살인에 대해 따지고 들어서 격렬한 부부 싸움으로 이어졌지. 스테이플턴은 그때 처음으로 자기에게 다른 여자가 있다는 사실을 이야기했지. 그 순간, 그녀의 애정이 신랄한 증오로 변한 걸 본 스테이플턴은 아내가 배신하리라 생각했어. 그래서 그녀가 헨리 경에게 경고하는 일이 없도록 묶어 둔 거지. 그리고 그 지역 사람들이 헨리 경의 죽음 역시 찰스 경처럼 바스커빌가에 내려오는 저주 때문이었다고 믿게 된다면, 아마 그렇게 되었을 테지만, 그런 사실을 아내도 받아들이고 자기가 알고 있는 사실들은 입을 다물길 바랐을 거야. 하지만 내가 보기에 그건 스테이플턴의 오산이었어. 우리가 그곳에 없었다고 해도 그는 파국을 맞았을 거야. 그런 상처를 입으면 스페인 혈통의 여자들은 쉽게 용서하지 않거든. 왓슨, 이제는 내가 적어 둔 메모가 없으면 이 기이한 사건을 자세히 설명할 수 없을 것 같네. 뭔가 중요한 걸 내가 빼놓지는 않았나?"

"나이 든 찰스 경은 악마의 개로 겁을 줘서 죽일 수 있었겠지만, 헨리 경은 그럴 수 없었을 것 같은데."

"그 개는 아주 사나운 데다 반쯤 굶주려 있었어. 개의 모습을 보고 피해자가 겁에 질려 죽지는 않더라도 너무 놀라서 온몸이 마비돼 저항도 못 했을 거야."

"그건 그렇군. 한 가지 의문이 남았어. 가령 스테이플턴이 저택을 상속하게 됐다 하더라도 자기의 본명을 숨기고 그렇게 저택 가까이서 살았다는 사실은 어떻게 설명하려고 했을까? 사람들의 의심을 사서 조사가 시작되는 상황을 일으키지 않고 어떻게 상속권을 주장하려 했지?"

"그건 대단히 어려운 질문이로군. 자네는 나에게 너무 많은 걸 요구하는군. 내 조사 분야는 과거와 현재에만 국한돼 있어. 사람이 미래에 무슨 일을 할지 누가 알겠는가. 다만 스테이플턴 부인은 남편이 그 문제로 몇 번 의논했다고 하네. 세 가지 방법이 있었다더군. 첫 번째는 남아메리카에 가서 거기에서 상속을 청구하고 그곳의 영국 기관에서 신원을 확인받아 재산을 손에 넣는 방법일세. 그렇게 하면 영국에 가지 않아도 일을 처리할 수 있지. 두 번째로는 한동안 런던에 살면서 감쪽같이 변장하는 방법도 생각했고. 마지막으로 공범자를 끌어들여서 증명서와 관련 서류를 만들어 그를 상속자로 내세운

다음 자기 몫을 요구하는 방법도 있고. 우리가 익히 알고 있
듯이 스테이플턴은 머리가 좋은 인간이니 어떤 식으로든 그
문제에 대한 해결책을 발견했을 거야. 그건 그렇고 왓슨, 요 몇
주일 동안 힘들게 일했으니, 오늘 하룻밤만이라도 즐겁게 시
간을 보내고 싶은데. 내가 오페라 「위그노」의 특별석 티켓을
구했어. 드 레슈케의 노래를 들어 본 적 있나? 귀찮겠지만 삼
십 분 후에 나갈 수 있도록 준비하게. 가는 길에 마르시니에
들러 저녁을 먹도록 하지."

세계에서 가장 유명한 탐정과 검은 개의 만남

　자, 이제부터 퀴즈를 하나 내겠습니다. 사냥 모자를 쓰고, 파이프 담배를 입에 물고 있고, 근사한 망토를 입은 차림새에 코는 매부리코고 키가 크고 깡마른 남자 탐정을 상상해 보세요. 그의 이름은 뭘까요? 뭐라고요? 스? 세? 셔? 셜록? 셜록 홈스? 아, 맞습니다! 너무 쉽게 맞혀 버리니 약간 허무하게 느껴지기도 하네요.

　그렇습니다. 이제부터 추리 소설, 아니 장르 소설 역사상 가장 매력 넘치며 독보적인 생명력을 가지고 있는 캐릭터 셜록 홈스와 그와는 바늘과 실 같은 사이이기도 한 왓슨 박사 콤비가 나오는 소설 『바스커빌가의 사냥개』에 대한 이야기를 하려고 합니다. 코넌 도일이 쓴 셜록 홈스 시리즈는 총 60편으로 장편 4편, 단편 56편으로 구성되어 있습니다. 이 소설 『바스커빌가의 사냥개』는 바로 흔치 않은 이 네 편의 장편 소설 중 하나입니다. 나머지 세 편으로는 『주홍색 연구』, 『네 개의 서명』, 『공포의 계곡』이 있습니다.

『바스커빌가의 사냥개』는 이외에도 몇 가지 중요한 특징이 있는데요. 그에 앞서 작가 코넌 도일에 대해 간단히 설명하겠습니다. 코넌 도일은 아일랜드계 가톨릭교도인 찰스 도일과 메리 폴리 사이에서 1859년 스코틀랜드 에든버러에 있는 작은 집에서 태어났습니다. 그 후로도 아이들이 계속 태어나면서 생활이 어려워졌지만, 아버지인 찰스 도일은 일보다는 그림에 더 관심이 있었습니다. 다만 그림을 그려서 돈을 벌지는 못했고 술을 많이 마시고 우울증에 시달렸죠. 그래서 어머니가 실질적인 가장이 되어 생계를 책임졌고, 그런 한편 자식들이 그런 아버지의 영향을 받지 않도록 필사적으로 보호했습니다. 코넌 도일은 어렸을 때부터 어머니가 고생하는 모습을 보면서 자신이 가족을 부양해야 한다고 생각했고, 실제로 그렇게 했습니다.

코넌 도일은 어렸을 때부터 문학에 재능이 있었습니다. 아직 다섯 살도 채 되지 않았을 때 벵골 호랑이와 사냥꾼이 등장하는 짧은 이야기를 지어 사람들을 놀라게 했고, 이후 숙부들의 지원을 받아 예수회 예비 학교인 호더플레이스에서 공부를 시작했지만, 교사들의 극심한 체벌과 엄격한 규칙 때문에 이곳에서의 시간은 그리 행복하지 않았다고 합니다. 하지만 이야기꾼으로서 재능을 발휘해 다른 학생들에게 이야기를 들려주고 과자나 사과를 보답으로 받곤 했습니다. 이때부터 작가가 될 싹이 보인 셈이죠.

코넌 도일은 도서관에서 끊임없이 책을 빌리는 열성적인 독자로 어렸을 때는 영국 시인이자 소설가인 월터 스콧의 모험담에 푹 빠졌습니다. 이어서 공포 소설의 대가이자 추리 소설의 개척자라고 할 수 있는 에드거 앨런 포를 깊이 존경하게 됐습니다. 아마도 그런 성향이 이후 『바스커빌가의 사냥개』를 쓸 때 작품에 배어들었다고도 볼 수 있죠. 또한 뛰어난 스포츠맨이었던 도일은 자신의 그런 면을 홈스에게 투영해서 홈스 역시 뛰어난 육체적 능력을 지닌 것으로 소설에 묘사했습니다.

코넌 도일은 당시 스코틀랜드에서는 가장 유망한 직업이었던 의사가 되기 위해 에든버러 의과 대학교에 진학했고, 그때부터 가장 노릇을 했습니다. 그는 의사로서 환자들을 진료하는 틈틈이 책을 읽었는데, 그러다 친구에게 자신에게 문학적 재능이 있다는 말을 듣고 소설을 쓰기로 결심했습니다. 거기다 병원에 환자가 별로 없었다고도 해요. 늦었지만 그 친구에게 전 세계 독자들은 고맙다고 인사라도 해야 하지 않을까요. 그 친구의 격려가 없었다면 홈스는 세상에 태어나지 못했을 수도 있으니까요.

코넌 도일은 어렸을 때부터 친구들에게 이야기를 들려줬을 때 받은 뜨거운 반응을 떠올리며 결국 1879년 「사삿사 계곡의 비밀」이란 첫 작품을 발표합니다. 당시 고료는 3기니였는데 사실 얼마 안 되는 돈이었죠. 그 후 그는 돈을 벌기 위해 포경선을 타고 선내 의사로 일하며 북극을 가는 놀라운 경험을 하기도 했죠. 그때의 다양한 경험을 바탕으로 자신이 알게 된 사람과 갔던 장소들을 토대로 근사한 소설들을 쓰기 시작했습니다. 유령과 요정 이야기의 왕국과도 같은 스코틀랜드 출신인 도일은 공포 이야기에 타고난 재능이 있었고, 그것이 가장 잘 발현된 예가 바로 오싹하고 초자연적인 소설『바스커빌가의 사냥개』입니다.

이제 다시『바스커빌가의 사냥개』이야기로 돌아가 보겠습니다. 셜록 홈스를 향한 대중의 광기 어린 열광과 관심에 지친 코넌 도일은 셜록 홈스를 죽이기로 합니다. 소설 속에서 죽이는 거죠. 당시 그를 만류한 사람들이 많았지만, 그는 뜻을 굽히지 않았어요. 결국 1894년「마지막 사건」이란 작품에서 셜록 홈스가 숙적 모리아티 교수와 몸싸움을 벌이다 라이헨바흐 폭포에서 추락해 죽게 됩니다. 그 후 팔 년간 코넌 도일은 홈스의 이야기를 쓰지 않았습니다. 그때 얼마나 많은 비난을 받았는지 코넌 도일은 "내가 실제로 살인을 저질렀다고 해도 이렇게 엄청난 비난을 받지는 않았을 것이다."라고 주위 사람들에게 말했다고 합니다.

그러다 다시 홈스 이야기를 쓰기로 결심하고 1902년 발표한 소설이 바로 이『바스커빌가의 사냥개』입니다. 하지만 이 작품은 홈스의 귀환도 아니고 부활도 아닌 1889년 사건에 대한 회상의 형태로 이야기가 전개됩니다. 즉 이때까지만 해도 코넌 도일은 홈스를 다시 살릴지 명확하게 결정하지 않은 듯한 분위기를 풍기죠. 그러다 1903년 발표한 단편「빈집의 모험」으로 홈스의 부활을 공식화합니다. 하지만『바스커빌가의 사냥개』는 코넌 도일이 홈스를 주인공으로 한 소설을 계속 쓰겠다는 의지를 알린 하나의 사건이었죠.

　마지막으로 초자연적인 미스터리와 추리가 뒤섞여, 기존의 홈스 시리즈와는 사뭇 다른 장르처럼 보이는 이 소설이 당시 엄청난 인기를 끌게 된 요인 중 하나로는 빅토리아 시대에 대한 영국인들의 향수를 자극했다는 점도 있습니다. 빅토리아 시대는 1837년부터 빅토리아 여왕이 서거한 1901년까지 빅토리아 여왕의 치세 기간을 가리키는데, 이때는 대영제국이 위세를 떨치던 영국의 전성기였습니다. 그런데 1902년에 출간된 이 작품은 이십 년 전, 드레스와 고풍스러운 옷을 입은 사람들이 마차를 타고 다니고, 거리엔 가스등이 불을 밝힌 옛 런던의 정취를 그려 그 시대에 대한 영국인들의 향수를 자극한 것입니다. 비유하자면 한국인들이 드라마 '응답하라' 시리즈를 보며 열광하는 것과 같은 정서죠.

　덕분에 이 소설이 연재된 잡지 《스트랜드 매거진》은 역사상 처음이자 마지막으로 7쇄까지 찍었고, 발행 부수는 30만 부 가까이 늘었다고 하니 당시 인기가 어느 정도였는지 짐작할 수 있습니다. 이야기는 잉글랜드의 황량한 다트무어에서 바스커빌가의 마지막 후계자인 찰스 바스커빌 경이 의문의 죽임을 당하면서 시작됩니다. 경의 죽음이 가문에 내려오는 전설과 관련이 있다는 소문이 돌고, 그 전설의 중심에 악마 같은 검은 사냥개가 버티고 있는 이 흥미로운 이야기는 미스터리와 공포의 요소를 절묘하게 조합해 초자연적 공포와 냉철한 추리의 조화로 독자들에게 깊은 인상을 남깁니다.

현대를 살아가는 우리도 결코 자유롭지 못할 초자연적인 존재와 현상에 대한 공포를 명탐정 셜록 홈스가 낱낱이 파헤치는 이 이야기는 지금 읽어도 으스스하게 재미있습니다. 아마도 이런 강렬한 매력 덕분에 홈스 시리즈가 계속 독자들을 찾아오고 있는 것이겠죠. 독자 여러분도 우리의 충실한 왓슨 박사와 같이 검은 개의 미스터리를 푸는 여행을 함께해 주시기 바랍니다. 어느 순간 냉철하면서 무시무시하게 머리가 좋은 셜록 홈스가 우리의 여행에 합류할 겁니다. 왓슨보다, 홈스보다 먼저 그 미스터리를 풀 수 있도록 독자들의 행운을 빕니다.

2024년 가을
박산호

작가 연보

1859년   5월 22일 영국 스코틀랜드 에든버러에서 태어났다. 아
          일랜드계 잉글랜드인인 아버지 찰스 도일과 아일랜드
          인 어머니 메리 폴리 사이의 10남매 중 둘째였다.

1868년   잉글랜드 랭커셔 스토니허스트에서 예수회 예비학교
          호더 플레이스를 다녔다. 십 대 때부터 꾸준히 단편을
          써서 주위 사람들에게 보여 주었다.

1876년   에든버러 대학교에 입학해 의학을 공부했다. 에든버러
          의 왕립 식물원에서 식물학을 공부하기도 했다. 서양
          고전 문학과 시를 읽으며 많은 영향을 받았다.

1877년   에든버러 의과 대학 병리학 교수인 조지프 벨의 제자
          로 에든버러 병원의 서기로 활동했다. 법의학 연구에도
          참여하며 '셜록 홈스 시리즈'의 모티프를 얻었다.

1879년	에든버러에서 발행되는 주간지 《챔버스 저널》에 첫 단편 「사삿사 계곡의 비밀(The Mystery of Sasassa Valley)」을 발표했다.
1880년	생활비를 마련하기 위해 그린란드 포경선에 타서 팔 개월간 의사로 근무했다. 이듬해 아프리카로 항하는 화물선의 의사로 근무했다.
1882년	플리머스에 동창과 함께 진료소를 개업해 일반의로 진료를 시작했다. 손님이 없어 남은 여유 시간에 집필 활동을 꾸준히 이어갔다.
1885년	루이자 호킨스와 결혼했다. 슬하에 딸 메리와 아들 킹즐리를 두었다. 1906년 루이스가 폐결핵으로 오랫동안 투병하다가 사망할 때까지 결혼 생활을 지속했다.
1887년	셜록 홈스가 주인공으로 등장하는 첫 번째 장편 『주홍색 연구(A Study in Scarlet)』를 발표했다.
1890년	두 번째 장편 『네 개의 서명(The Sign of Four)』을 발표했다. 당시 출간을 준비하고 있던 잡지 《스트랜드 매거진(The Strand Magazine)》의 편집장의 눈에 띄어 셜록 홈스 시리즈의 단편들을 연재하기 시작했고, 의사로서의 활동을 중단하고 전업 작가가 되었다.
1892년	《스트랜드 매거진》에 연재했던 열두 편의 단편을 모아 첫 번째 단편집인 『셜록 홈스의 모험(The Adventures of Sherlock Holmes)』을 출간했다. 시드니 패짓(Sidney Paget)의 삽화가 처음으로 실리기 시작했다. 이 단편집으로 인해 셜록 홈스 시리즈는 세계적으로 폭발적인

인기를 얻기 시작했다.

1894년   두 번째 단편집인 『셜록 홈스의 회상록(The Memoirs of Sherlock Holmes)』을 출간했다. 여기에 수록된 단편 「마지막 사건(The Final Problem)」에서 셜록 홈스가 숙적 모리아티와의 격투 끝에 폭포 아래로 떨어져 사망하게 되었다. 홈스의 죽음은 엄청난 파장을 일으켜 미국, 독일, 프랑스 등 세계 곳곳에서 코넌 도일에게 항의와 협박이 담긴 편지가 수없이 날아왔고, 소송과 장례식 등 행사를 마련하기도 했다. 런던 시민들은 홈스에 대한 조의를 표하기 위해 검은 리본을 하고 다니기도 했다. 코넌 도일의 어머니마저도 편지로 아들을 원망했다. 독자들의 강렬한 바람에도 불구하고 원래 쓰고자 했던 역사 소설에 집중하기 위해 코넌 도일은 "홈스를 살려 내지 않겠다."라며 버텼다.

1901년   2차 보어 전쟁에 자원하여 군의관으로 복무했다.

1902년   남아프리카 공화국 블룸폰테인 야전 병원과 보어 전쟁에서 복무한 공헌, 셜록 홈스 시리즈 저자로서의 공헌을 종합하여 기사 작위를 받았다. 세 번째 장편인 『바스커빌가의 사냥개(The Hound of the Baskervilles)』를 발표했다. 독자들의 끈질긴 셜록 홈스 부활 요구가 이어지자, 결국 '마지막 사건 이전에 해결한 사건'이라는 설정으로 출간한 작품이다. 대중의 폭발적인 반응이 이어졌고 첫 출간 당시와 비교해 원고료가 200배나 뛰었다.

1905년   세 번째 단편집『셜록 홈스의 귀환(The Return of Sherlock Holmes)』을 발표하며 셜록 홈스의 부활을 알렸다.

1907년   진 레키와 두 번째 결혼을 했다. 슬하에 아들 데니스, 에이드리언과 막내딸 레나 진을 두었다. 두 번째 결혼 이후 생물학, 요정, 심령술 등에 심취해 개인적인 연구를 시작했다.

1915년   네 번째 장편 소설『공포의 계곡(The Valley of Fear)』을 출간했다.

1917년   네 번째 단편집『그의 마지막 인사(His Last Bow)』를 발표했다.

1924년   자서전『추억과 모험(Memories and Adventures)』을 출간했다.

1927년   다섯 번째 단편집인『셜록 홈스의 사건집(The Case-Book of Sherlock Holmes)』을 출간했다. 코넌 도일이 공식적으로 집필한 마지막 셜록 홈스 시리즈였다. 이후 코넌 도일은 죽은 자의 영혼이 내세에도 계속 존재하며 아직 살아 있는 사람들과 접촉할 수 있다는 믿음에 기초한 심령 연구와 영성주의 활동을 이어갔다. 여러 글을 매체에 기고하며 자신의 주장을 관철했다.

1930년   7월 7일 일흔한 살이 되던 해에 심장 마비로 별세했다.

세계문학전집 **448**

바스커빌가의 사냥개

1판 1쇄 찍음 2024년 11월 1일
1판 1쇄 펴냄 2024년 11월 8일

지은이 아서 코넌 도일
옮긴이 박산호
발행인 박근섭, 박상준
펴낸곳 ㈜민음사

출판등록   1966. 5. 19. (제 16-490호)
서울특별시 강남구 도산대로1길 62(신사동) 강남출판문화센터 5층 (우편번호 06027)
대표전화 02-515-2000 팩시밀리 02-515-2007
www.minumsa.com

ⓒ 박산호, 2024. Printed in Seoul, Korea

ISBN 978-89-374-6448-5 04800
ISBN 978-89-374-6000-5 (세트)

민음사 세계문학전집

세계문학전집 목록

세계문학전집은 계속 간행됩니다.